WITCH AND MERCENARY
마녀와 용병 4
초호키테키 카에루
CHOHOKITEKI KAERU
illust. 카나세 벤치

CONTENTS

WITCH AND MERCENARY
마녀와 용병 4
초호키테키 카에루
CHOHOKITEKI KAERU
illust. 카나세 벤치

CONTENTS

CHARACTER
WITCH AND MERCENARY
에르네스타 공방 점원
셰스카 에르네스타
Sciezka
본점의 입장으로서도 좋은 손님이니까요.
바자르타 보스의 딸
카티아 알베르티
Katia
당신은 맡은 일을 충분히 잘 해줬어.
에르네스타 공방 대장장이
간트 보스코니르
Gantt
정말 제대로 호구구만, 자네!
3등급 모험가
엘시아 아메트
Elsia
소문은 들었지만 실력에 꽤나 자신이 있나 보네?

“꽤나 실력에
자신이 있나 보네?”
“글쎄다.
시험해 보든가.”
슬금슬금 거리를 좁히며
엘시아와 지그가 신경전을 벌였다.
타이론은 대검을 어깨에 짊어진 채,
자스프는 사브르를 양손에 쥔 채
빈틈을 살피며
옆으로 이동하고 있다.

마녀와 용병
WITCH
AND
MERCENARY
초호키테키 카에루
CHOHOKITEKI KAERU
illust. 카나세 벤치
4

일러스트 — 카나세 벤치

1장 돌아온 일상과 다가오는 불온함

하리안의 중앙구에서 다소 떨어진 북쪽 구획. 포장된 돌바닥은 너절하고, 길가에는 부랑자들이 뒹굴고 있는 수상쩍은 뒷골목은 정비된 번화가의 모습과 그야말로 천지차이였다.

이른 아침에 그런 장소를 익숙하게 걸어가는 거한 한 명이 있었다. 무표정한 얼굴에 날카로운 시선과 빈틈없는 행동거지, 2미터를 넘는 덩치는 자연스럽게 주변 사람들에게 위압감을 안겨주었다. 키가 크다기보다는 거구라 표현하는 것이 맞을 듯한 느낌이 드는 것은, 옷을 입고 있어도 한눈에 알 수 있을 만큼 잘 단련된 육체 때문일 것이다.

"음."

그 거한은 혼자서 만족스럽게 고개를 끄덕였다.

이곳에서 까마득히 먼 대륙에서 온 용병, 지그 크레인은 호위 대상인 시어셔와 떨어져 취미인 뒷골목 가게 순회를 하고 있었다. 의뢰인이 늦은 밤까지 마도서를 탐독한 탓에 현재 숙소에서 곯아떨어져 있었기 때문이다.

"생각지 못한 수확이군."

꾀죄죄한 와인병을 손에 든 그는 기분이 좋은지 발걸음이 가벼웠다. 말 그대로 무엇이든 취급하는 잡화점을 어슬렁거리던 중, 아마도 장물(贓物)로 추측되는 오래된 와인이 거저나 다름없는 값에, 저렴한 술들 사이에 섞여 있었던 것이다. 뭐, 이 와인뿐 아니라 그 가게에 있는 물건들은 대부분 장물이겠지만.

발견했을 때는 무의식중에 눈이 휘둥그레졌었지만, 어찌어찌 들키지 않고 구입하는 데 성공했다.

이쪽 대륙의 술은 아직 공부하는 중이지만, 좋은 와인이란 것은 어딜 가나 비슷한 제조법으로 만드는 모양이다. 병과 연대, 내용물의 상태를 유심히 조사해 보니, 지그의 경험과 감이 명주(名酒)라고 소리쳤던 것이다.

"이 술에 맞는 안주감을 구해야지. 이 도시에서 치즈를 취급하는 가게가 어디였더라……."

지그는 술을 좋아하지만 안주도 못지않게 중요하다고 보는 타입의 애주가였다. 술에 맞는 안주를 준비하기 보다는 안주에 맞는 술을 마시는 걸, 식사에 술을 곁들이는 걸 좋아했다.

단, 이번처럼 좋은 술을 만났을 때에는 이야기가 달랐다.

"치즈도 좋겠지만 숙성된 와인에는 고기 요리도 나쁘지 않……."

"어디서 건방을 떨어! 눈에 뵈는 게 없나, 망할 년이!"

신이 나서 생각하며 걷던 중, 웬 남자의 고함 소리가 들려왔다.

싸움이나 공갈, 어느 쪽이건 그 자체는 흔한 일이라 신경도 쓰지 않고 지나치려 했다. 장소가 장소이다 보니 그 정도 일로 일일이 소란을 떠는 이는 없었다.

"이거 놔, 떨거지. 싸움을 걸 거면 상대를 봐서 걸고."

조용하지만 제법 위협적인 목소리가 대꾸했다.

다만 그게 젊은 여자의 목소리라는 사실을 알아챈 지그는 무심

곁에 걸음을 멈추고 말소리가 들려온 쪽을 쳐다보았다.

그곳에는 깡패로 보이는 남자 셋이 여자 한 명을 벽에 몰아넣고서 에워싸고 있었다. 포위되어 있는 것은 밤색 머리카락을 어깨까지 기른 여자였다.

얼핏 10대 중반에서 후반 사이로 보였지만 분명치 않았다. 확신이 서지 않는 것은 그 나이대에 맞지 않는 눈빛을 하고 있었기 때문이다.

날카로운 눈빛에서는 젊은 나이인데도 풍격이 느껴졌고, 다 큰 남자 셋이 상대인데도 전혀 움츠러들지 않고 느긋하게 팔짱까지 끼고 있다. 화려하지는 않지만 옷의 만듦새가 고급스러운 것으로 보아 그럭저럭 사는 집의 딸인 듯했다.

그녀는 날붙이를 빼들고 고함을 치는 남자들을 앞에 두고도 깽깽 짖어대는 개라도 보듯 심드렁한 표정이다. 깡패들이 상대하기에는 그릇이나 능력, 혹은 그 두 가지가 모두 명백하게 부족해 보였다.

아무리 협박을 해도 겁먹은 낌새가 하나도 없자 남자들은 인내심이 바닥났다.

"그러셔? 그러면 혼쭐을 내줘야겠구만!"

거친 말과 함께 내지른 주먹이 여자의 얼굴로 날아든다. 날카로움이라고는 찾아볼 수 없지만 힘이 잔뜩 실린, 젊은 여자 한 명을 다치게 하기에는 충분한 폭력이다.

하지만 지그도 여자도 실로 따분하다는 눈빛으로 그것을 보고 있었다.

그녀는 얼굴을 향해 날아든 그것을 아슬아슬하게 피했다. 허공을 가른 주먹은 그 기세 그대로 벽을 강하게 후려쳤다.

"끄아악?!"

여자는 고통에 몸을 움츠린 남자의 손목을 잡아당겨, 남자와 교대하듯 위치를 바꿔서 뒤통수에 손을 대고 벽에 얼굴을 처박았다. 둔탁한 소리와 콧등이 부러지는 무미건조한 소리가 동시에 울렸다.

부딪힌 부위를 붙잡은 손 사이로 코피가 새어나오는 가운데 비틀대는 남자의 두 다리를, 선풍처럼 날카로운 로 킥이 후렸다.

남자는 부러진 앞니와 피를 허공에 흩뿌리며 낙법도 하지 못하고 땅바닥에 처박히듯 쓰러졌다.

"……엉?"

한 명을 처리한 여자가 움직인다. 부츠를 신은 발로 허름한 돌바닥을 구르며 왼쪽에서 넋을 놓고 있는 남자의 사타구니를 차올렸다. 단단한 부츠 끄트머리가 꽂히자 사타구니에서 파멸적인 소리가 남과 동시에 남자는 몸의 절반을 잃은 듯한 상실감에 휩싸였다.

견디지 못하고 몸을 앞으로 숙인 남자의 등을 타고 넘어 나머지 한 명이 뒤에서 붙잡으려던 것을 피한 후, 그대로 몸을 앞으로 숙인 남자의 엉덩이를 걷어차서 나머지 한 명과 충돌시켰다.

"이년이, 야, 비켜……."

"느려!"

기합과 동시에 일격이 날아든다. 회전축으로 삼은 발을 땅에 단단히 고정하고, 상체를 비틀며 상단 뒤돌려차기.

숨을 내쉼과 동시에 원심력을 실어 날린 발뒤꿈치가, 자세가 무너진 상대의 턱을 후려쳤다. 뇌진탕이 일어난 남자가 끈 떨어진 꼭두각시 인형처럼 무너져 내렸다.

"나한테 손을 대기에는 10년은 일러."

눈 깜짝할 새에 세 명을 처리한 여자는 손을 탁탁 털며 거칠게 말했다. 체격 차이나 수적 불리함은 안중에도 없는 듯한, 거친 입심만큼이나 훌륭한 솜씨였다.

"……그래서. 그쪽도 혼쭐 좀 나보려고?"

이어서 그녀는 방관하고 있던 지그에게로 시선을 옮겼다. 커다란 덩치에 명백하게 좀 전에 상대한 깡패와는 다른 분위기를 풍기는 생김새 탓에 긴장한 눈치였다.

험악한 눈빛에 지그는 어깨를 으쓱한 후, 그녀를 손가락으로 가리켰다. 그러고는 행동의 의미를 이해하지 못하고 눈살을 찌푸리는 여자는 아랑곳 않고, 아무렇지도 않은 투로 말했다.

"훌륭하다고 하고 싶지만…… 마무리는 제대로 해야지."

"큭?!"

그 손가락이 자신의 뒤를 가리키고 있다는 사실을 알아챔과 동시에, 등 뒤에서 기척이 느껴졌다. 여자는 목덜미에 소름이 돋게 한 직감에 따라 몸을 돌리며 방어했다.

직후, 팔이 떨어져 나갈 듯한 충격이 그녀를 때렸다.

흔들리는 시야에 제일 먼저 쓰러뜨렸던 남자가 비쳤다. 행동불능 상태로 만든 줄 알았더니, 어느샌가 일어나서 덤벼든 것이다.

운 좋게 기습은 완전히 방어했지만 조금 전과는 딴 사람이 된 듯한 괴력에 몸 전체가 날아갔다.

"크윽!"

아담한 체구의 몸이 바로 옆으로 날아가, 좀 전에 남자를 처박았던 것의 반대쪽 벽에 충돌했다.

시야가 흔들리고, 잠시 소리가 들리지 않을 정도의 충격에 폐 속에 있던 공기가 몽땅 쏟아져 나왔다. 뒤통수는 어찌어찌 방어했지만, 등부터 세차게 벽에 처박힌 탓에 순간적으로 호흡이 멎고 말았다.

휘청거리는 다리로 간신히 일어섰지만 여전히 어지러운 걸로 미루어 움직일 수 있을 만큼 회복되려면 시간이 걸릴 듯했다.

하지만 상대도 그 틈을 놓쳐 줄 바보가 아니었다.

"큭, 실수했나……."

"히, 히히히. 계, 계집 주제에 까불기는……!"

남자는 동공이 확장되고 핏발 선 눈으로 다가왔다.

여유로운 말과 달리 이가 부러져 입과 코에서 피가 나고 있음에도 불구하고, 전혀 아픈 낌새가 없다. 몸을 벌벌 떠는 것만 봐도 정상적인 상태가 아니라는 것은 일목요연했다.

혈액순환도 활발해진 것인지 격렬하게 자기주장을 하는 하반신을 보고, 그녀는 자신이 무슨 짓을 당할지 이해하고 필사적으로 몸을 움직이려 했다. 이미 늦었다는 사실을 알면서도.

기분 나쁘게 다가오던 그 발걸음이, 문득 멈췄다.

"전투용 약물을 이런 시시한 일에 쓰는 녀석은 처음 보는군."

지그는 두 사람 사이에 끼어들어 어이가 없다는 투로 말하며 남자를 관찰했다.

활짝 열린 동공과 입가에서 흐르는 게거품. 희미하게 맥동하는 육체와 경련, 좀 전의 괴력으로 미루어 상당히 강한 약물로 추측된다.

지그가 자신의 앞을 가로막자 남자는 흥분한 듯 거친 숨을 몰아쉬며 소리쳤다.

"뭐, 뭐야아, 이 자식, 바, 방해하면 죽인다!!"

남자의 역량을 크게 웃도는 속도는 그의 육체를 파괴했지만, 그 대신 짐승과도 같은 빠르기의 공격을 가능케 했다.

하지만 이 남자가 짐승이라면 지그는 괴물이다.

"쓰레기는 쓰레기통에서 주무시지."

한계를 넘어선 남자의 일격을 손쉽게 흘려보낸 후, 몸을 회전시키며 카운터 어택으로 날린 미들킥이 남자의 배에 꽂혔다.

찍소리도 내지 못한 채, 말도 안 되는 기세로 날아간 남자가 잘 정리되어 있던 쓰레기더미에 머리부터 처박혔다. 그리고 쓰레기가 쿠션이 된 덕에 죽지는 않았지만 이번에야말로 완전히 의식을 잃었다.

동작을 추스르며 그것을 확인하고서야 지그는 자세를 풀었다.

"전투용 약물을 단속하는 건 귀찮은 일이겠지만, 저런 머저리한테까지 넘어갈 가능성도 있으니 철저히 해야지. 애들 싸움에서 손대도 될 물건이 아니라고…….”

육체의 한계를 넘어선 힘을 끌어내는 약물은 훈련되지 않은 인간이 안일하게 손을 대면 장애가 남기도 해서, 지그가 있던 대륙에서는 유통이 되기는 했지만 거리의 깡패까지 손을 대지는 않았다.

그 위험성을 잘 알고 있기 때문이다.

본래 몸이 억제하고 있는 힘을, 억지로 제어기를 해제하고 사용하면 육체에 강한 대미지가 발생한다.

그것들을 제어할 수 있는 육체를 만들어, 망가지지 않을 선을 분별하는 훈련을 받지 않은 이가 사용하면 한없이 힘을 끌어 쓰다가 돌이킬 수 없는 상태가 된다.

조금 전의 남자는 본격적으로 망가지기 전에 지그가 기절시켰으니 중상을 입지는 않을 거다. 내일 하루는 정신을 차리지 못하겠지만.

“……당신, 뭐야?”

그 말에 뒤를 돌아보니 좀 전의 여자가 경계하며 지그를 쳐다보고 있었다.

조금 전에 입은 대미지도 아직 회복이 안 되었을 텐데, 벽에 기대어 있는 것만 봐도 대단하다 할 수 있었다.

지금도 지그의 정체를 캐물으며 도망칠 타이밍을 살피고 있다.

“지나가던 용병이다. 참견할 생각은 없었지만…… 약물까지 쓰기 시작하기에 그만.”

“용병…… 칸타렐라 쪽 인간이 아닌 건가?”

그 말에 이 여자가 마피아와 관련된 인물이란 걸 알아챘다.

그렇게 생각하니 저 눈빛도, 담력도 납득이 되었다. 장소에 안 어울리는 고급스러운 옷도 마피아 간부 같은 이의 딸이라면 입을 만하다.

용병이란 말을 듣고도 여자의 눈빛에는 여전히 경계심이 가득했다. 적대 조직에 속한 자가 아니라 해도 이 도시에서 용병에 대한 인식은 상당히 좋지 않기 때문이다.

"보수에 따라 어디에든 붙기야 하겠지만, 특정 세력을 편들 생각은 없어."

"흥, 결국 돈이야? ……그래서, 방금 건 얼마인데?"

그녀는 경멸하듯 콧방귀를 뀌더니 품속에서 지갑을 꺼내려 했다. 도와달라고 하지는 않았지만 궁지에서 구해준 것은 사실이기 때문이다.

하지만 지그가 몸짓으로 그걸 제지하자 의아하다는 표정을 지었다.

"아직 계약도 안 했잖아. 게다가 저 정도 송사리 처리하는 데 돈은 안 받아."

"……그 송사리한테 진 날 깎아내리는 거야?"

"좋을 대로 생각해."

"잠깐, 기다려!"

귀찮아진 지그는 적당히 대꾸하고서 자신을 부르는 소리도 무시하고 발걸음을 돌렸다.

그의 관심은 이미 와인에 어울리는 안주를 찾는 일로 옮겨간 상태였다. 지그는 휴일을 만끽하기 위해 종종걸음으로 자리를 떴다.

†

"뭐였지, 저 녀석은……?"

자신을 구한 남자를 배웅한 후, 여자는 아직 고맙다는 말도 못 했다는 사실을 떠올리고는 떨떠름한 표정을 지었다. 입장상 그 상황에서 타인을 경계하는 것은 당연한 일이었지만, 도움을 받고도 답례를 안 하려니 영 찜찜했다.

그러던 중에 트렌치코트를 걸친 남자가 부하 몇 명을 이끌고 다가왔다. 여자를 발견한 그들이 허둥지둥 달려왔다.

"아가씨! 한참 찾았습니다!"

"……반노냐."

잘 아는 인간이 나타나자 여자는 그제야 경계를 풀었다. 일반인들이 보기에는 수상쩍게 생긴 중년이지만 그녀에게는 마음을 터놓을 수 있는 오래된 지인이다.

허술한 분위기의 중년 남성은 거칠어진 호흡을 가라앉히며 아가씨라 부른 여자에게 말을 걸었다.

"멋대로 돌아다니시면 어떡합니까…… 이 녀석들은?"

반노가 주변에 쓰러져 있는 남자들을 발견하고 웅크려 앉아서 살펴보았다.

사타구니를 부여잡고 게거품을 물고 있는 얼간이의 낯짝은 그도 처음 보는 듯했다.

"깡패야. 시비를 걸기에 손 좀 봐줬지."

그 말을 들은 반노는 한숨을 내쉬지 않을 수 없었다. 주제를 몰라도 너무 모른다. 이쪽 세계에 있는 인간에게 무지는 때때로 바다보다도 깊은 죄악이거늘.

"이 근처에 아가씨에게 시비를 거는 머저리가 있었다니……."

"평범한 머저리가 아닐지도 몰라. 한 놈은 약물을 쓰기도 했으니까."

"……뭐라고요?"

여자의 말에 반노의 표정이 바뀌었다. 좀 전까지 흐리멍덩했던 표정이 단숨에 암흑사회에서 살아온 남자의 그것으로 돌변했다.

그녀가 턱짓으로 가리킨 방향을 보니, 어지럽게 널린 쓰레기더미 속에 남자가 쓰러져 있었다. 부하에게 끌어내게 해서 소지품을 조사해 보니 사용한 주사기가 나왔다.

"증상이 어땠습니까?"

"흥분과 이상할 정도의 괴력, 고통도 못 느끼는 것 같던데."

"진짜배기 전투용 아닙니까……. 젠장, 생각보다 빨리 나돌기 시작했군……. 설마 이 녀석, 아가씨가 족쳤습니까?"

여자는 그 질문에 떨떠름한 얼굴로 고개를 가로저었다.

자신이라면 괜찮다며 호위도 달지 않고 밖에 나온 결과가 이 꼴이라 체면이 말이 아니지만, 그런 소릴 하고 있을 상황이 아니었다.

"지나가던 용병이란 놈이 구해줬어."

"용병이라니…… 깡패가 깡패를 처리했단 말입니까?"

"……깡패라. 그 바위덩이 같은 녀석을 그렇게 불러도 될지 모르겠지만."

반노는 평범한 반응을 보였다.

이 근처에서 용병을 자칭하는 놈들은 깡패와 별반 다를 게 없다. 모험가도 병사도, 그리고 마피아도 되지 못한 채 폭력으로 푼돈이나 버는 자들.

그 폭력조차 과도하면 진짜들의 눈밖에 나는 탓에 약자나 입장이 불리한 자들에게만 휘두른다.

하지만 그 남자는 그러한 자들과는 근본부터 다른 것 같다.

돈에 집착하지 않는 태도며 차분한 행동거지는 자신이 아는 용병의 이미지와 동떨어져 있었다.

(……이상한 녀석이었지.)

분명 우연한 만남이었다. 어떠한 요구도 접촉도 없이 떠나간 걸 보면 이 안건과는 아마도 무관하겠지만 조금 신경 쓰인다.

……신경 쓰이기는 하지만, 지금은 그보다 우선할 일이 있다.

"반노, 이거 출처 알아내. 최근 나돌기 시작한 약물과 무관하진 않을 거 아냐."

"알겠습니다. ……이봐, 이 머저리들 사무실로 끌고 가서 모조리 불게 해. 가족, 친구, 교우 관계며 자주 가는 가게까지 전부 다."

반노의 지시에 부하들이 움직였다.

도시에 뿌리내린 마피아는 이러한 개인 정보를 매우 빨리 알아낸다. 폭력, 돈, 협박을 구사해 온갖 방면에서 정보를 모을 수 있기 때문이다. 개인의 정보는 이틀이면 탈탈 털어버릴 수 있다.

"이번 일, 어떻게 생각하지?"

반노는 엽궐련을 물고 불을 붙이며 생각했다.

"……칸타렐라에 그러한 움직임이 있다는 이야기는 못 들어봤군요. 저쪽은 우리보다 더 보수적이니 말입니다. 우리 쪽에 그런 멍청한 짓을 할 듯한 놈들은 이제 없고요."

투덜대듯 내뱉은 반노의 말에, 여자는 일전에 자신의 조직원이 저지른 일을 떠올리고는 혐오 섞인 표정을 지어 보였다. 마피아에게 범죄는 일상다반사지만, 넘어서는 안 되는 선이란 것이 있기 마련이다.

도시의 주민을 납치해서 인신매매…… 그것도 아이들만 노렸던 것은 그중에서도 최악이라 할 수 있다.

딱히 윤리적인 문제 때문이 아니다. 부모가 없는 고아라면 모를까, 세금을 내는 주민의 아이를 납치하는 것은 너무도 위험한 일이라는 이유 때문이다. 그때는 헌병 등이 관심을 보이지 않을 이민족을 노렸다고 하지만, 그건 그것대로 다른 의미에서 너무 위험하다. 자칫 잘못했으면 대항쟁으로 번질 뻔한 일이었던 것이다.

참고로 그 인물은 이미 처리를 했으니 두 번 다시 모습을 보이지 않을 거다.

"인신매매 같은 멍청한 짓이나 하다니……. 아니, 이미 없는 인간은 아무래도 좋아. 역시 아그리에샤인가…… 성가시게 됐군."

"그 부분도 염두에 두고 조사시키겠습니다. 저는 이만. 아가씨도 조심하십쇼."

반노는 본인도 정보를 모으기 위해 움직이려 했다. 트렌치코트를 나부끼며 떠나가려는 그를, 여자가 불러 세웠다.

"아아, 그리고 조사해줬으면 하는 게 하나 더 있어."

"뭡니까, 아가씨."

용건을 입 밖에 내려다가 그 남자의 이름도 듣지 않았다는 사실을 그제야 알아챘다. 어떻게 전달을 해야 할까, 생각하다가 그러고 보니 희한한 무기를 짊어지고 있었다는 사실이 떠올랐다.

"아~…… 손잡이 양쪽 끝에 검이 붙어 있는 무기를, 뭐라고 하더라? 그걸 가진 용병을 찾아줘."

"저도 무기에 관해서는 아는 게 별로 없어서 이름까지는 모르겠군요. 하지만 특징적인 무기 같으니 조사하면 금방 알 수 있을 것 같습니다……. 급하십니까?"

"아니, 쉬엄쉬엄해. 아아, 덩치도 꽤 컸으니 눈에 띌 거야."

"알겠습니다."

도와달라고 하지는 않았지만 도움을 받아놓고 고맙다는 말도 안 하는 것은 주의에 반하는 일이다. 실제로 그 남자가 없었다면 상당히 위험한 상황에 빠졌을 거다.

"아, 그러고 보니 깜박했는데, 바깥에 나가실 때는 저희를 부르십시오. 아무리 아가씨가 실력에 자신이 있으셔도, 이번 같은 일이 또 일어나지 않으리란 법은 없으니까요!"

"그래, 알았어. 조심할게."

여자가 적당히 대꾸하며 발걸음을 돌리자 반노는 한숨을 내쉬었다.

"그릇도 배짱도 나쁘지 않지만, 저 자유분방한 성격은 어떻게 안 되려나…… 이게 젊음이란 건가?"

그런 소릴 하면서도 희한한 무기를 지닌 거한이라는 말을 들으니 뭔가가 마음에 걸렸다.

이전에 진수우·야에 협력했던 복면 쓴 남자의 정보가 전혀 손에 들어오질 않았다.

나기나타와 그 비슷한 무기를 다루는 거한, 그것도 실력자라면 그럭저럭 후보자를 추려낼 수 있을 법도 하건만.

"아가씨가 말한 덩치 큰 용병도 희한한 무기를 지녔다고 했는데…… 혹시? 뭐, 그렇게 일이 술술 풀리면 고생할 사람은 아무도 없겠지."

†

퓨엘 바위산 중턱. 광석 자원이 풍부한 이 땅은 마수들이 많이 출현하는 장소인 동시에, 그 자원을 찾는 많은 탄광부들로 늘 붐비는 장소였다. 일전에 대량 발생했던 마수는 이미 토벌되어 마수 출현률도 대폭 감소한 시기라, 지금은 한몫 잡을 절호의 기회였다.

평소 같았으면 깎아지른 듯한 바위산이 솟아 있는 가운데, 광석을 파내기 위해 남자들이 곳곳에서 곡괭이를 휘두르는 광경을 볼 수 있었을 거다.

그런 장소에서 한 마리의 마수가 날뛰고 있었다.

몸길이는 꼬리 끝까지 합쳐 4미터 정도. 이족 보행하는 도마뱀 마수는 살무사처럼 뾰족한 머리를 향한 채 외적을 요란하게 위협했다.

특히 꼬리가 특징적이었다. 꼬리뼈가 거대한 망치로 착각할 만큼, 이상할 정도로 발달해서 휘두를 때마다 거기에 닿은 바위가 박살났다. 무거워 보이는 꼬리를 달고 있는 것치고는 움직임도 민첩한 데다 발달된 다리로 도약까지 가능한 듯했다.

"우와! 무쇠망치 도마뱀이에요, 지그 씨!"

시어셔가 흥분한 투로 소리쳤지만 지그는 그런 걸 신경 쓸 상황이 아니었다.

공중에서 1회전한 마수가 꼬리를 내려친다. 이름의 유래이기도 한 무쇠망치처럼 발달한 꼬리가 무시무시한 소리를 내며 지그가 물러선 장소를 내려쳤다.

"대단한 위력이군."

단단한 지면에 거미줄처럼 금이 간 것을 곁눈질하며 지그는 쌍인검을 겨누었다.

맞으면 즉사를 면치 못할 정도의 위력이다. 설령 갑옷을 입는다 해도 그 안의 인간이 견뎌낼 수 있을까. 하지만 맞지 않으면 그것도 무의미하다.

"지그 씨~. 꼬리는 되도록 부수지 말고 쓰러뜨려주세요. 비싸게 팔린대요."

가볍게 말하기는 했지만 그녀도 놀고 있지는 않았다. 광부들을 보호하고 소형 마수들을 소탕하고 있었기 때문이다.

"……말은 쉽지."

쓴웃음을 지으며 옆으로 후린 꼬리를 물러나서 피했다. 무시무시한 바람이 얼굴을 때렸지만 지그의 눈은 한시도 적에게서 떨어지지 않았다.

원심력을 살린 연속 회전 공격은 상대하지 않고, 땅을 힘껏 박차고 전진해 품 안으로 파고든다.

그토록 무시무시한 위력을 지닌 꼬리도 품 안으로 파고들면 무게 추나 다름없어진다. 위험한 공격 수단을 지닌 상대일수록 그것을 넘어선 곳에 활로가 있는 법이다.

지그가 상단으로 치켜든 쌍인검을 힘껏 쥐더니, 단련을 거듭한 근력으로 몇 번이나 연거푸 힘이 실린 일격을 내려쳤다. 무쇠망치 도마뱀에 지지 않을 기세로, 윗날로 사선베기를 날린다.

어지간한 마수라면 겁을 집어먹을 정도의 일격을, 무쇠망치 도마뱀은 순간적으로 치켜든 앞발로 받아냈다. 엄청난 충격에 두껍고 튼튼한 발톱에 커다란 균열이 갔지만, 그걸로 끝이 아니었다.

지그는 더욱 힘을 실어 발톱을 옆으로 쳐내며 몸을 비틀어, 아랫날로 퍼올리듯이 앞발 한쪽을 베어냈다.

푸른 피가 상처에서 흘러나오자 무쇠망치 도마뱀이 날카로운 비명을 내지르며 반사적으로 베인 앞발을 움츠렸다.

"죽어라."

자세를 낮춘 지그의 쌍인검이 흔들리는가 싶더니, 푸른 궤적이 일직선으로 그어졌다. 고통으로 몸을 젖혀 텅 비게 된 흉부에 윗날의 찌르기가 박힌다. 창의 명수를 연상케 하는 날카로운 찌르기가 바위로 된 갑각으로 둘러싸인 무쇠망치 도마뱀의 가슴을 꿰뚫었다. 중장병의 갑옷에 필적하는 갑각이 깨지자, 무쇠망치 도마뱀은 푸른 피를 뿜어내며 몸부림을 쳤다.

"……갑각으로 비껴나가게 했나."

유선형 흉부와 튼튼한 갑각은 쌍인검의 궤도를 미세하게 틀어지게 해서, 무쇠망치 도마뱀은 간신히 즉사를 면했다.

반광란 상태에 빠져 날뛰는 마수에게서 쌍인검을 뽑은 지그가 거리를 벌렸다. 치명상은 입혔다. 이제 휘말려들지 않도록 떨어져서 죽기를 기다리면 된다.

"끄아아아아아악?! 이쪽으로 오지 마!"

"……그럴 수도 없나."

죽음을 앞두고 날뛰던 마수가 엉뚱한 방향으로 달려 나가자, 그 앞쪽에 있던 광부가 비명을 질렀다. 그들의 신변 보호도 이번 의뢰에 포함되어 있다 보니 무시할 수도 없었다.

그런 생각을 하는 동안에도 마수는 움직였다. 지금 당장 뛰쳐나가 마수를 벨 수는 있겠지만, 그래서는 마수의 기세를 죽이지 못해 광부가 휘말려들지도 모른다.

"그다지 바람직한 방법은 아니지만."

투덜대며 지그는 창던지기를 하듯이 쌍인검을 쥐더니, 왼손을 눈앞에 내밀어 목표를 조준했다.

전장에서 무기를 투척하는 것은 그다지 권장되는 방법이 아니다. 빗나가면 맨손으로 무기를 지닌 상대와 싸워야만 하고, 명중

시켜 적이 쓰러지더라도 상대가 한 명뿐이라는 보장이 없기 때문이다. 이번에는 그런 소리를 할 상황이 아니지만.

쌍인검을 쥔 오른손에 힘을 실은 순간, 마수의 정면에 자리한 지면이 느닷없이 움직였다. 대지가 부자연스럽게 솟구쳐, 지그의 키만한 말뚝 하나를 형성했다. 원뿔형 말뚝은 대각선으로, 마수의 몸통을 요격하려는 듯이 설치되어 있었다.

빈사 상태의 마수는 당연히 눈앞에 생성된 말뚝을 피할 여유가 없어서 힘차게 들이받았다.

지그가 있는 곳까지 땅울림이 전해지고, 화염 마술이 폭발하기라도 한 듯한 굉음이 쩌렁쩌렁하게 울렸다.

기병을 요격하듯 솟구친 땅의 창은 마수의 기세를 이용해 그 몸을 꿰뚫었다. 조금 전 지그가 뚫었던 구멍을 억지로 비틀어 열 듯이 꽂힌 말뚝은 등 쪽으로 빠져나와, 마수의 생명을 확실하게 앗아갔다.

"이야아, 덕분에 살았어. 댁들 강한걸?!"

"아뇨아뇨. 저희야말로 마수를 운반해주셔서 고마워요."

전이석판 근처.

수레에 다 실리지 않을 정도로 많은 마수의 소재를 옮겨준 광부들에게 시어서가 고개를 숙였다. 그러자 광부들은 허둥지둥 그녀에게 다시 고개 숙여 인사했다.

"그거야말로 우리가 할 말이지. 일터에 나타난 마수만 좀 처리해달라고 할 셈이었는데, 설마 무쇠망치 도마뱀까지 나올 줄이야…… 이쪽의 보고에 착오가 있었어. 정말로 미안해."

모험가 일에 방해가 되는 이런저런 일들을 정리한 후, 시어셔와 지그는 길드에서 의뢰를 받았다.

바위벌레가 대량 발생해 토벌대에 의한 일제 구제 작업이 이루어진 퓨엘산. 마수 발생률도 줄어들어 작업장으로 돌아와 보니, 놀랍게도 마수가 터를 잡고 있었다. 하지만 마수도 잔챙이들이고 숫자도 그렇게까지 많지 않아, 길드에서는 7등급으로 토벌 의뢰를 발행했다. 그것을 수락한 두 사람이 광부들의 안내를 받으며 현지에 와서 구제 작업을 하던 도중, 무쇠망치 도마뱀이 난입해 온 것이다.

의도적으로 위협도를 낮춰서 보고해 의뢰비를 깎는 일은 흔하지만 이번에는 그런 게 아닐 거다. 이 의뢰는 공상(工商) 길드에서 정식으로 발행한 의뢰로, 그들은 이런 푼돈을 아끼려고 모험가 길드와 마찰을 빚을 만큼 어리석지 않다.

"이 일은 제대로 보고해서 의뢰 위협도도 수정하고 보수도 재확인해둘게."

"잘 부탁드릴게요."

광부는 미소를 띤 시어셔에게 다시금 고개 숙여 인사한 후, 한발 먼저 전이석판을 사용해 길드로 보고를 하러 갔다.

예상치 못한 위험한 사태가 벌어졌으니 본래는 불평을 쏟아낼 법도 한데, 시어셔는 매우 환한 미소를 짓고 있었다. 아무래도 무쇠망치 도마뱀의 소재라는 게 그만큼 짭짤한 물건인 모양이다.

“지그 씨도 수고하셨어요.”

“아니, 마지막엔 덕분에 살았다. 내가 했다면 저들이 다쳤을지도 몰라.”

투척으로 무쇠망치 도마뱀을 처리했어도 기세는 완전히 죽이지 못했을 거다. 죽지는 않을지 몰라도 덩치 큰 마수에게 치이면 큰 부상을 입을 수도 있다.

“……저 커다란 혹 같은 게 그렇게 값어치가 있나?”

마수대전을 비롯한 여러 자료를 섭렵한 그녀의 말이니 틀림없을 거다. 그럼에도 이상한 형태의 바위로만 보이는 그 꼬리에 가치가 있다니, 도통 믿기지가 않았다.

“저 꼬리는 생긴 건 좀 그렇지만 속은 엄청 예쁘거든요. 줄무늬가 나무의 나이테 같아서 가공하면 좋은 공예품이 된다나 봐요. 오래 산 개체일수록 문양에 깊이가 있다고 해요.”

“호오…… 그렇게 난폭하게 휘두른 것치고는 아주 우아한 용도로 쓰이는군.”

“무구 소재로도 우수하다던데요? 비교적 가볍고 튼튼한 데다 충돌에도 강해서 투구나 방패에 적합하다는 모양이에요. ……다만 무구로 만들기보다는 공예품으로 만드는 편이 훨씬 비싸게 팔려서 잘 안 쓰인다고 해요. 그러다 보니 용의 소재로 만든 무구보다 희소성이 높다고 들었어요. 역시 돈이 최고네요!”

“……아주 우아하지 못한 이야기로군.”

그런 잡담을 나누며 두 사람은 전이석판으로 향했다.

익숙해졌다 해도 될 만큼 여러 번 방문한 길드는 오늘도 성황이었다. 그것은 한곳에 머무른 기억이 그다지 없는 지그, 계속 같은 장소에서 지냈던 시어셔 두 사람 모두에게 익숙한 광경이 되었다.

"수고 많으셨어요. 말씀은 들었어요. 고생이 많으셨겠어요…… 시어셔 씨가 무사하셔서 다행이에요!"

안면을 튼 여성 접수원, 시안이 밝은 태도로 대응해주었다. 이번에도 위협도가 높은 마수를 상대한 걸 두고 하고 싶은 말이 조금 있는 듯했지만, 요전에 답답해하는 시어셔를 본 탓인지 이번에는 잔소리를 할 생각이 없는 모양이다.

그녀도 조금씩이지만 교우 관계를 넓혀가고 있다. 마녀로서 지낸 세월을 돌이켜 보면 그것은 커다란 진보이자 성장이었다.

"……."

이제 자신이 참견을 할 필요는 별로 없을지도 모르겠다. 그런 생각을 한 자신에게 놀람과 동시에 과거의 동료들도 자신을 보고 같은 생각을 했으리라는 것을 깨달았다.

"후."

"……왜 팔짱씩이나 끼고 늙은이 같은 분위기를 내고 있는 건데?"

무례한 말에 시선을 돌려보니, 언제부터 보고 있었는지 어이가 없다는 듯이 뚱한 눈으로 지그를 바라보는 이사나(사춘기 소녀)가 있었다. 하지만 지그도 계속 같은 도발에 넘어갈 만큼 정신력이 약하지는 않았다.

조금 전과 달리, 살며시 코웃음을 치고서 나직하게 말을 내뱉었다.

"넌 그래서 친구가 없는 거다."

목소리를 높이지도 않고, 북적거리는 소리에 묻힐 정도의 톤으로 내뱉은 단적인 말이었다. 하지만 그녀들의 우수한 긴 귀는 그런 말도 놓치지 않고 듣고야 말았다.

이사나가 눈을 부릅떴다. 비취색 눈을 동그랗게 뜨고서 지그를 보더니, 이어서 곱상한 눈썹을 치켜세우며 소리쳤다.

"뭐…… 뭐어?! 있거든?!"

뒤틀린 목소리가 길드에 울려 퍼지는 바람에 무슨 일인가 싶어진 주변 사람들이 주목했다. 그녀는 개의치 않고 지그에게 덤벼들었다. 그런 반응이 무엇보다도 확실한 증거이건만.

"펴, 평소 내 모습을 못 봐서 그래! 검술 지도를 해달라고 하기도 하고, 무인으로서의 마음가짐에 관해 묻는 사람도 있어서 엄청 인기 있거든?!"

"가엾군. 존경과 우호의 차이도 구분 못 하다니."

멱살을 잡고 흔들어대는 이사나에게 지그는 연민 어린 눈빛을 보냈다. 아니, 그뿐 아니라 주변에 있던 인간들도 어쩐지 불쌍해하는 눈빛을 보내왔다. 뛰어난 감각을 지닌 이사나는 그걸 알아채고 말았고, 엄청난 수치심에 갈색 피부가 붉게 달아올랐다.

"누가, 이, 아…… 그, 그러는 당신은 어떤데! 입만 열면 일 얘기만 해서 친구는 하나도 없지 않아?!"

궁지에 몰린 그녀는 그 창부리를 지그에게 돌리려 했다. 똑같이 친구가 없다면 굴욕도 같이 당하자. 그렇게 발목을 잡을 꿍꿍이속이 훤히 보이는, 무인으로서의 긍지라고는 눈곱만큼도 없는 행동이었다.

"——지그, 수고했어. 일하다 문제가 생겼다고 들었는데, 괜찮아? ……뭔가, 싸우는 분위기?"

그때 비늘 사람인 우르바스가 끼어들었다. 그는 의아하다는…… 아마도 의아하다는 표정을 짓고는, 멱살을 잡고 있는 이사나와 지그를 번갈아 쳐다보았다.

"아니, 괜찮아. 일 쪽은…… 좋은 임시 수입이 날아들었지."

우르바스는 잠자코 지그를 쳐다보더니, 둘러대는 낌새가 없다는 것을 확인하고는 고개를 끄덕였다.

"……그래. 다행이야."

"걱정해줘서 고맙다."

"……어."

몇 마디 되지 않았지만, 쌀쌀맞게 느껴지지는 않는 대화. 그리고 무엇보다도 솔직하게 감사 인사를 하는 지그의 모습에 이사나는 깜짝 놀랐다.

"아니, 친구, 니까."

"——."

그것이 치명타가 되었다. 이사나는 지그의 멱살을 잡고 있던 손을 축 늘어뜨리더니, 힘없이 뒷걸음질을 쳤다. 그러고는 근처에 있던 의자에 주저앉아, 그대로 테이블에 엎어져버렸다.

"저 여자, 왜 저래?"

"신경 쓰지 마. 역량 차이도 파악 못하는 미숙한 자의 최후이니."
"그래……?"
우르바스는 여전히 의아한 눈치였지만 그 나름대로 납득을 한 것인지 고개를 끄덕이고는 못 본 척 하기로 했다. 모험가로서 바람직한 태세 전환 속도였다.
"……."
시선이 느껴진다. 곁눈질로 그쪽을 흘끔 쳐다보니, 몇몇 모험가들이 이쪽을 쳐다보고 있었다. 결코 우호적이라 할 수 없는, 적의와 혐오감이 뒤섞인 어두운 눈빛이다.
모험가는 실력주의라 아주 대놓고 아인(亞人)을 차별할 수는 없다고 들었지만, 그렇지 않은 자들도 일정 수 있기 마련이다. 대부분은 송사리라 그다지 신경이 쓰이지 않았지만, 지금 이쪽을 쳐다보고 있는 모험가들은 웬일로 행동거지가 실력자 같았다. 시선을 늦게 알아챈 것도 그 때문이다. 그 점이 조금 신경 쓰였지만, 우르바스가 가만히 있는데 이쪽이 소란을 피울 필요는 없을 거다.
우르바스는 시선을 돌려, 접수처에서 대화 중인 시어셔를 쳐다보았다. 그녀의 옆에 있는 수레에는 커다란 바위 같은 덩어리가 떡 하니 자리하고 있었다.
"……저거, 혹시 무쇠망치 도마뱀의 꼬리?"
"용케 알아봤군. 그 녀석이 곡괭이를 휘두르는 곳에 망치를 들고 왔기에 퇴장시켰지."
과연 숙련된 모험가라고 해야 할지, 우르바스는 한눈에 그 정체를 간파해냈다. 지그는 전혀 모르겠지만, 베테랑들은 알아보는 모양이다. 주변에 있는 모험가들 중에서도 젊은이들은 의아해하고 있지만, 나이 많은 이들은 흥미롭다는 눈빛을 보내고 있었다.

"응. 돈이 될 듯한 소재, 전부 파악하고 있어. 그나저나 상당히 크다. 오래 산 개체였나 보네."

꿈쩍도 않게 된 이사나를 곁눈질하며 우르바스와 모험가 일에 관해 이야기하던 중, 떠들썩한 집단이 다가왔다. 몸집이 큰 지그는 통행을 방해하지 않도록 가장자리에 있었으니, 이쪽에게 볼일이 있어서 온 듯했다.

"여어, 지그 아니야? 우르바스랑 아는 사이였냐."

"요전에는, 신세가 많았다."

말을 걸어온 것은 덩치 큰 두 남자로, 와다츠미에 소속된 모험가인 베이츠와 그로우였다. 일을 마치고 돌아오는 길인지. 장비한 방어구에 묻은 흙이 눈에 띄었다.

"꼴이 말이 아니다. 뭘 사냥하고 왔어?"

베테랑 모험가들끼리 안면이 있는지, 베이츠 일행과 우르바스는 가볍게 대화를 나누었다.

"이야아, 오늘은 난리도 아니었거든. 흙속에 사는 마수가 상대라 온몸이 다 진흙투성이가 됐다니까."

"도망치는 마수를 억지로 붙잡아서, 끌려 다닌, 탓이잖아."

베이츠가 호쾌하게 웃자 그로우는 어이가 없다는 듯이 고개를 가로저었다. 모험가 일을 할 때도 이 둘은 평소 행실에서 예상되는 것과 같은 역할을 맡고 있나 보다.

베이츠의 만행을 전해들은 우르바스가 쓴웃음을 지었다.

"무모하기는. 이 근처에서 흙속에 사는 마수라면…… 잠구토룡(潛口土龍)?"

"길드가 의뢰를 해왔거든. 솔직히 말해서 귀찮은 상대라…… 거절하고 싶었는데."

"처음 듣는 마수군."

처음 듣는 마수의 이름을 듣고 지그가 끼어들자, 베이츠가 신이 나서 이야기하기 시작했다. 이런 설명을 좋아하는 면이 정말로 그다웠다.

"한마디로 말하자면, 더럽게 큰 지렁이지. 두께가 성인 남성만 해. 진동을 감지해서 아래에서 덤벼드는 성가신 녀석이지……."

"……흐음?"

어디서 들어본 듯한 특징을 지닌 마수라는 생각에 지그가 기억을 더듬던 중, 베이츠가 이사나를 발견한 듯했다.

"……엉? 저기서 녹아있는 건…… 이사나냐?"

그가 녹아있다고 표현한 것도 무리는 아니었다. 평소 꼿꼿하게 서 있던 긴 귀는 볼품없이 흐늘흐늘해졌고, 아무렇게나 다리를 내팽개친 채 얼굴을 테이블에 처박고 있었기 때문이다. 게다가 베이츠의 말을 들었을 텐데 아무런 반응도 없었다.

"그냥 가만히 놔 둬."

무인(武人)은 아니지만 용병에게도 인정은 있었다.

†

"지그 씨는 교우관계가 넓네에……."

조금 떨어져 있는 새에 여러 지인들에게 둘러싸여 있는 지그를 보고 시어셔가 감탄한 듯이 중얼거렸다. 자신이 조금 신용할 수 있는 인간을 찾아내는 동안, 그는 많은 사람들에게 둘러싸여 있었다. 얼굴 생김새로 보나 행동으로 보나 결코 친해지기 쉬운 인간은 아닐 텐데.

"신기하네요."

"아, 시어셔 씨!"

"네?"

생각에 잠겨 있던 시어셔가 돌아보자, 낯이 익은 한 여성 모험가가 붙임성 좋은 미소를 띤 채 손을 흔들고 있었다.

"아…… 린디아 씨, 였죠?"

"맞아맞아! 전에 임시로 파티를 맺었던 린디아야! 오랜만이네."

녹색 기가 도는 갈색 단발머리의 소녀는 이전에 리스티의 소개를 받아 임시로 맺었던 파티의 멤버였다.

"……오랜만, 이네요. 잘 지내셨나요?"

이 정도 시간을 오랜만이라고 해야 할지, 시간 감각의 차이에 잠시 당황한 탓에 시어셔는 다소 늦게 대답을 했다. 그렇지만 상대에게 이야기를 맞추는 수법을 익힌 그녀의 입에서는 자연스럽게 말이 흘러나왔다.

"그럭저럭 잘 지냈달까? 요즘은 장비 구입 때문에 살짝 고민 중이긴 하지만…… 그보다 얘기 들었어, 시어셔 씨! 무쇠망치 도마뱀을 잡았다면서? 굉장해!"

"아~ 뭐, 지그 씨가 거의 다 잡은 거였지만요."

물론 그녀 혼자서도 어렵지 않게 쓰러뜨릴 수야 있었겠지만, 시어셔는 무심결에 그렇게 답했다. 무의식중에 역량 차이가 너무 많이 나는 것처럼 보이면 거리감이 생길지도 모른다고 생각하고서 내뱉은 답변이었다.

"아아, 저 무섭게 생긴 아저씨가? 하긴, 강해 보이기는 하니까."

그녀는 시어셔의 무의식적인 갈등을 알아채지 못하고 납득했다. 그러더니 갑자기 시어셔의 어깨를 붙잡고서 거리를 좁혀 왔다.

"저, 저기……?"

지그 이외의 사람과 직접 접촉하는 일이 적은 탓에 시어셔는 살짝 겁이 났지만, 린디아는 개의치 않고 자신의 용건을 이야기했다.

"그보다 시어셔 씨, 또 나랑 파티 맺지 않을래? 지금 엄청 돈이 될 것 같은 일이 있거든!"

"돈이 될 것 같은 일……이요?"

"그래그래. 확실하게 한몫 챙길 수 있어! 갖고 싶었던 장비 같은 것도 구입할 수 있을 거라고!"

"오오, 확실하게 한몫 챙길 수 있는 일이라고요……? 저도 사고 싶은 마구(魔具)가 있기는 한데요. ……아, 잠시만요. 지그 씨가 그렇게 좋기만 한 이야기는 믿으면 안 된다고……."

"아아, 미안미안. 수상쩍은 자유 의뢰가 아니라 제대로 길드를 통한 일이니까 괜찮아. 그리고 저 아저씨한테도 잘 설명해 둘게."

"그렇다면…… 이야기를 들어볼게요."

자신도 푸념을 할 만큼 교우관계가 좁지는 않을지도 모르겠다. 활기차게 이야기를 꺼내는 그녀를 앞에 두고, 시어셔도 그렇게 자신의 변화를 느끼고 있었다.

†

다음 날. 일과인 트레이닝을 마친 지그는 거리를 어슬렁거리고 있었다.

번화가는 오늘도 북적였다. 많은 인간들이 모이는 장소는 그에 비례하는 열량을 띠기 마련이다.

점심을 앞둔 시간. 다소 이르지만 붐비기 전에 점심식사를 해치워버릴까 생각한 지그는 번화가를 어슬렁거리며 가게를 물색하고 있었다.

최근 식욕이 늘어나는 바람에 식비도 무시 못 할 수준이 되었다. 버는 금액도 늘기는 했지만 장비 보수 등을 생각하면 함부로 돈을 쓸 수는 없었다.

적당한 노점에서 산 간식 대용으로 소시지를 검은 빵에 싼 것을 먹으며 눈을 가늘게 뜨고서 주변을 둘러보았다.

"……흠."

번화가인 탓에 주변에는 사람이 많고, 지나다니는 흐름도 빠르다.

인파 속에서도 지그는 특출하게 키가 큰 탓에 눈에 띄는 편이다.

가게를 정하고 나면 서두르지 않고 느긋하게 걸어가고는 한다.

평소 들렀던 몇몇 가게를 지나쳐 아직 가본 적이 없는, 품위 있어 보이는 가게를 선택하고서 남은 빵을 입에 던져 넣었다.

조건 좋은 입지에 있는 가게는 다른 곳에 비해 가게 차림새가 호화스럽다.

그럭저럭 복장을 갖춘 자가 출입하는 그곳에서, 무기를 짊어진 지그는 솔직히 말해서 달갑지 않은 손님이다.

"어서 오십시오."

하지만 좋은 가게는 점원들도 잘 교육하는 법. 달갑지 않은 차림새를 한 지그를 보고 생각한 바가 없지는 않겠지만, 그런 낌새는 추호도 보이지 않았다.

다소 경계하듯 지그를 관찰하기는 했지만 주정뱅이나 폭한(暴漢)이 아니라고 판단한 뒤부터는 신상을 캐려 하지 않았다.

한동안은 안내를 받은 자리에 앉아 주문은 하지 않고 메뉴를 들여다보고 있었다.

지그의 덩치와 옆에 놓인 무기가 신경 쓰이는지 주변에 있던 손님들이 지그를 흘끔흘끔 쳐다보았지만, 본인은 전혀 개의치 않았다.

이윽고 그는 점원에게 커피만 주문한 후, 아무것도 하지 않고 바깥을 바라보았다.

앞에 놓인 커피로 손을 뻗어 입에 대고는 생각보다 맛있다는 생각에 눈썹을 움찔했다.

"어서 오십시오."

지그가 얼마간 커피를 즐기던 중.

점원이 새로 들어온 손님을 맞이했지만 그 손님은 한 손을 들더니.

“일행이 먼저 와 있어서.”

……라고만 말하고 지나쳐갔다.

안내를 거절한 손님은 뚜벅뚜벅 발소리를 내며 지그 쪽으로 다가왔다.

“의외인걸. 이런 가게와 인연이 있을 것처럼은 안 보였는데.”

그 말에 시선을 돌려보니, 그곳에는 이전에 뒷골목에서 폭한에게 공격을 당하던 매서운 눈매의 갈색 머리 여자가 있었다. 무기다운 무기는 가지고 있지 않았지만, 허리 부근에서 위화감이 느껴졌다. 옷 아래에 단도라도 숨기고 있는 것이리라.

여자의 몸을 살펴보았다. 그럭저럭 단련을 했고, 행동거지도 싸우는 자의 그것이다. 하지만 지나치게 말끔한 손과 행동거지는 최전선에서부터 고초를 겪어가며 출세한 게 아니라, 호신과 교육을 위해 기술을 익힌 듯한 인상을 주었다.

그녀는 양해도 구하지 않고 지그의 맞은편 자리에 앉더니 점원을 불러 케이크 세트를 주문했다.

“미행한 건가.”

“그래, 내 미행 실력도 제법이지?”

여자가 그렇게 말하며 의기양양하게 곁눈질을 하자 지그는 흥, 하고 콧방귀만 뀌었다.

지기 싫어서 그러는 것이라 생각했는지, 여자는 웃으며 손을 내밀었다.

"그때 고맙다는 말을 미처 못 했잖아. 카티아 알베르티야."

"지그다. 용병 일을 하고 있지."

카티아가 내민 손을 가볍게 잡아 악수했다. 그녀는 바위처럼 단단하고 두꺼운 지그의 손을 잡고는 눈썹을 슬쩍 꿈틀거렸다.

"다시 한번 감사 인사를 하도록 하겠어. 그때는 덕분에 살았어."

"뭐, 어쩌다 보니 그렇게 된 거야. ……그래서, 용건은?"

감사 인사만 할 것이었다면 바깥에서 했어도 충분했을 거다. 굳이 느긋하게 앉아 대화할 수 있는 상황을 노린 데에는 이유가 있을 터.

카티아는 다리를 꼬며 자연스럽게 주변을 살폈다. 가게 안의 분위기는 차분하고 점심식사를 하기에는 다소 이른 시간대라 손님도 적다.

대화를 하고 있다는 건 알겠지만 좌석과 좌석이 그럭저럭 떨어져 있어서, 목소리를 낮추면 들리지 않을 거리다.

이런 가게는 비밀 이야기를 하기에 적합하다. 주점처럼 떠들썩한 장소는 어디서 누가 귀를 곤두세우고 있을지 모를 일이다. 분위기가 어수선한 장소에서는 타인의 기척도 알아채기 어렵다.

정말로 다른 이가 들으면 위험한 이야기나 큰돈이 움직이는 이야기 등을 할 때는 흔히 이런 가게가 이용되고는 한다.

카티아는 얼굴 앞에서 손깍지를 끼어 입가를 가린 채 입을 열었다.

"……당신한테 일을 의뢰하고 싶어. 미리 말해두겠는데, 나는 마피아 관계자야. 그 점을 염두에 두고 일을 받을지 말지 판단해 줘."

(마녀, 모험가, 진수우·야에 이어 이번에는 마피아인가.)

평소에 '돈만 내면'이라는 소리를 하고 다니기는 했지만, 이렇게까지 줏대 없이 의뢰를 받게 되리라고는 생각도 못했다.

너무도 다양한 의뢰인의 면면들을 생각하니 무심결에 웃음이 났다.

일 이야기를 하기 위해 커피를 한 모금 마셔서 마음을 다잡았다.

†

(……웃고 앉았네. 역시 정상은 아니야.)

자신이 마피아와 관련된 일을 의뢰했을 때, 상대의 반응은 크게 두 종류로 갈린다.

불쾌한 표정을 짓거나 영업용 미소나 무표정으로 본심을 감추거나.

전자는 얽히고 싶지는 않지만 돈은 되겠다고 생각하는 동시에 거절하면 뒤탈이 있을까 경계하는 자의 반응.

후자는 이쪽의 약점을 찾아, 빈틈이 보이면 이용해주겠다고 생각하는 야심 있는 자의 반응이다.

하지만 이 남자의 반응은 둘 중 어느 쪽도 아니었다.

마치 무심결에 웃음이 나고 만 듯 보이는 반응은, 지금껏 경험해본 적이 없었다.

웃은 것을 얼버무리듯 컵으로 입가를 가린 것으로 미루어 연기

같지도 않다.

(경험한 적 없는 상대야. 신중하게 진행하자.)

†

지그는 시선은 그대로 둔 채 옆에 내려둔 쌍인검을 의식했다.

"일의 내용을 듣기 전에 확실하게 말해두겠는데, 의뢰 내용이 법에 크게 저촉되거나 민간인 등의 비전투원에게 해를 끼치는 부류의 것은 받을 생각이 없다."

그것은 결코 윤리적 관점에서 비롯된 조건이 아니다. 아무리 큰돈이라도 향후의 일에 지장이 생길 의뢰를 받을 수는 없기 때문이다.

쓰다 버리기 좋은 장기말이 될 생각은 없기에.

"문제없어. 당신에게 부탁하고 싶은 건 내 호위야."

"……마피아가 호위를?"

마피아의 의뢰라기에 지그는 범죄 행위에 가담하게 되지 않을까 경계했던 것인데, 카티아의 입에서 나온 것은 뜻밖의 말이었다.

그녀가 마피아에서 어떤 위치에 있는지는 모르겠지만 일개 구성원일 리는 없다. 하지만 호위 정도라면 자신들끼리 어떻게든 할 수 있을 텐데.

눈을 가늘게 뜬 지그의 표정을 보고 그녀는 예상한 반응이라는 듯이 어깨를 으쓱해 보였다.

"이 이상은 의뢰를 수락한 다음에 설명하겠어. ……무슨 말이

하고 싶은지는 알아. 하지만 이래저래 설명하기 어려운 사정이 있거든."

"흠……."

아무래도 마피아가 얽힌 암흑사회에서 문제가 일어난 모양이다. 중요인물로 보이는 개인이 호위도 달지 않고 길거리에서 용병을 고용하려고 하는 것만 봐도 수상쩍은 냄새가 풀풀 난다.

하지만 상세한 경위는 둘째 치더라도, 어느 정도 짐작은 된다.

"약물 관련인가."

"글쎄."

그렇게 떠보았지만 카티아는 부정도 긍정도 하지 않았다.

과연 마피아 관계자라고 해야 할지, 그 표정을 통해 무언가를 짐작하기란 지그에게도 어려웠다.

"……."

다행히……라고 해도 될지 모르겠지만, 시간은 있다.

이전에 시어셔와 임시 파티를 맺어준 린디아라는 소녀가 그녀를 빌려달라는 부탁을 했다. 듣자하니 돈이 되는 의뢰를 발견했다는데, 자신들만으로는 역부족이라 시어셔의 힘을 빌리고 싶다는 것이다.

일단 아오이에게 확인을 해보니 출처가 확실한 의뢰라 위법성은 없는 듯했다. 위험성 쪽도 적정 수준이라 문제는 없다는 모양이다.

무엇보다도 시어셔가 의욕적이라는 부분이 지그의 판단에 결정적인 영향을 미쳤다. 다른 사람과 관계를 맺는다는 경험은 그녀가 앞으로 살아가는 데 반드시 도움이 될 것이다. ……린디아가 집요하게 이쪽을 아저씨라고 부른 건 좀 거슬렸지만.

그런 사정 때문에 지금은 시간이 비어 있다. 수상쩍은 의뢰인만큼 보수는 기대해도 될 거다.

사고 싶은 것도 있으니, 금액에 따라서는 수락하는 것도 나쁘지 않을 것 같다.

"보수는?"

"기간은 5일이고 일당 10만. 이건 확정 급여고 습격을 당하면 별도로 15만을 지급하지. 파손된 장비 등은 필요 경비를 이쪽에서…… 상식적인 범위 내에서 대고. 소모품이 필요하면 말해."

일하는 시간에 비해 나쁘지 않은 조건이다. 역시 마피아는 돈 씀씀이가 좋다.

하지만 한 가지 신경 쓰이는 점을 들자면…….

"어째서 나지?"

카티아가 자신을 선택한 이유가 마음에 걸렸다.

이전에 조금 도와준 일로 인해 마음에 들었다는 이유 때문은 아닐 거다. 마피아라는 조직은 그렇게까지 인정을 중시하는 조직이 아닐 테니.

지그의 질문을 예상했던 것인지 그녀는 쓴웃음을 지은 채 답했다.

"당신에 관해 조사해 봤어. ……보고를 들었을 때는 솔직히 말해서 놀랐지. 이 도시에 온 지 얼마 되지도 않았는데, 그렇게까지 성가신 일에 휘말려드는 인간이 있을 줄이야. 심지어 대부분은 그쪽이 먼저 손을 댄 게 아니라면서? 뭐 나쁜 거라도 붙어 있는 거 아냐?"

"……신경 꺼."

어렴풋이 느끼고 있던 걸 다른 이가 지적하자 지그는 거북해졌다.

뭐, 어렴풋이 느낀 정도인 것만 봐도 그의 감각은 망가져 있다고 할 수 있겠지만.

"뭐어, 그건 둘째 치고. 당신, 아무리 협박을 해도 절대 입을 열지 않았다면서?"

와다츠미에서 있었던 일을 말하는 것이리라. 무기도 없이, 여러 모험가들에게 포위된 상황에서도 지그는 결코 의뢰인에 관해 밝히지 않았다.

"일이니까."

"그게 가능한 실력과 의뢰인에 대한 굳은 의리가 당신에게 의뢰를 하는 이유야."

입만 살아서는 약속을 지킬 수 없고, 실력이 있다고 다 믿을 수 있는 것도 아니다.

폭력과 배신이 횡행하는 암흑사회에서 그 두 가지를 양립시키는 것은 매우 어려운 일이다.

카티아가 지그를 선택한 이유는 실로 마피아스러웠다.

"……."

선택된 이유는 나쁘지 않다. 일의 내용도 문제는 없다. 보수는 좋은 편이다.

요컨대 거절할 이유가 없다. 돈은 많을수록 좋다.

"이곳의 밥값을 그쪽에서 댄다면, 받아들이지."

"그럼 곧장 설명하도록 할까. 그 전에, 나처럼 입 앞에서 손깍지를 끼어줘."

의아하기는 했지만 일단 흉내를 내어, 양쪽 손을 모아 깍지를 끼어 빈 공간을 만들었다.

"양쪽 손바닥 안에서 소리가 울리도록 말해."

카티아가 다소 먹먹한 목소리로 말하는 시범을 보였다.

"이 행동에 무슨 의미가 있지?"

마찬가지로 먹먹하게 들리도록 말했다. 다소 알아듣기 어려운데다 상대에게 목소리가 들리는지 판단하기가 어려웠다.

"그다지 공공연히 쓰이고 있지는 않지만, 마술에는 먼 곳의 소리를 듣기 위한 것도 있어. 단순히 귀가 좋은 종족도 있고. 이건 그런 도청에 대한 대책이야."

카티아의 말을 듣고 나니 지그도 짚이는 바가 있었다. 이사나를 비롯해서 청력이 뛰어난 종족이 또 없으리라는 법은 없다. 마술 역시 마찬가지다. 모습을 감추거나 변화시키는 마술이 있는데 먼 곳의 소리를 듣는 마술이 없을 것 같지는 않았다.

"먼 곳의 소리를 듣는 건 의외로 섬세한 마술이라 말이지. 잡음을 걸러내기 위해 좌표 등을 어느 정도 한정해야만 해. 뭐, 한정만 해내면 그럭저럭 떨어져 있어도 들어서 성가시지만…… 이렇게 소리를 먹먹하게 만들면, 대화 내용을 자세하게 듣는 걸 방지할 수 있다는 거지."

제법 흥미로운 이야기다. 아마도 이러한 지식은 마술서에도 자세히 실려 있지 않을 거다. 적어도 등급이 낮은 모험가에게는 공개되지 않는 정보일 것이다.

"호오, 역시 범죄조직이군."

"쑥스러우니까 칭찬하지 말라고."

두 사람은 입가를 가린 채 나란히 험상궂은 미소를 지어 보였다.

"사건의 발단은 당신도 알다시피, 그 약물이야."

이야기가 정리되자 카티아가 사건의 개요를 설명하기 시작했다.

"얼마 전부터 이 근처에서 어떤 약물이 유행하기 시작했지. 약물이 유행하는 것 자체는 딱히 드물지 않은 일이야. 우리도 어느 정도는 취급하니까."

카티아는 아무렇지도 않게 위법 약물에 관해 이야기했다. 딱히 중요한 이야기를 하는 듯한 분위기가 아닌 걸 보면 공공연한 비밀 취급인 것이리라. 들키지 않으면 문제가 아닌 것이다. 대륙과 문화가 다르기는 해도 암흑사회의 자금원은 별반 차이가 없을지도 모르겠다.

"문제는 취급하는 물건의 위험성이지. 살짝 행복해지거나 현실에서 도망칠 수 있는 정도의 물건이라면 상관없어. 허락도 없이 멋대로 뿌리고 다니는 머저리를 담그기만 하면 그만이니까."

두통을 호소하듯 떨떠름한 얼굴로 카티아가 말을 내뱉었다.

분명 흥분 작용이 있는 약물로 어느 정도 큰 힘을 낼 수는 있을

지도 모르지만, 이전에 뒷골목에서 그녀를 공격한 남자가 사용했던 약물은 그런 차원이 아니었다. 상당한 근력 증강과 통각 차단, 그리고 단절된 근육이 즉시 재생할 정도의 치유력.

명백하게 이상하다. 지그가 아는 전투용 약물 중 그런 효과를 지닌 것은 존재하지 않았다.

하지만 얼마 전, 그런 이상한 광경을 본 적이 있었다.

"……."

부러진 팔다리가 시간을 거꾸로 돌린 듯 재생되고, 정상적인 인간이라면 쇼크사해도 이상하지 않을 정도의 큰 부상을 입어도 멀쩡한 얼굴로 움직이는…… 그런 이상한 행동을 보이는 집단을 상대한 적이 있었다. 유감스럽게도 이미 대부분이 종적을 감췄다는 모양이지만.

하지만 이 일은 시어서가 얽혀 있어 말하기가 망설여졌다. 그런 지그의 속내도 모르고 카티아는 말을 이었다.

"이 근처에서 그런 위험한 물건을 취급하는 곳은 없어. 당연히 우리는 출처를 알아봤지. 몇 명을 족쳐서 나온 이름은── 아그리에샤."

처음 듣는 이름이다. 신흥 마피아 같은 걸까.

"녀석들은 이 도시에서 한참 서쪽에 있는 곳에 본거지를 둔 마피아야. 저쪽에서는 대부분의 일을 좌지우지하고 있는 상당히 규모가 큰 조직인데, 거리낌도 규칙성도 없이 약물을 뿌려대. 그러다 보니 약에 절어든 녀석들이 우글대지. 그 때문에 도시 전체가 썩기 시작해서 생산력이 저하돼 경제가 망가졌다나 봐."

어감이 나머지 두 개의 마피아와 다르다 싶었더니, 다른 도시를 거점으로 하고 있는 자들인 모양이다. 카티아의 이야기로 미루어 상당히 조절 능력이 떨어지는 녀석들인 듯하다. 기본적으로 범죄조직에는 생산력이 없다. 1차 산업에 종사하는 일반인이 있어야 암흑조직, 암흑사회가 존재할 수 있다는 것을 모르는 모양이다.

"그런 녀석들이 이 도시까지 기어 들어왔다는 건……."

좋지 않은 예감이 드는 건 기분 탓이 아닐 거다.

카티아가 떨떠름한 표정으로 그 말을 받았다.

"……그래. 그놈들, 아무래도 이 도시를 다음 표적으로 찍은 모양이야. 지금 와 있는 녀석들은 그 선견대고."

"최악이군."

선행 투자라도 하듯 약물을 뿌려서 의존자를 늘린 후, 적절하게 약물 중독에 빠지면 포섭하려는 셈이리라.

본격적인 세력 항쟁이 벌어지면 조직력으로 승패가 갈린다. 원정을 온 저들은 숫자도 적고 지리감도 없을 거다. 하지만 이렇게 지그에게 호위 의뢰를 한 것을 보면, 형세가 그다지 좋다고 할 수는 없는 모양이다.

"어느 쪽이 우세하지?"

"……솔직히 말해서 미묘해. 무투파 간부급까지 보낸 데다 그 녀석들은 말단한테까지 전투용 약물을 쥐여주거든. 그 덕에 우리 쪽 애들 몇이 싸우다 크게 다쳤지. ……그 자식들은 적당히란 걸 모르니까."

전투용 약물의 효과는 단순히 근력 등의 증강뿐이 아니다. 과도한 흥분으로 정신적인 고삐까지 풀리고 마는 것이다. 본래 무의식적으로 억제하고 있는 것은 근력뿐이 아닌 까닭이다.

전쟁과 같은 애초에 죽고 죽이는 게 정해져 있는 상황이라면 별다른 차이가 없겠지만, 세력권 싸움에서 피해를 입혀 물러나게 하는 수법을 사용하는 마피아에게는 어려운 상대일 것이다.

양쪽 모두 사망자가 나오니 그게 그것처럼 보일지도 모르지만, '결과적으로 상대가 죽어도 상관없는' 것과 '무조건 죽인다'는 방침에서 느껴지는 위압감은 그야말로 천지차이다.

"그나저나 무모한 짓을 하는군. 그렇게 팍팍 써대면 몸이 못 버틸 텐데."

"그놈들은 병력이 밭에서 저절로 자라는 줄 아나 보지."

욕지거리를 하듯 카티아가 말을 내뱉었다.

인적 자원의 소모를 두려워하지 않고 강경한 행동을 우선시하고 있는 모양이다. 과연, 도시를 썩게 만들었다는 이야기도 납득이 간다.

"그런고로 나한테까지 호위를 붙일 여유가 없어. 그렇다면 얌전히 있으면 그만이지만…… 우리 조직에 난리가 났는데 손가락이나 빨고 있을 순 없잖아."

조용하면서도 강한 투로 말하며 카티아가 손깍지를 낀 손가락에 질끈 힘을 주었다. 조직에 대한 충성심이라고 하기에는 다소 감정이입이 과한 듯 보였다.

호위 건도 그렇고, 역시 그녀는 지위 높은 인간과 가까운 인물인 모양이다.

"카티아는 어떻게 움직일 생각이지? 서쪽 녀석들의 동향이라도 조사할 건가?"

호위 대상은 얌전히 있을 생각이 없는 모양이다. 당연한 이야기지만, 적대 조직의 중요 인물이 어슬렁어슬렁 돌아다니는 걸 적이 내버려 둘 리가 없다.

그럭저럭 격렬한 5일이 될 것 같다.

"아니, 그쪽은 우리 쪽 간부들이 혈안이 돼서 뒤지고 있어. 내가 끼어들어 봐야 방해만 돼. ……다소 실력이 있는 정도로 어떻게 할 수 있는 상대가 아니라는 건 지난 번 일로 뼈저리게 깨달았거든."

요전에 한 방 먹었던 일이 떠올랐는지 다소 분한 듯이 그렇게 덧붙여 말했다.

아무래도 사명감에 휩쓸려 감정적으로 움직이는 타입은 아닌 모양이다. 자신이 할 수 있는 일을 파악하고 있다면 이쪽도 움직이기가 쉬워지니 고마울 따름이다.

"내가 찾고 있는 건 우리 쪽 식구…… 패밀리의 배신자야."

"……호오. 짚이는 녀석이라도 있나?"

"……믿고 싶지는 않지만, 있어."

마피아는 배신자에게 매우 혹독한 처벌을 내리기에 결속력이 강하다고 들었지만, 그럼에도 완전히 한 몸이라 할 수는 없는 모양이다.

"……매번 미묘하게 저쪽이 먼저 움직이는 것 같아. 이쪽이 습격할 때면 아주 조금 준비가 잘 되어있다거나, 파는 놈을 잡아도 누군가와 이어져 있다는 증거가 없거나. 함정을 놓거나 매복을 당한 건 아니니, 운이 나빴던 걸로 치부할 수 있는 범위이기는 하지만…… 그게 뭔가 마음에 안 들어."

"의심을 사지 않을 만큼 정보를 흘리고 있는 자가 있단 건가?"

카티아는 떨떠름한 얼굴로 눈살을 찌푸렸다. 그녀는 손깍지를 풀더니 남아있던 케이크를 입에 욱여넣었다. 다른 이가 들으면 좋지 않은 이야기는 여기서 끝인 모양이다.

단맛을 커피로 씻어낸 후, 그녀는 입가에 묻은 크림을 닦으며 긍정하면서 지그를 가리켰다.

"어디까지나 가능성이지만. 지리감도 없는 외부인 주제에 우리랑 정면으로 치고받을 수 있다는 게 마음에 안 드는 것뿐일지도 모르고."

"그렇군. 뭐, 마음껏 움직이라고. 의뢰비만큼은 일할 테니."

그녀가 어떻게 움직이건 이쪽이 할 일은 똑같다. 되도록 얌전히 있어주면 좋겠지만, 그럴 거였다면 애초에 의뢰도 안 했을 거다.

"기대하겠어. 우선 선금으로 이곳의 식비를 대라고 했던가. 먹고 싶은 걸 주문해."

"상한선을 정하지 않아도 되는 건가?"

"그 정도로 궁색하진 않아. 다 먹을 자신 있으면 얼마든지 시켜."

경솔한 소리를 하는 그녀를 보고 속으로 의기양양한 미소를 지었다.

카티아가 점원을 부르기에 지그는 기다렸다는 듯이 주문했다.

"런치세트 A와 B와 C, 그리고 오늘의 런치를 부탁하지."

"세트의 드링크는 어떻게 하시겠습니까."

"커피, 홍차, 우유, 녹차로. 그리고 후식으로는 케이크 세트."

"알겠습니다."

점원은 그 많은 주문을 눈썹 하나 꿈쩍하지 않고 접수했다.

과연 비싼 가게는 점원들의 교육도 훌륭하다.

지그는 시선을 다시 돌려 입을 쩍 벌리고 있는 카티아를 바라보았다.

"이, 이봐, 당신 그걸 다 먹겠다고?!"

"평소에도 이 정도는 먹으니 문제없어."

"그렇다 해도 한도란 게…… 여기, 꽤 비싸다고! 용병은 그렇게나 벌이가 좋은 거야?"

"설마. 평소에는 이렇게까지 돈을 막 쓰지 않지. 하지만 오늘은 왠지 식비가 굳을 것 같은 예감이 들어서 말이야."

그렇게 말하며 지그는 의미심장한 미소를 지어보였다. 그 의미를 알아챈 카티아가 분한 표정을 지었다.

"그게 무슨…… 앗?! 너 이 자식, 처음부터 내가 미행하고 있다는 걸 알고 있었구나?!"

"글쎄다."

적당히 얼버무린 후, 지그는 요리가 나오기를 기다렸다.

이곳의 커피는 가격만 신경 쓰지 않으면 실로 맛있었다. 분명 식사도 맛이 있을 거다.

무엇보다도 자신의 지갑 사정을 신경 쓰지 않아도 되는 식사는 언제나 맛있기 마련이다.

지그는 기대감을 품은 채 갑작스러운 지출에 지갑을 확인하는 카티아를 곁눈질하며 기다렸다.

"그러고 보니 묻는 걸 깜박했는데."

식후에 나온 디저트까지 말끔하게 먹어치운 후.

속이 타들어가는 얼굴로 주문표를 보고 있는 카티아에게 말을 걸었다.

참고로 식사는 매우 만족스러웠다……. 가격만 신경 쓰지 않는다면.

카티아는 말없이 지그를 원망스러운 눈빛으로 쳐다보며 계속 말하라고 재촉했다.

"카티아는 어느 쪽 관계자지?"

"이것 참, 빨리도 묻네……. 그것도 모르고 내 의뢰를 받아들인 거야?"

너무도 무신경한 지그의 태도에 어이가 없다는 듯이 탄식을 했다.

"어디에 속해 있건 의뢰 내용에 납득이 가면 받으니까. 큰 문제는 아니잖아."

"……말조심해. 방금 그 말은 모든 세력을 적으로 돌릴 가능성이 있는 발언이니까."

적대 조직의 의뢰라도 받을 수 있다는 지그의 말에 카티아는 눈살을 찌푸렸다.

그 눈빛은 날카로워서 성인 남자라도 움츠러들 정도의 힘을 지녔다. 상대가 지그가 아니었다면 그럭저럭 효과는 있었을 거다.

"그래, 조심하지. 그래서, 어느 쪽이지?"

지그가 별 반응을 보이지 않고 가볍게 흘려 넘기자, 그녀는 시시하다는 듯이 콧숨을 내쉬며 답했다.

"……바자르타야."

"그렇군."

(이사나와 교섭했던 마피아가 같은 소속이었지. 이름이 뭐였더라…….)

이전에 의뢰를 받았던 마피아의 인신매매 사건이 떠올랐다. 그때 나타난 허술한 분위기의 중년 남성이 바자르타라고 했던 것 같다.

그 남자도 그럭저럭 높은 위치로 보였으니, 카티아와 함께 있으면 마주칠 가능성도 있다.

천을 두르고 있었으니 얼굴은 보지 못했겠지만 덩치까지는 속일 수 없다. 무기도 나기나타를 들고 있기는 했지만 희한한 무기라는 공통점을 통해 알아챌지도 모른다.

(조심해야겠군. 카티아의 말대로 마피아가 적대시하면 성가셔질 테니.)

직접 덤벼들 경우 죽이면 그만이지만, 요전처럼 철저하게 일을 방해하기 시작하면 지그로서는 해결하기가 어렵다. 게다가 만약 시어셔가 해치우겠다고 마음을 먹는 날에는 막을 방법이 없다.

"그럼 갈까. 어느 정도 안면을 터두고 싶으니까."

"그렇게나 먹었는데 안 쉬어도 되겠어?"

"말했을 텐데, 80퍼센트만 먹었다고."

"세상에……."

지그가 자리를 뜨자 어이없음과 놀라움이 반씩 섞인 얼굴로 카티아도 뒤를 따랐다.

"감사합니다. 또 이용해 주십시오."

4인분을 먹어치운 큰 손님에게 점원이 정중하게 고개를 숙였다.

(또 와야겠군. 남의 돈으로.)

이 가게는 그런 결심을 할 정도로 좋았다.

그렇게 의뢰인과 함께 가게를 나섰다.

새로운 의뢰에서는 처음부터 파란의 예감이 느껴졌지만, 그건 늘 있는 일이었다.

마녀와 용병

WITCH AND MERCENARY

2장

사람과 도구와 사용법

(의외로 깔끔하군.)

처음 찾은 마피아의 아지트에 대한 지그의 감상은 그러했다.

무슨 무역업자의 것처럼 보이는 사무소였다. 접수원도 험악하게 생긴 남자가 아니라 붙임성 좋아 보이는 남성이었다.

커다란 범죄조직은 표면적으로도 번듯하게 해놓고 지낸다는 이야기는 들었지만, 실제로 보니 느낌이 달랐다.

카티아는 당연하다는 듯이 얼굴만 비치고 들어갔고 지그는 그 뒤를 따랐다.

사무소 안쪽으로 들어가자 척 봐도 범상치 않은 분위기의 남자들이 이쪽에게…… 정확히는 카티아에게 인사를 했다.

"레이디, 좋은 아침입니다."

""좋은 아침입니다!""

"벌써 대낮이거든…… 다녀왔어. 그리고 그놈의 레이디 소리 좀 집어치워."

남자들이 입을 모아 인사하자 카티아는 귀찮다는 듯이 한 손을 들어 대꾸했다.

성의 없는 답변이었지만 그들의 대화에서는 확실한 친밀감이 느껴졌다.

"아가씨, 돌아오셨습니까…… 그 녀석은?"

그중 유독 험악한 생김새의 남자가 다가왔다.

얼굴에 커다란 흉터가 있는 그 남자는 수상하다는 듯이 지그를 바라보았다. 다른 이들도 입 밖에 내지는 않았지만 다들 신경 쓰이는지, 대놓고 지그를 품평하듯 쳐다보고 있었다.

험악한 인상의 낯설고 덩치 큰 남자가 동료 옆에 있으니 무리도 아닐 것이다.

“알바, 오늘은 이 녀석을 소개하러 왔어. 오늘부터 5일 동안 내 호위를 맡을 지그야. 당분간 나는 이 녀석과 행동할 테니 그런 줄 알아.”

“지그다. 용병 일을 하고 있다.”

지그의 소개를 들은 알바라는 남자, 알바노는 깊은 한숨을 내쉬었다.

“아가씨…… 보스가 그렇게나 얌전히 있으라고 하셨는데.”

“미안하게 됐네. 가만히 있는 건 성미에 안 맞아서.”

카티아가 허리에 손을 얹은 채 어깨를 으쓱하며 대꾸하자 알바노는 수상쩍은 물건을 보듯 지그를 곁눈질했다.

“그렇다 쳐도 이번 일은 너무 위험합니다. 게다가 확실히 실력은 있는 것 같지만, 돈으로 움직이는 인간은 돈 때문에 배신하는 법입니다.”

“뒷조사는 반노가 했어. 나 자신도 믿을 만한 남자라고 느꼈고. 그래도 마음에 안 드냐.”

“…….”

알바노는 가만히 생각에 잠겼다. 반노가 뒤를 캤다면 확실히 그 정보는 믿어도 될 거다.

하지만 모험가라면 모를까, 용병이라는 인종을 알바노는 완전히 믿을 수가 없었다.

흔들리는 그는 아랑곳 않고 다른 이가 소리쳤다.

"아가씨! 그 녀석 정말 괜찮은 겁까? 제가 시험해보게 해주십쇼!"

한 젊은이가 그렇게 말하며 걸어 나왔다.

머리를 오렌지색과 붉은색으로 물들인 컬러풀한 남자가 지그에게 다가와 눈총을 쏘았다.

"물러나라, 엘란드."

"알바노 씨도 이 녀석의 실력이 어느 정도인지 알아야 아가씨를 맡기든 말든 할 것 아닙니까!"

남자는 어깨를 들썩거리며 그렇게 말했다. 컬러풀한 남자……엘란드의 말에도 일리가 있다고 생각한 알바노가 카티아를 쳐다보았다.

모두의 시선을 받은 그녀가 못 말리겠다는 듯이 한숨을 내쉬었다.

"역시 이렇게 되나…… 미안하지만, 괜찮을까?"

이렇게 될 걸 반쯤 예상했던 그녀는 어깨를 으쓱하며 지그에게 물었다.

"그래."

"……분명히 말해두겠는데, 우리 애들 다치게 하지 마라."

카티아는 걱정하는 듯했지만 지그 역시 무익한 싸움은 바라지 않았다. 그리고 이 컬러풀한 청년과 겨루는 것은 지그에게 무익한 짓이었다.

"너무 걱정 마라. 요컨대 이 녀석들을 납득시키면 되는 거 아닌가?"

지그는 그렇게 말하며 실내의 남자들을 찬찬히 둘러보았다.

참고로 정면에서는 엘란드가 계속 눈총을 쏘고 있었지만 개의치 않았다.

얼마간 그러고 있던 지그가 천천히 손가락을 내밀었다.

그곳에서는 테이블에 앉은 남자가 재미있다는 듯이 이쪽을 쳐다보며 술병을 기울이고 있었다.

그는 자신을 가리켰다는 걸 알아채고는 고개를 갸웃했다.

"오?"

"하나."

의아해 하는 면면들을 내버려둔 채 팔을 움직인다.

이어서 지그가 알바노를 가리켰다.

"둘."

"……뭐 하는 짓이냐."

의아해 하는 알바노를 무시하고 남의 일이라는 듯이 책을 읽고 있던 남자를 가리켰다.

"셋."

"……헤에."

처음에 지목했던 남자가 의도를 알아채고 재미있다는 듯이 웃었다.

다소 망설이듯이 손가락을 놀리다가 엘란드, 카티아를 순서대로 가리켰다.

"넷, 다섯…… 나머지는 비슷비슷한 수준인가."

지그는 그렇게 말하고서 손을 내렸다.

감이 좋은 이는 그 의미를 알아채고 감탄하거나 경계하는 등, 저마다 다른 반응을 보였다.

그중에서 가장 먼저 지목한 남자가 웃으며 다가와 엘란드의 어깨를 두드렸다.

"핫핫하! 관둬라, 엘란드. 네가 감당할 수 있는 상대가 아닌 것 같다."

"엘리오 씨, 진짜요? 저를 송사리 취급하는데?!"

"네 실력은 나쁘지 않아. 다만 이번에는 단순히 상대가 안 좋다. 좀 전에 지목한 건 무슨 순서였던 것 같냐?"

"……키 큰 순서?"

"머저리도 이런 머저리가 다 있나! 적어도 네 머릿속은 완전히 송사리다!"

소란을 떠는 그들을 무시하고 알바노가 다시 지그를 쳐다보았다.

"네 실력이 그럭저럭이라는 건 알겠다. 용병은 못 믿겠지만 반노 씨의 정보라면 믿도록 하지."

"요점은?"

그는 거리를 좁혀 지그의 눈을 코앞에서 들여다보았다.

그러고는 온몸에서 위압감을 내뿜으며 지그를 협박했다.

"아가씨께 상처 하나라도 나면 가만 안 둔다. 명심해 둬."

"진력하도록 하지."

"……흥."

협박을 해도 미동도 않는 지그의 모습에 알바노가 콧방귀를 뀌며 물러났다.

일단은 인정을 받은 모양이다.

"이 정도면 되겠나?"

의뢰인에게 묻자 만족스럽게 고개를 끄덕였다.

"나쁘지 않았어. 예상대로 익숙한걸. 그나저나……."

카티아는 소란을 떨고 있는 엘란드를 보고 미묘한 표정으로 말을 이었다.

"내가 저놈보다 아래라고……?"

"……무시할 생각은 없지만, 보호를 받는 환경에서는 키울 수 없는 것도 있다. 네 일은 병사가 아니잖아."

"뭘 안다고 그래. 뭐 됐어, 방은 2층 끄트머리에서 두 번째 방을 써. 준비되면 바로 나간다."

못 마땅한 얼굴로 팔짱을 끼고 있는 카티아에게 고개를 끄덕여주고서 계단을 올랐다.

구성원들도 머물고 있는지 대부분의 방은 채워져 있었지만 2층 안쪽에는 빈방이 이어져 있었다. 지시받은 방에 짐을 두고 복도로 나오자 누군가가 서서 지그를 기다리고 있었다.

"여어. 지금 나가려는 거지?"

"……엘리오였나. 나한테 볼일이라도?"

지그가 본 바로는 아마도 이들 중에서 가장 강한 남자다. 키가 크고 눈에 띌 만큼 근육이 붙어 있지는 않지만 가냘프다는 인상은 전혀 느껴지지 않았다.

정확한 실력은 알 수 없지만 쉬운 상대는 아닐 거다.

마수를 전문으로 하는 모험가 등과는 또 다른 박력이 느껴졌다.

"알바노가 인정하기는 했지만, 그쪽을 탐탁지 않게 여길 녀석은 분명 나올 거야."

"그렇겠지."

사정이 있다고는 해도 조직의 중요 인물이, 자신들이 아닌 다른 이를 의지한다는 사실이 달갑게 느껴질 리가 없다.

"뒤에서 날아드는 칼을 조심하라고."

"충고 고맙군."

엘리오가 손을 팔랑팔랑 흔들며 발걸음을 돌렸다.

지그는 그 뒷모습을 가만히 배웅했다.

(내부에 배신자라.)

녀석이 그럴지 어떨지는 모르겠지만, 카티아는 어떻게 움직일까.

"생각해 봐야 소용없나. 어느 쪽이 되었건 내가 할 일은 똑같으니."

자신의 목적은 배신자를 찾는 것이 아니다.

다소 돕는 건 상관없지만 의뢰 받은 일은 어디까지나 호위다.

그렇게 결론을 내린 후, 카티아가 기다리고 있는 곳으로 발길을 재촉했다.

†

모험가 길드에는 낮에도 사람이 있다. 의뢰를 수주하고 보고하는 아침이나 저녁에 비하면 상당히 한가로운 편이지만.

일찌감치 일을 마친 이나 향후의 예정을 동료들끼리 정하는 자 등, 이유는 각양각색이다.

앨런의 파티는 후자였다.

4등급 승급 직후인 그들에게 향후의 방침은 매우 섬세한 문제다. 실력을 다지고 좋은 평가를 얻으면서 4등급 의뢰에 맞는 장비를 갖춰야만 한다.

저쪽이 괜찮으면 이쪽에 문제가 생기기 마련인 데다, 모든 걸 다 잘 하려고 하면 몸이 남아나질 않는다.

그들은 조급한 마음을 억제하며 필사적으로, 착실하게 앞으로 나아가고자 했다.

"준비는 이제 충분하잖아. 이쯤에서 한 번쯤 큰 의뢰를 받아도 되지 않을까?"

파티의 키잡이 역할을 맡고 있는 라일이 그렇게 제안했다.

"장비도 갖춰졌고 소모품도 충분해. 무슨 일이 생겼을 때를 위한 자금도 어느 정도는 확보했으니 나는 찬성이야."

자금과 물자 등을 관리하고 있는 마르트도 그에 동의했다.

"길드의 평가는 할당받는 의뢰의 질로도 직결돼…… 나도 찬성."

리스티가 확인하듯 고개를 끄덕였다.

"……좋아. 그러면, 해볼까."

귀찮은 사전 준비는 전부 끝냈다.

4등급쯤 되면 거의 일류 모험가에 도달한 셈이다.
그들의 나이에 이 정도 지위에 도달하는 모험가는 매우 적다.
개인적으로 특출한 상위 모험가는 그럭저럭 있지만, 전체적으로 수준이 높으면서 나이도 젊은 앨런 일행 같은 파티는 매우 드물었다.
클랜 같은 조직에 소속되지 않고 자유로운 활동을 유지하며 각 방면에 인맥을 만드는 것은 아주 힘들고 시간도 걸리는 작업이었다.
드디어 그 노력이 결실을 맺은 것이다.
"사실 좋은 일거리가 있는데. 거기 끼워달라고 이야기를 해두기는 했어."
"뭐야, 앨런. 제법인데?"
"너한테만 의지할 수는 없으니까."
라일이 어깨를 두드리며 말했다.
평소 이러한 세세한 교섭은 그가 맡아서 했지만, 완전히 의지하자니 어째 마음에 걸렸던 것이다.
마르트는 앨런이 이야기를 해두었다는 의뢰에 관심을 보였다.
"그래서, 어떤 의뢰인데?"
"그건 이제부터 듣기로 했어. 조사 계열 의뢰인 모양이야."
"헤에, 좋은데? 위험성은 적지만 상부에겐 좋은 평가를 받을 수 있는, 그야말로 지금 우리가 찾고 있는 의뢰잖아."
"그 대신 보수는 짜지만 말이야!"
라일의 말대로 조사 계열 의뢰는 위험성이 적지만 보수도 적다.

하지만 조사 보고를 아무렇게나 할지도 모를 일이라 어느 정도 신뢰할 수 있는 파티에게만 맡겨지고는 한다.

오로지 평가치를 벌기 위해 존재하는 의뢰나 다름없다.

이 의뢰를 받는 건 대부분 승급을 목표로 하는 자들인 탓에 보다 좋은 평가를 받기 위해 열심히 일하는 경우가 많아, 길드에게나 모험가에게나 득이 되는 의뢰이기도 하다. ……호의적으로 보자면. 평가치를 미끼로 의뢰비를 아끼고 있다고 볼 수도 있기 때문이다.

"보수는 별로지만 지금의 우리에게는 필요한 의뢰야. 완벽하게 해내보자고."

"바로 그거야."

그런 대화를 나누고 있는 그들에게 누군가가 말을 걸어왔다.

"기합이 넘치네, 라일 군."

앨런 일행이 고개를 돌려 보니, 길드 2층으로 이어진 계단에서 한 모험가가 내려다보고 있었다.

육감적인 몸을 법의(法衣)로 감싸고 빛나는 은발을 나부끼는 연령 미상의 미녀. 머리카락과 같은 색의 은제 곤(棍)을 든 그녀는 난간에 기댄 채 미소를 짓고 있었다.

길드가 자랑하는 3등급 모험가. 인간을 벗어나기 시작하는 경지라고 일컬어지는 경계선. 그리고 앨런 일행의 목표.

"엘시아 씨? 혹시 의뢰를 받으신 게……."

"그래, 나야."

여전히 그 눈은 안대에 가려져 있었다.

"위에서 이야기해. 듣는 귀가 많은 곳에서 할 얘기가 아니거든."

그렇게 말하며 2층으로 올라가는 그녀를 따라 앨런 일행도 자리를 떴다.

†

사무소를 나선 지그와 카티아가 찾은 곳은 이전에 이사나에게 공격을 받았던 그 뒷골목이었다.

그곳은 바자르타의 세력권에서 다소 벗어난 남쪽 구획…… 칸타렐라 세력권의 끄트머리에 위치해 있었다.

꾀죄죄한 뒷골목이지만 그럭저럭 많은 이들이 살고 있는 모양이다.

"굳이 이곳에 온 이유라도 있나?"

"그럭저럭. 이전에 들은 이야기인데, 이 근처에서 칸타렐라의 말단이 약을 뿌리고 다녔다는 소문이 있었거든."

그렇게 말하며 뒷골목을 거닐었다. 익숙한 발걸음을 통해 평소에도 이런 길을 자주 사용한다는 것을 알 수 있었다.

"약물 매매는 바자르타에서도 하고 있다고 말하지 않았나?"

"그야 뭐, 살짝 흥분 상태가 되는 정도의 가벼운 놈이라면 취급하고 있지."

그녀는 말을 끊더니 대로가 있는 쪽으로 시선을 옮겼다. 다소 거리가 있기는 하지만 아직 대로의 혼잡한 소리가 조금은 들려왔다. 뒷골목이지만 그렇게까지 멀리 떨어져 있지는 않은, 술주정

뱅이 등이 길을 잃고 들어와도 이상할 게 없는 장소다. 비밀리에 하고 싶은 거래 등을 하기에는 다소 부적합하다는 생각이 들었다.

카티아는 눈살을 찌푸리며 목소리 톤을 낮춰 말했다.

"이런 '얕은' 곳에서 대놓고 장사를 하는 건 아무리 그래도 매너 위반이지. 칸타렐라 녀석들은 그런 쪽으로는 우리보다 더 까다로웠을 텐데 말이야……."

그 부분이 마음에 걸리는지 카티아는 끙끙거렸다.

"젊은 녀석이 용돈벌이나 하려고 폭주한 건가?"

"칸타렐라가 그 정도도 교육을 못할 만큼 한물갔다고 생각하고 싶지는 않지만…… 가능성이 없지는 않은가."

가능성을 논하면서도 그 말투는 가라앉아 있었다.

경합 상대가 노골적으로 쇠약해졌다는 사실을 인정하려니 복잡한 기분이 드는 모양이다.

수상쩍은 건물은 없나 둘러보며 생각에 잠긴 그녀를, 지그는 주변을 경계하며 곁눈질로 살폈다.

어쩐지 기시감이 느껴지는 광경을 보고 있자니 머릿속에 문득 무언가가 떠올랐다.

"아."

그러고 보니 이곳에서 약물을 파는 마피아를 봤던 것이 기억났다.

(분명 그때는 이 근처의 뒷사정을 알려고 판매책의 뒤를 밟았었지.)

이 도시에 온지 얼마 안 되었을 무렵, 정보를 거래할 상대를 찾으러 이 근처에 왔더랬다.

그때는 거래를 하지 않았지만, 지그에게 약물 거래를 제안한 마피아가 있었다.

그 후 맞닥뜨린 이사나의 인상이 너무도 강렬했던 탓에 여태 까맣게 잊고 있었지만, 카티아의 말로는 이렇게 얕은 곳에서 약물을 취급할 리가 없다고 한다.

아주 무관하지는 않을 거다.

"왜 갑자기 얼빠진 소릴 내고 그래."

그렇게까지 큰 소리를 내지는 않았지만 조용한 골목이라 목소리가 울렸다. 카티아가 뒤돌아보며 의아하다는 얼굴로 이쪽을 쳐다보았다.

잊고 있었던 탓에 다소 거북해진 지그가 머리를 긁적이며 자진신고했다.

"약물을 팔고 있었다는 그 마피아가 누구인지 알지도 몰라."

"뭐라고?! 왜 그 말을 먼저 안 한 건데!"

"이런저런 일이 있어서 까맣게 잊고 있었다."

그때── 이사나에게 습격을 당한 원인이 되기도 했을 때는 이 도시에서 약물은 그런 식으로 취급되는구나, 하고 흘려 넘겼던 탓에 이상하단 것을 알아채지 못했다.

지그 본인도 그 후로 상당히 농도 짙은 일상을 보내온 탓에 약물에 관한 일은 완전히 기억에서 잊혀 있었다.

설마 그때 마피아를 만났던 일이 이렇게 이어질 것이라고는 꿈에도 몰랐던 것이다.

"망할, 어디였는데?"

"분명, 저쪽이었을 거다."

하늘에서 단서가 뚝 떨어지자 카티아는 조급해졌다.

초조해하는 그녀를 데리고 희미한 기억을 더듬어 뒷골목을 걷는다.

이 근처의 지형은 어느 정도 파악했지만, 그 장소는 떨떠름한 기억 탓에 나중으로 미뤘던 게 후회됐다.

판매책을 미행해서 도달했던 장소는 이제 기억이 안 난다.

그때 발견한 가게를 찾는 게 고작이었다.

"여기?"

"그래. 전투용 약물은 취급하지 않았지만, 기분이 좋아지는 정도의 약은 그럭저럭 있었지."

작은 판잣집에 가까운 가게에는 사람의 기척이 없었고, 선반에는 아무것도 진열되어 있지 않았다.

진작 철수한 모양이다.

그럼에도 밑져야 본전이란 생각에 두 사람은 샅샅이 뒤져보았지만, 모종의 흔적이나 증거 같은 것은 찾을 수 없었다.

"젠장, 늦었나……."

카티아가 욕지거리를 하며 벽을 발로 찼다.

(이로써 출발점으로 돌아온 건가. 밑져야 본전이라 생각하긴 했지만, 잡을 수도 있었다고 생각하니 화가 나네……. 하지만 그래도 소문이 사실이었다는 걸 안 것만 해도 충분하다고 해야 하나. 우연이긴 해도 지그가 알고 있어서 다행…… 엉?)

초조한 듯 머리를 쥐어뜯던 그녀가 문득 지그를 바라보았다. 그는 팔짱을 낀 채 다른 곳을 쳐다보고 있어, 어떤 표정을 짓고 있는지 알 수가 없었다.

이 거한에 관해서는 어느 정도 조사가 끝난 상태지만, 거꾸로 말하자면 어느 정도밖에 알지 못한다. 캐내는 데 성공한 것은 이 도시에 올 때까지고, 그 이전의 일은 전혀 알아내지 못한 것이다.

그가 어디서 와서 지금까지 무엇을 하고 살았는지. 폭넓은 마피아의 정보망을 동원해도 그 꼬리조차 잡지 못했다. 그런 용병이 세상천지 어디에 있다는 말인가.

새삼스럽지만 그 사실이 떠올라 카티아는 목소리를 쥐어 짜내서 말했다.

"…………이봐. 그때 나한테 덤빈 깡패가 전투용 약물을 썼고, 당신이 그걸 쓰러뜨렸지. 그리고 그런 당신이 여러 가지 문제에 휘말려든 걸 계기로 내 경호원이 됐고, 아마도 이 약물 소동의 시발점인 이 가게와도 얽혀 있었어. ……우연치고는, 너무 작위적이지 않아?"

"……."

지그는 아무 대꾸도 하지 않고 먼곳을 바라보고 있었다.

그 침묵이 카티아가 두르고 있는 분위기를 험악하게 만들었다.

"……이봐, 뭐라고 말 좀 하라고."

상대가 답변이 없자 카티아는 긴장하기 시작했다.

불길한 예감이 현실이 된 듯, 식은땀이 등을 타고 흘렀다.

"우연인지 어떤지는 둘째 치고."

말하면서 지그가 등에 짊어진 쌍인검으로 손을 뻗는 모습을 보고 카티아도 경계 자세를 취했다.

허리에 찬 단도를 쥐고 중간까지 뽑는다.

하지만 지그와 싸우는 것이 너무도 무모한 짓이라는 것을 그녀는 알았다. 어떻게든 도망칠 길은 없는지 눈을 굴려 도주 경로를 찾는다.

천천히 무기를 뽑아 한 손으로 든 지그가 카티아를 보지 않은 채로 답했다.

“늦지는 않은 것 같군.”

“뭐?”

무슨 소리인지 이해하지 못한 카티아의 앞에서 지그가 천천히 쌍인검을 시계 방향으로 반회전시켰다.

다소 늦게 정체된 공기가 흔들리더니 무미건조한 금속음이 두 번 울리고 무언가가 떨어졌다. 소리가 들린 쪽을 쳐다보니 그의 발치에 짧은 화살 두 대가 떨어져 있었다.

“큭!”

무슨 일이 일어났는지를 이해하자마자 몸을 날려 좀 전에 들어갔던 판잣집 뒤에 숨었다.

“이 자식들, 어느 조직이냐!”

상대의 소속을 묻는 카티아의 목소리가 뒷골목에 울려 퍼졌다.

그에 답하기라도 하듯 어둠 속에서 여러 명의 남자들이 나타났다.

이미 무기를 뽑은 상태라 도무지 호의적으로는 보이지 않았다.

이 근방에서는 보기 드문 복장에 폭력적인 기운을 감출 생각도 없는 듯한 행동거지였다.

"이거 놀랍구만. 우리가 예전에 썼던 가게 근처를 뒤지는 녀석이 있다기에 와봤더니…… 설마 그 바자르타의 레이디였을 줄이야?"

선두에 선 마른 체구의 남자가 섬뜩한 미소를 띤 채 곡도(曲刀) 끄트머리를 쓰다듬었다.

"……아그리에샤냐."

"나는 마카르. 짐작한 대로 아그리에샤에서 힘쓰는 일을 담당하고 있지. 잘 좀 부탁하자고, 레이디."

"그 힘쓰는 일 담당자가 나한테는 무슨 용건이지?"

적의가 담긴 카티아의 말에 마카르가 곡도를 어깨에 짊어지고서 씨익 웃었다.

그렇게 커다란 호를 그리고 있는 입으로, 약간의 광기를 띤 눈을 부릅뜨고서 대답했다.

"아니 뭐, 바자르타 쪽에도 외지인인 우리에 관해 좀 더 알려주고 싶어서 말이야. 이왕 만난 김에 우리 아지트로 에스코트를 해드릴까 하는데."

"미안하게 됐네, 에스코트해줄 사람은 벌써 구했거든."

신이 나서 이야기하던 마카르는 곡도를 어깨에 짊어진 채 어깨를 늘어뜨렸다.

"그런 모양이네에. 거기 있는 형씨가 방해를 했어……. 그래서, 이왕이면 둘 다 초대할까 하는데. ……미안하지만, 같이 가주지 않겠어?"

"꿈 깨시지."

지체 없이 거절했다. 그럴 것을 예상했었는지 마카르는 별다른 반응을 보이지 않고 코웃음을 쳤다.

"뭐, 그러시겠지. 좋아, 저항해 봐. 그쪽이 더 취향이거든."

그 말을 신호로 다른 이가 서서히 거리를 좁혀왔다.

포위망을 좁히며 마카르가 문득 생각이 난 듯이 고개를 갸웃하며 말했다.

"그나저나 이해가 안 된단 말이지…… 여긴 어떻게 안 거야? 아니, 들킨 것 자체는 놀랄 일이 아니지만. 알아챈 게 바자르타 쪽 인간이라는 게 이해가 안 돼. 얕은 곳이기는 해도 여긴 칸타렐라의 세력권이잖아?"

"글쎄다. 희한한 우연도 다 있네."

조금 전 지그와 나눴던 대화가 떠올라서 카티아는 자조 섞인 미소를 지은 채 그렇게 얼버무렸다.

마카르는 답변을 기대했던 게 아닌지 어깨를 으쓱할 따름이었다.

"헤~에. 뭐, 나중에 미치도록 말하고 싶게 만들어주지. ……여자는 멀쩡한 상태로 잡아, 남자는 죽이고. 본보기가 되도록 무참하게 말이야."

마카르의 지시와 함께 포위망을 좁혀오던 남자들이 움직이기 시작했다.

상대의 숫자는 아홉.

마카르는 옅은 미소를 띤 채 멀찍이 떨어져서 구경이나 할 속셈 같으니 다가오고 있는 것은 여덟이다.

쌍인검을 허리 높이로 겨눈 지그가 요격하기 위해 앞으로 나갔다.

돌격해 온 한 명을 피하고 시간차로 덤벼든 두 번째 녀석의 검을 윗날로 흘려 넘긴다.

세 번째와 네 번째 녀석이 좌우에서 동시에 휘두른 장검을 쌍인검으로 받아낸다. 평범한 사람이라면 두 명이 장검으로 한꺼번에 후려치면 밀려나고 말겠지만, 단련을 거듭한 지그의 완력은 그것들을 막아내고도 여력이 있었다.

지그의 동작이 멈춘 틈을 노린 다섯 번째 녀석이 덤벼들기에 걷어차고, 힘을 실어 장검 두 자루를 튕겨낸 후 여섯 번째, 일곱 번째 녀석에게 횡으로 후리듯 참격을 날린다.

남자들은 검을 세워서 방어했다. 상대의 무기의 질은 그럭저럭 훌륭해서, 일방적으로 파괴되는 일은 벌어지지 않았다. 하지만 지그와 남자들의 힘, 그리고 무엇보다도 무기의 질량에서 큰 차이가 났다.

"끄악?!"

그 결과, 지그는 쌍인검을 막아낸 무기를 억지로 되밀어내고 몸통을 베었다.

두 사람의 숨통을 끊기 직전에 여덟 번째 녀석이 허둥지둥 끼어들었다. 그 검을 아랫날로 퍼올리듯이 튕겨내고 반격한다.

순간적으로 회피 동작을 취했지만 쌍인검의 사거리는 넓다.

허벅지를 깊이 베인 남자의 자세가 무너졌다.

그 남자에게 추가타를 가하지는 않고, 그대로 크게 뒤로 물러나 포위되지 않도록 거리를 벌렸다. 너무 멀리 떨어지면 카티아가 위험해질 가능성이 있으니 멀리까지 쫓지는 않는다.

인원수도 많고 호위 대상에게 견제를 가하면서 전투를 치르고 있건만 이런 꼬락서니가 되다니. 수적 우위를 점해 승리를 확신하고 있던 남자들의 얼굴이 구겨졌다.

"이야~ 강하네, 강해. 역시 중요 인물의 측근을 맡을 만해."

동료들을 가볍게 물리쳤건만 마카르는 덤덤하게 박수만 칠 뿐, 그 목소리에는 긴장감이란 게 전혀 없었다.

(꽤나 여유가 있군. 그만큼 실력에 자신이 있는 건가?)

의문을 느낀 카티아가 상대측 남자들에게로 시선을 옮겼다.

그리고 그 광경에 경악했다.

"뭐야?!"

조금 전 지그가 베었던 남자들이 아무렇지도 않게 일어서고 있었다.

결코 얕은 상처가 아니었을 거다. 실제로 지금도 상처에서는 무시할 수 없는 양의 피를 계속 흘리고 있었다.

남자들은 성가시다는 듯이 그걸 보더니 품속에서 무언가를 꺼냈다. 작은 케이스에서 나온 그것은 이전에도 봤던 주사기였다.

그들은 새빨간 액체가 든 그것을 망설임 없이 목에 주사했다.

"오오…… 히, 히히이!"

주사를 놓은 직후에는 황홀하기만 했던 남자들의 표정이, 느닷

없이 흉악하게 바뀌었다.

변화는 금방 나타났다. 눈에는 핏발이 서고 입은 찢어진 듯이 활짝 벌어지고, 침을 질질 흘리는 모습은 같은 인간이라고 부르기가 망설여질 정도였다.

복부를 베였다는 사실 따윈 잊은 듯이 행동하고 있다.

실제로 그토록 철철 흘리고 있던 피가 멎어 있었다.

"뭐, 뭐지 저건……?"

"……내가 아는 약물과 다르군."

매우 몸에 안 좋을 것 같다.

자신이 아는 약물 중에 저렇게까지 효과가 극적인 것은 존재하지 않는다.

고통을 느끼지 않게 되는 효과뿐이 아니라는 것은 피가 멎은 복부만 보아도 알 수 있었다.

"그놈은 특별해서 말이야. 마수의 소재를 듬뿍 사용한 특제거든. 이게 또 기분이 죽여주는데…… 이걸 쓰면 뭐든 다 할 수 있지이…… 역시 마피아는 끝내주지 않아?"

"이, 쓰레기들이……!"

황홀한 표정으로 말하는 마카르의 모습에 카티아는 노골적으로 혐오감을 드러냈다.

기분 나쁘게 똑같이 취급하지 말라는 듯이 욕지거리를 하는 그녀를 보고 마카르가 웃었다.

"사람들에게 민폐를 끼치고 먹잇감 삼아 살고 있는 우리 마피아에게, 이제 와서 쓰레기들이라고 한들 말이지…… 방법만 다를

뿐 당신들도 결국 우리와 동류잖아?"

"……일리 있는 말이군."

"이봐!"

누구 편인지 모를 지그의 말에 카티아는 깜짝 놀라 소리쳤다.

반대로 마카르는 재미있다는 표정으로 지그에게 물었다.

"오, 형씨 말이 좀 통하는데에? 어때, 우리 쪽에 오지 않겠어? 형씨는 강하니까, 잘해줄 수 있을 것 같은데 말이야."

지그는 그 말에 답하지 않고 쌍인검을 쓰다듬었다. 잘 손질된 무기는 그의 믿음직한 파트너라 해도 과언이 아니다.

"도구를 사용해서 싸우는 건 짐승에게는 불가능한, 사람의 강점이다. 부끄러워할 필요 없지."

"응응, 그렇지이."

"하지만 도구에 휘둘리고 이성을 잃는 건 삼류 나부랭이나 할 짓이다."

"응응── 엉?"

마카르의 관자놀이가 슬쩍 꿈틀거렸다.

곡도를 쥔 손에 힘이 실리고 몸에서 살기가 배어 나왔다.

"……미안. 잘못 들은 것 같은데, 다시 한번 말해줄래? 그리고 지금 상황이 어떤지는 아는 거지?"

분노한 마카르의 모습에 카티아는 소름이 돋았다. 조금 전과는 비교도 안 될 정도의 분노와 살갗이 따끔할 정도의 살기에 저절로 몸이 떨렸다.

하지만 지그는 그 말에 평소처럼 얼마든지 답해주겠다는 듯이 느긋하게 고개를 끄덕였다.

"도구란 휘두르는 것이지, 휘둘려서는 안 되는 거다. 너희는 위험한 장난감을 집어 들고 좋아라고 쓰고 있는 애새끼와 다를 게 없어."

그렇게 말한 지그를 보는 마카르의 얼굴에서 미소가 사라졌다.

곡도를 어깨에서 내려 칼끝을 겨누었다.

"……오~케~이, 완전히 이해했어. ……너는 편하게는 못 죽을 줄 알아라. 살아있는 걸 후회하게 해주지."

미간을 꿈틀거리는 마카르와 평소와 다름없는 지그의 시선이 부딪혔다.

"해봐라. 이성을 내던진 짐승이 할 수 있다면."

"당장 증명해주마아!!"

마카르의 포효에 맞춰 약물을 사용한 마피아들이 움직였다.

조금 전과는 차원이 다른 속도다. 억제를 벗어난 움직임에 몸이 망가지는 족족 강제적인 재생이 이루어졌다.

기술이고 뭐고 없이, 힘만 잔뜩 실어 검을 휘두른다.

"샤아아아!"

"조잡하군."

속도와 힘으로만 보면 고위 모험가에 필적할 검격을, 지그는 한마디로 일축했다.

단순하기 그지없는 검의 궤도를 읽고, 사거리를 정확하게 간파한다.

한 걸음 물러나 피했을 뿐인데 자신의 속도와 힘을 제어하지 못

하는 남자의 자세가 크게 무너졌다.

베어달라고 말하는 듯한 빈틈을 가차 없이 찌른다.

힘을 실어서 쌍인검을 휘둘러, 이번에는 베는 데서 그치지 않고 몸통을 두 동강낸다.

찢어져 허공을 날던 상체를 걷어차서 뒤따르던 이에게 날렸다.

그럭저럭 무거운 물체를 짐승처럼 뿌리치는 그들에게는 큰 대미지가 되지 않았다.

하지만 잠시라도 시야를 가릴 수 있다면 충분하다.

지그의 모습을 놓친 남자의 머리를 날린다.

"아아아아악!"

"바보처럼 하나밖에 할 줄 모르는군!"

아군이 죽어도 개의치 않고 돌진한 남자가 상단에서 칼을 내리쳤다.

쌍인검을, 원을 그리며 회전시켜 윗날을 놀려서 측면으로 튕겨내고는 칼끝을 밀어 기세를 가속시킨다.

그대로 내려친 검은 땅에 박혔고, 동시에 치켜 올라간 아랫날이 남자의 옆통수에 박혔다.

최소한의 동작만 취한 탓에 그렇게 큰 힘이 실리지는 않았지만, 인간의 두개골을 부수기에는 충분했다.

즉사시키면 재생력도 소용없다.

"다음!"

"기어오르지 마시지이!"

그런 말과 함께 마카르가 동료를 뛰어넘어 덤벼들었다.

기세가 실린 머리 위에서의 일격을 자루로 받아낸다.
마카르는 억지로 밀어붙이지 않고, 곡도를 축으로 반동을 주어 몸을 날렸다.
지그의 후방을 점해 동료와 협공을 하는 진형을 취했다.
"잘도 멋대로 날뛰었겠다…… 이제 이쪽 차례라구우."
마카르의 곡도가 여러 줄기의 궤도를 그리며 지그에게 육박한다.
날카롭고 정확한 참격을 쌍인검과 갑옷 토시로 튕겨내고 피하고, 막는다.
힘쓰는 일 담당이라는 말은 거짓이 아니었는지, 허와 실을 뒤섞은 마카르의 검술은 상당한 수준이었다.
"샤아압!"
물 흐르듯 자연스러운 동작으로 내지른 연격을 지그가 흘려냈다.
이어서 마카르는 곡도를 손 안에서 빙글 반전시키더니, 칼등을 앞세워 횡으로 후렸다. 지그가 그 일격을 받아냈다.
하지만 곡도라는 이름대로 호를 그리는 도신은 방어를 돌파해서, 칼끝이 지그의 어깨에 닿았다.
선혈이 어깨의 일부를 붉게 물들였다.
"칫."
하지만 혀를 찬 것은 공격을 가한 마카르 쪽이었다.
(젠장, 얕아……!)
부하의 공격 덕에 대응이 늦어졌음에도 명백하게 치명상을 입히지 못했다.
그러나 지그도 카티아의 곁으로 가지 못하도록 견제를 해야 하는 데다, 앞뒤로 포위된 탓에 생각대로 공격을 펼치지 못하고 있었다.

"제법인데에?! 하지만 언제까지 버틸 수 있을까아?"

그렇게 도발하면서도 마카르는 내심 초조해하고 있었다.

부하의 공격에 맞춰 상단 횡후리기를 한 후 땅을 기다시피 하며 하단 베기를 날린다.

마카르가 자세를 낮춘 덕에 사선이 확보되자 부하가 불덩이를 쏘았다.

그대로 추가 공격을 날리려던 참에 위험을 감지하고 물러나자, 푸른 참격이 눈앞으로 지나갔다.

완전히 피했음에도 그 무시무시한 풍압에 등골이 서늘해졌다.

급격한 공격 위치의 변화를 통해 자세를 무너뜨리는 데 성공했다면, 그대로 다리를 후려 자빠뜨려서 마음대로 요리할 수 있었겠지만, 상대의 몸은 마치 땅에 뿌리를 박기라도 한 듯 꿈쩍도 안 했다.

위로 아래로, 마술과 원거리 무기 등으로 공격 수단을 바꿔가며 협공을 해도 자세가 무너지지 않는 저 균형 감각이 경이로울 따름이다.

(망할, 밀어 붙일 수가 없어. 촌구석 마피아 주제에 이런 비장의 카드를 가지고 있었을 줄이야…… 여자 쪽을 어떻게 하고 싶어도 빈틈이 없어.)

이미 부하를 시켜 두 번은 여자를 확보하려 했다.

하지만 어떻게 알아챈 것인지, 행동으로 옮기려 하자마자 베어버렸다.
이제 남은 부하는 셋뿐이다.
그 부하도 약물의 부작용을 언제까지 견딜 수 있을지 모를 일이다.
방금 전에도 지금까지 많은 이들을 죽여 온 필살의 연계 공격이 막혔다.
(어쩔 수 없지, 나도 비장의 카드를 꺼낼까.)
결정을 내리자마자 마카르는 크게 뒤로 물러났다.
셋이서 지그를 상대하게 된 부하들이 순식간에 열세에 빠졌지만, 알 바 아니다.
(뭘 하려는 거지?)
마카르의 의도는 알 수 없었지만, 협공에서 벗어나게 되어 찾아온 기회를 놓치지 않고 지그가 움직였다.
상대가 힘이 빠지기를 기다리며 방어에 전념했지만 공세로 전환한다.
마카르의 부하가 그렇게는 안 된다는 듯이 덤벼들었다.
다리에 힘을 주어 힘껏 발을 굴러 순식간에 상대와의 거리를 좁힌다.
놀랍게도 상대는 지그의 속도에 반응했다.
약물로 인해 반사 속도가 경이로울 만큼 향상된 덕이다.
남자는 흐트러진 자세에 대한 대가를 육체에 대한 대미지로 치르며 칼을 내려쳤다.
지그는 세로로 내려오는 칼을 이전처럼 튕겨내지 않고, 아래에서 때려 맞추듯이 올려쳤다.

"흡!"

올려베기와 내려베기.

압도적으로 후자가 유리한 상황이지만 그 예상을 뒤엎는 결과가 나왔다.

날카로운 소리와 함께 정면으로 부딪힌 상대의 검이, 힘에 밀려 팔과 함께 치켜 올라간다.

기세를 죽이지 못해 만세를 부르는 듯한 자세가 되어 텅 빈 몸통을 반대쪽 날로 꿰뚫고, 비틀어서 상처를 후빈다.

그대로 뽑자, 상대는 배에서 대량의 피와 살점을 내뿜으며 힘없이 무릎을 꿇었다.

이렇게 해도 쓰러지지 않는 것 자체가 이상하지만, 그렇다 해도 당분간은 못 움직일 거다.

나머지 둘이 지그와 거리를 둔 채 불덩이와 전격을 각각 날렸다.

냄새를 맡고 그걸 감지한 지그가 발사되기 직전에 사선에서 벗어나며 질주했다.

마술에 의식을 집중하고 있던 두 명은 요격하려 했지만 의식과 자세를 정비하기에는 이미 늦었다.

스쳐 지나는 동시에 회전하며 휘두른 쌍인검이 나란히 서 있던 두 명의 목을 앞뒤에서 각각 날렸다.

"핫! 정말로 제법인데에……."

부하가 살해당하는 것을 탁한 눈으로 보며 마카르가 웃었다.

그 눈빛에 동료가 살해당한 것에 대한 분노나 슬픔은 담겨 있지 않았다.

"쓸모없는 것들이라고는 안 하겠어어. 시간을 벌어준 것만으로 충분하니까."

그 손에는 붉은 약물이 든 주사기가 들려 있었다.

그는 사랑스럽다는 듯이 그것을 바라본 후, 목에 주사했다.

"……아아, 끝내주는구마안…… 히, 히히!"

"소름 돋아!"

그 사실을 알아챈 지그가 지탄(指彈)을 날려 주사기를 파괴했지만, 약은 이미 모두 마카르의 체내로 투여된 뒤였다.

마카르가 부르르 떨리는 몸을 끌어안으며 비웃었다.

부풀어 오른 위압감과 살기를 경계하듯 지그가 쌍인검을 고쳐 쥐며 태세를 정비했다.

"간다아?"

충혈된 눈으로 그렇게 말한 직후.

옆에서 보고 있던 카티아조차 포착할 수 없을 정도의 속도로 마카르가 달려 나갔다.

"읏?! ……하아!!"

정신을 차려보니 마카르의 곡도가 이미 사정권에 들어와 있었다.

조금 전과는 차원이 다른 속도에 경악하며 지그는 쌍인검으로 받아냈다.

공기가 폭발하는 듯한 소리와 묵직한 금속음이 울리고서야 카티아는 두 사람이 격돌했음을 알아챘다.

기세가 실린 돌진을 받아낸 지그의 발이 땅에서 미끄러질 정도의 충격이었다.

(빠르다! 좀 전의 부하는 떨거지에 불과했던 건가.)

말단 마피아조차도 역전의 용병인 지그와 어느 정도는 상대가 될 정도였다.

마카르 정도의 실력을 지닌 남자라면 얼마나 위협적인 존재가 될지 어느 정도는 짐작이 되었다.

"용케 지금 걸 막았구마안! 당신 정말 대단한데에!"

"닥쳐!"

기합과 함께 곡도를 튕겨낸다.

가볍게 몸을 날린 마가르는 흉악한 표정을 지은 채 잠시 힘을 모으는 동작을 취하더니, 지그의 검을 피해 숨 돌릴 새도 없이 연격을 퍼부었다.

"다진 고기로 만들어주마아아아!!"

원운동을 중심으로 한, 춤을 추는 듯한 곡도의 연속 베기.

검뿐 아니라 발놀림과 하위 바람 마술을 섞은 폭풍과도 같은 연격이 지그를 덮쳤다.

"뭐야, 저게……?"

카티아는 눈앞에서 벌어지고 있는 전투에 어안이 벙벙해졌다.

그녀가 이해할 수 있는 영역을 벗어난지 오래라 어느 쪽이 우세한지조차 모르겠다.

도망이라도 쳐야 할까 싶었지만 선불리 움직였다가 지그를 방해할 가능성도 있다고 생각하니 움직여도 될지조차 알 수가 없었다.

그럼에도 시선을 돌릴 수는 없다.

자신이 앞으로 마주해야만 할 문제이기 때문이다.

그러기 위해서라도——.

"……제발 부탁이니 이겨줘."

맞부딪힌 칼날이 파편과 불꽃을 튀겼다.

무기의 질은 곡도 쪽이 좋은 듯하지만, 지그의 쌍인검은 튼튼한 게 장점인 중량 무기다.

이전처럼 무기가 절단되는 사태를 걱정하지 않아도 된다는 점이 고마울 따름이다.

"샤아압!"

"흐읍……!"

곡도와 발차기를 쌍인검으로 흘려내고 마술을 예측해 피한다.

마카르의 옷은 특수한 소재로 되어 있는지 다리 부분이 매우 딱딱했다.

모종의 방어술을 쓰고 있는 것인지, 가속시키지 않은 참격으로는 뚫지 못할 듯했다.

튼튼한 장비를 두른 그 발차기를 정통으로 맞으면, 골절로 끝나지 않을 것이다.

곡도와 족도(足刀).

두 가지 무기에 마술을 섞은 지근거리 특화형인 마카르는 약물로 강화된 힘으로 지그를 맹렬하게 몰아붙였다.

"크……!"

미처 피하지 못한 바람의 칼날이 뺨을 그었다.

마카르도 서서히 이쪽의 움직임을 예측해서 날리는 식으로 공격을 변화시키고 있는 탓이다.

피가 흐르자 마카르의 미소도 짙어졌다.

그 한 방을 경계로 조금씩이기는 해도 공격이 맞기 시작했다.

베는 데 특화된 곡도는 마카르의 완력과 약물로 강화된 힘 덕에, 지그가 장비하고 있는 수준의 방어구로는 제대로 막아낼 수가 없었다.

공격을 막아낸 갑옷 토시와 다리 갑옷이 깎여나가고, 가슴 갑옷에 여러 가닥의 흠집이 나기 시작했다.

그에 반해 마카르는 다소의 상처는 개의치 않고 있는 힘을 다해 공세를 퍼부었다.

그도 지그의 반격으로 그럭저럭 부상을 입었지만, 다소의 상처는 순식간에 재생되어 움직임이 전혀 굼떠지지 않았다.

(이 속도, 전력을 다하는 이사나보다 다소 느린 정도인가.)

그녀에 비해 마카르는 지속력이 있다.

무모해 보이는 연격을 끊임없이 날려 대서 매우 껄끄럽다.

하지만 위화감이 느껴지기도 했다.

조금 전부터 마카르의 호흡의 빈틈을 노리고 있었는데, 한참이 지나도 그때가 오지 않았다.

일반적으로 숨을 쉬면서 이 정도의 맹공을 퍼붓는 건 불가능하다.

아무리 훈련을 해도 무호흡으로의 연속 행동에는 한도가 있다. 일반적인 사람이라면 진작 한계를 맞이했을 거다.

약물은 뭐든 가능한 마법의 약이 아니다.

폐가 커지는 것도 아닐 테니 산소의 양에는 한도가 있을 테고, 그게 바닥나면 아무리 약물로 통각 등을 둔하게 만든다 해도 몸은 움직임을 멈춘다.

하지만 현실의 그는 그걸 무시하고 움직이고 있으니, 다른 방법을 쓸 필요가 있다.

(자잘한 상처로 힘이 빠지지는 않는 것 같군. 역시 머리를 부수거나 심장을 꿰뚫는 수밖에 없나.)

지그는 기회를 놓치지 않기 위해 의식을 집중시켰다.

이쪽의 움직임에 익숙해진 마카르의 공격이 맞기 시작했지만, 이쪽도 마찬가지다.

이사나를 비롯해서 이쪽 대륙의 상식 밖의 속도로 움직이는 괴물들에게도, 슬슬 눈과 의식이 익숙해졌다.

"잘 버티기는 했지만, 슬슬 끝내도록 할까아!!"

"동감이다……!"

한층 더 빠르게 가속한 마카르가 승부에 나섰다.

근접 전투에 자신이 있어서인지, 견제 마술에 쏟던 힘까지 아껴가며 전력을 다한 공격을 날린다.

그 동작을, 검의 궤도를, 발차기의 조준점을.

이 짧은 시간 동안 몇 번이고 보아온 검의 궤적을 통해, 완벽하게 간파해 낸다.

횡으로 후린 곡도가 이쪽의 목을 노리고 날아든다.

사정권 밖으로 한 걸음 물러나며 같은 방향으로 상대의 칼끝을 밀어내듯이 때려주었다.

"크, 오오?!"

의도치 않은 가속에 마카르의 몸이 살짝 흔들렸다.

무너질 것 같은 자세를 억지로 바로잡으며 축발을 바꿔 뒤돌려 차기를 날린다.

"이 정도쯤!!"

"알기 쉽군."

"큭?!"

살의가 넘쳐나는 탓에 어디를 노리는지 훤히 보였다.

머리를 노린 발차기를 더킹으로 피하고, 발이 땅에 박힐 만큼 강하게 땅을 구른다.

그 소리를 들은 마카르가 허둥지둥 물러나려 했다.

섣불리 돌진해 온 상대에 대한 카운터 어택이 되도록, 물러나며 참격을 날리는 것도 잊지 않았다.

"……엉?"

마카르는 강 건너 불구경이라도 하듯 얼빠진 목소리구만, 이라는 생각을 하고 말았다.

——그랬다.

자신은 무기의 사거리 차이를 메우기 위해, 자신에게 가장 유리한 거리이자 상대가 싸우기 어려울 초지근거리에서 싸우기 위해 거리를 좁힌 것이었다.

하지만 지그는 거리를 좁히지 않았다. 그저 그 자리에서 발을 구른 것뿐이다.

그런데, 이렇게…….

(평범한 발 구름에 쫄아서 물러났다고……?!)

이번에는 정말로 돌진한 지그가 상단으로 치켜든 쌍인검을 내려쳤다.

이미 후퇴 동작을 취해 박자가 어긋난 탓에 그것을 피하기에는 늦었다.

"망, 하아아아알!"

억지로 곡도를 휘둘러 방어했지만 중량과 돌진력, 거기에 원심력이 실린 쌍인검의 칼날은 약물로 강화된 힘으로도 막아낼 수가 없었다.

지그의 혼신의 일격에 곡도가 부러지고 그대로 마카르의 오른팔이 어깻죽지에서 떨어져 나갔다.

"끄아아아아악?! 아, 아파아아아아아아?!!"

약물로 통각이 둔해지기는 했지만, 마카르는 자신의 팔이 없어진 충격으로 착란 상태에 빠졌다.

지그는 숨통을 끊기 위해 다시금 칼을 휘둘렀다.

"죽어라."

마카르는 팔이 떨어져 나가 움직임이 둔해졌다.

지그가 숨통을 끊고자 칼을 치켜들었다.

그 순간, 한 줄기 빛이 시야 끄트머리를 가로질렀다.

빛은 똑바로 나아가 표적── 카티아에게로 날아갔다.

"뭣?! ……큭!"

그 빛에 당황한 지그는 허둥지둥 몸을 돌림과 동시에 쌍인검을 내던지고 달렸다.

그럭저럭 먼 거리에서 날아오고는 있지만, 늦지 않게 달려갈 수 있을지는 아슬아슬했다.

"어? ……잠깐?!"

지그의 행동에 고개를 갸웃한 후, 뒤늦게 빛의 존재를 알아챈 카티아가 회피하려 했지만, 빛은 상당한 속도로 날아들고 있어 도저히 못 피할 듯했다.

이제 틀렸다 싶었던 찰나, 온 힘을 다해 달려온 지그가 카티아와 빛 사이에 끼어들었다.

왼발로 땅을 후벼 파며 급제동하면서 왼쪽 주먹을 허리 높이에서 뒤로 무른다.

배틀 글러브의 스위치를 누르며 카티아의 가슴 높이, 지그의 몸통 높이로 날아드는 빛을 후려쳤다.

"하압!"

최대 출력으로 날린 충격파와 빛이 부딪혀 섬광이 터졌다.

충돌한 두 개의 힘은 거의 동등해서 격렬하게 명멸(明滅)하며 힘겨루기를 했다.

지그는 충격파와 힘겨루기를 하고 있는 빛의 정체가 화살이라는 것을 알아챘다.

화살은 마술로 몇 중으로 강화된 상태라, 충격파와 부딪힌 상태로도 추진력을 잃지 않았다.

하물며 주입된 마력량의 차이 때문인지 서서히 전진하기 시작했다.

충격파를 한 방 더 쏘고 싶어도 지금은 버티는 게 고작이다.

(이런, 밀려난다……!)

막아낼 수 있었던 것은 잠시뿐이었다.

하지만 그 짧은 순간에 또다시 카티아는 자신이 도울 수 있다는 사실을 알아챘다.

습격자에 대한 분노와 아무것도 못 하는 한심한 자신에 대한 울분이 정점에 달한 순간, 생각을 하기도 전에 카티아의 몸이 움직였다.

"……이 새끼들이!!"

기합과 함께 허리에 차고 있던 단도를 뽑아들고 달려들어, 지그의 주먹을 밀어내기 시작한 화살을 향해 내려쳤다.

푸른 궤적이 그어지더니 눈부시게 화살을 뒤덮고 있던 빛이 뚝 끊겼다.

그러자 좀 전까지 전진하고 있던 빛의 화살이 마치 평범한 막대기처럼 추진력을 잃고, 무미건조한 소리와 함께 땅바닥을 나뒹굴었다.

지그는 무리한 자세에서 무너져 가던 몸을 일으켜 세우고는 카티아의 앞으로 나아가 화살이 날아온 방향을 경계하며 입을 열었다.

"미안, 덕분에 살았다……. 그 단도는?"

"창금강을 주재료로 한 특제품. 흔해빠진 방어술로는 못 막는 비장의 카드야."

"과연."

그녀가 가지고 있는 것은 푸른빛을 띤 외날 직도(直刀)였다.

언젠가 보았던 식사용 나이프보다 좀 나은 정도의 물건이 아니라, 대거라 부를 수 있을 만큼은 날이 길었다.

실전에 사용 가능한 정도의 강도를 지녔을 듯한 재질과 자루의 모양새로 미루어, 저 사이즈라도 터무니없이 비싸리라는 것을 짐작할 수 있었다.

"……이것 보셔, 방금 걸 막는다고……? 장난 아니네. 마카르 나리가 당할 만한 상대라는 건가?"

어이가 없다는 듯한 목소리가, 화살이 날아온 방향에서 들려왔다.

마카르와 같은 옅고 탁한 금발머리에 대궁(大弓)을 지닌 남자가 나타나더니 주변을 둘러보고서 땅이 꺼져라 한숨을 내쉬었다.

주변에는 마카르의 부하였던 시체들이 어지럽게 널려 있다.

그는 나뒹구는 살덩이를 발끝으로 걷어차며 딱히 아쉬운 기색도 없이 말을 이었다.

"아~ 아~ 아~. 이렇게 요란하게 일을 벌이다니. 이쪽에서 사람 조달하는 것도 쉬운 일이 아닌데 말이야……. 뭐 그건 둘째 치고, 일단 물러나게 해주면 안 될까? 그래 봬도 우리 돌격대장이거든, 일단은."

대궁을 든 남자는 비장한 얼굴로 지혈을 하고 있는 마카르를 턱짓으로 가리켰다.

지그는 그를 따라서 시선을 돌리는 척하며 쌍인검의 위치를 확인했다.

마카르가 기어서 물러난 탓에 현재 무기와 그들은 정확히 삼각형을 그리는 위치에 있었다.

무기를 집어 마카르에게 접근하기에는 동선의 낭비가 너무 크다.

카티아가 약점이라는 걸 들킨 이상, 경솔하게 행동하면 그 즉시 그녀를 노릴 거다.

나른한 분위기를 풍기고 있지만 사실 저 남자에게는 빈틈이 없다.

무기도 없는 상태로 싸울 상대가 아니다.

녀석을 완전히 처리하지 못한 건 아깝지만, 무리를 했다가 카티아를 위험에 빠뜨릴 수는 없는 일이다.

"……좋아. 가라."

"칫……."

마카르를 심문하면 얼마나 많은 정보를 얻을 수 있을까.

그걸 상상한 카티아가 혀를 찼지만 우선순위를 생각하면 무모한 짓을 할 수는 없다.

자신이 붙잡히면 그야말로 치명적인 사태로 번질 수도 있기 때문이다.

지그를 경계하듯 마카르가 슬금슬금 이동했다.

그러다 도중에 떨어져나간 팔을 줍더니 대궁을 든 남자가 있는 곳으로 달려 나갔다.

지그 일행도 움직이려던 순간, 마카르가 외쳤다.

"저 녀석은 나와의 싸움으로 지쳤어! 죽여버려어!!"

"크…… 저 자식이?!"

카티아가 소리를 친 순간, 이미 대궁을 든 남자는 화살을 메기고 있었다.

그 매끄러우면서도 민첩한 동작을 통해 남자의 역량을 짐작할 수 있었다.

남자는 마력을 실어 세 개의 화살을 동시에 쏘았다.

속도를 중시해 최소한의 강화밖에 하지 않았지만, 그럼에도 어지간한 장갑은 간단히 뚫을 위력이다.

화살 세 대가 V자를 그리며 날아온다.

그중 둘은 회피할 경우에 대비해 견제용으로 중심에서 벗어나도록 날렸다.

진짜 노림수는 중심에 자리한 한 대로, 마력이 실린 것도 이것뿐이다.

지그 혼자라면 모를까 지금은 카티아도 있어서 신체능력만 믿고 우악스럽게 회피하기도 어렵다.

무기는 수중에 없고, 지금 있는 방어구로는 막아낼 수 없는 위력의 화살이 날아들고 있다. 그렇다면——.

"흐오오……!"

지그는 숨을 깊이 들이쉬어 단전에 힘을 모은 후, 두 손을 가슴 앞에 내민 채 화살의 궤적을 파악했다.

화살은 이미 코앞까지 육박해 있다.

"쉬익!!"

지그가 움직였다.

두 팔을 바깥을 향해 최소한의 동작으로 쳐내서 갑옷 토시로 좌우의 화살을 튕겨낸다.

화살촉의 측면을 밀어내듯 때리자 화살이 비껴났다.

화살을 튕겨낸 반동을 살려 벌렸던 두 팔을 빠르게 복귀시킨 후, 한 박자 늦게 날아든 진짜 노림수 화살을 양쪽 손바닥 사이에 끼워 넣었다. 빛이 튀고 귀에 거슬리는 소리가 울려 퍼진다.

마력을 띤 화살은 그럼에도 추진력을 잃지 않고 돌진하려 했지만, 지그는 그렇게는 안 된다는 듯이 힘을 주었다. 팔의 근육이 부풀어 오른 가운데, 가슴께 근처까지 육박한 화살이 두 손 사이에서 미친 듯이 날뛰는 것을 억지로 억제한다.

조금 전의 한 대에 비해 강화할 시간이 부족했던 탓에 화살은 이윽고 힘을 잃고 멈췄다.

"저게 말이 돼애?!"

화살을 칼날잡기로 잡아낸 너무나도 어이없는 광경에 남자의 움직임이 멈췄다.

지그는 그 틈에 저릿한 팔을 억지로 움직여, 카티아의 손을 잡아끌고 쌍인검이 있는 곳까지 달려갔다. 하지만 그가 무기를 주워들기도 전에 정신을 차린 마카르와 대궁을 든 남자는 철수하기 시작했다.

"거짓말쟁이 나리 같으니!! 하나도 안 지쳤잖아?!"

"이, 이런 말도 안 되는 일이…… 젠자아아앙!!"

남자의 규탄에 마카르가 고함을 질렀다.

시끄럽게 싸우며 두 사람은 도망쳤다.

"팔이 떨어져 나간 녀석이 기운도 좋군."

과다출혈로 죽거나 쇼크사했어도 이상할 게 없을 텐데, 저것도 약물의 효과일까.

주위를 경계하여 복병이 없다는 것을 확인한 지그가 피를 털어낸 도신을 천으로 닦았다.

이미 전투태세를 해제한 지그와 달리, 카티아는 아직 흥분이 가라앉지 않은 듯 숨을 고르고 있었다.

"그래서, 어쩔까? 아무래도 일단 이 자리를 뜨는 게 좋을 것 같은데."

"……그건 그래. 하지만 그 전에."

카티아는 억지로 아무렇지 않은 척하며 시체 중 하나에 다가갔다.

두 동강이 난 처참한 시체를 보고 얼굴을 찌푸리면서 그 품안을 뒤졌다.

"내용물이 있는 건 없나."

그들이 사용한 약물이 들어있던 주사기를 꺼내 신중하게 집어넣었다.

약물은 거의 없지만 부착된 성분을 통해 뭔가 알아낼 수 있을지도 모른다.

그 모습을 본 지그도 마찬가지로 다른 시체에서 주사기를 회수해 두었다.

그들은 정말로 말단이었는지 그 이외에 조직과 연관이 있을 듯한 것은 가지고 있지 않았다.

회수를 마친 지그 일행은 이 이상 무슨 일이 일어나기 전에 종종걸음으로 그 자리를 떴다.

†

두 사람이 그 자리를 떠나고서 얼마쯤 지난 후.

소란이 일어났다는 소식을 들은 이들이 모여들었다.

"이건 좀, 심하군."

대검을 짊어진 중년 남자, 타이론이 눈살을 찌푸렸다.

그는 시체를 살펴보더니 동료들에게 말했다.

"시체는 모두 검에 의해 죽었군. 마술을 사용한 흔적은 없어. 죽은 건 아마도 마피아들이겠지."

"……요컨대 이 지경을 만들어놓은 누군가는, 그 약물을 사용한 쪽이라는 건가?"

타이론의 말에 답한 것은 두 자루의 사브르를 허리에 찬 자스프라는 청년이다. 그는 날카로운 눈빛으로 주변에 널린 시체를 바라본 채 추측을 입밖에 냈다.

타이론은 단언하지 않았지만 그의 추측을 부정하지 않고 주변에 널린 시체들을 둘러보았다.

"그럴 가능성이 높지. 검에 의해 죽었다는 건 분명하지만, 베였다기보다는 끊어졌다고 표현하는 게 옳겠어. 터무니없는 힘이야."

"당신도 같은 일을 할 수 있을까?"

질문을 던진 것은 은발에 안대를 한 여성, 엘시아였다.

이 셋은 그녀를 중심으로 한 모험가 파티로, 이번 약물 소동의 조사 의뢰를 길드에게 받은 상태였다.

당연히 이 도시에 소속된 길드도 약물에 관한 정보는 접수한 터였다.

하지만 당사자인 마피아들에 비하면 그 정보가 늦어질 수밖에 없었다.

입장상 대놓고 마피아에게 물을 수도 없는 일이라, 보다 자세한 정보를 모으려면 자신들이 직접 알아낼 필요가 있기 때문이다.

엘시아의 질문에 타이론은 등에 짊어진 대검에 손을 대며 복잡한 표정으로 고개를 끄덕였다.

"……같은 일을 하는 것뿐이라면, 가능합니다. 상대의 수, 상황을 따져봐야겠지만. ……하지만 인간을 죽일 때 이렇게까지 할 필요는 없지요. 역시 약물을 사용하면 힘을 얻음과 동시에 이성도 날아간다는 정보는 사실인 것 같군요."

"약에 휘둘리기나 하는 삼류다운 살인이란 건가."

자스프가 노골적인 경멸감을 담아 말을 내뱉었다.

자신들의 실력으로 지금의 지위까지 올라온 그들로서는 약에 의존하는 행위를 인정할 수가 없었던 것이다.

"방심은 하지 마라. 흔해빠진 깡패라 해도 충분히 위협적이라는 증거이기도 하니까."

"흥, 그런 녀석들한테 뒤질 만큼 어정쩡하게 산 적 없어."

타이론이 충고하자 자스프는 코웃음을 쳤다.

입으로는 그렇게 말했지만 그가 경고를 올바르게 이해했다는 사실을 아는 터라 타이론은 그 이상 아무 말도 하지 않았다. 자스프는 어린애 취급을 당하는 건 싫어하지만 선배들의 충고를 못 받아들일 만큼 어린애는 아니었고, 타이론은 재능 때문에 무모한 짓을 하기 일쑤인 젊은이를 챙겨주고 싶어 하는 연장자였다.

평소와 같은 대화를 옅은 웃음을 띤 채 듣고 있던 엘시아가 방침을 정했다.

"마피아끼리 싸우고 있는 것뿐이라면 모를까, 일반인들에게도 피해가 발생하기 시작했어. 조급히 대처할 필요가 있어. 이 전투에서 살아남은 쪽을 찾아보자. 이 근처 사람에게 탐문조사를 할 필요가 있겠네……. 나랑 타이론이 탐문조사를 맡을 테니, 자스프는 이 일을 앨런 군 일행에게 전달하고 그들과 연계해서 정보를 수집해."

"알았어."

자스프가 고개를 끄덕이고서 곧장 움직였다.

엘시아 일행도 흩어져서 탐문조사를 시작했다.

이 근처에는 마피아는 아니지만 일반 사회에 있을 수 없게 된 범법자들의 소굴이 여럿 있다.

돈만 쥐여주면 정보 제공자는 얼마든 구할 수 있다.

물론 자신들의 정보도 얼마든지 돈을 받고 팔아넘긴다는 것이 문제지만.

그렇게 모은 정보를 토대로 그들은 움직였다.

바자르타, 칸타렐라, 아그레시야, 그리고 모험가 길드.

이 도시는 지금, 여러 가지 의도와 정보가 뒤엉켜 혼란스러운 상태였다.

†

습격자들을 격퇴한 지그 일행은 미행을 경계하며 길을 우회하여 거점으로 향해, 추적자가 없다는 걸 확인하고서 사무소로 뛰어들었다.

"아가씨, 어서 오십…… 대체 무슨 일이 있었던 겁까?!"

심상치 않은 모습의 카티아와 피를 뒤집어 쓴 지그를 보고 엘란드는 당황해서 소란을 피웠다.

그 목소리를 들은 알바노 일행은 심각한 얼굴로 무기를 들고 달려왔다.

알바노는 험악한 얼굴로 험악한 표정을 지은 채 다가오더니 큰 소리로 카티아에게 소리쳤다.

"아가씨! 괜찮으십니까?!"

"나는 괜찮아. 상처 하나 없어. 지그가 보호해줬거든."

알바노는 심각한 얼굴로 카티아가 다치지 않았는지를 확인하더니 고개를 숙이고서 다시 카티아를 쳐다보았다.

"무사하셔서 다행입니다…… 너도 고생 많았다."

"신경 쓰지 마, 일이니까. 뒷일은 맡겨도 되나? 옷 갈아입고 무기를 손질하고 싶은데."

지그의 옷은 피와 살점이 들러붙어 있어 처참한 상태였다.

매번 겪는 일이지만 방어구도 너덜너덜해져서 제 역할을 못할 듯했다.

"오늘은 더 나갈 생각 없으니 쉬어. ……나중에 따뜻한 물을 가져가게 하지. 방 더럽히지 마라."

"그러도록 하지."

카티아의 말에 지그는 방으로 향했다. 그 뒷모습에서는 조금 전까지 치렀던 사투로 인해 지친 기색을 찾을 수가 없었다.

지그를 배웅한 후, 알바노가 카티아에게 물었다.

"대체 무슨 일이 있었던 겁니까?"

"순서대로 이야기하지. 여러모로, 일이 복잡해졌어…… 반노는?"

"지금은 자리에 없습니다. 녀석도 상대의 동향을 알아내는 데 고전하고 있는 모양입니다."

"그렇다면 낭보군. 녀석들은, 아무래도 칸타렐라의 말단을 부리고 있는 것 같아."

"뭐라고요?"

갑자기 들어온 정보에 알바노도 놀란 기색을 감추지 못했다.

이야기가 길어질 것 같다고 생각한 알바노는 카티아에게 의자를 권하고는 물주전자와 컵을 내밀었다.

카티아는 거칠게 발로 의자를 끌어와서 앉더니, 물을 마시고 한숨을 돌린 후 좀 전에 일어났던 일을 자세히 전달했다.

"……과연, 그런 일이. 설마 칸타렐라의 말단이 배후에 있었을 줄이야. 이 일은 당연히 칸타렐라 측도 알 겁니다. 그런데도 아무런 반응도 없는 건…….”

“자기네 말단이 약에 미쳐서 외부 마피아를 끌어들였다는 소릴 어떻게 하겠어.”

만약 그랬다가는 체면을 구기는 데에서 그치지 않을 거다.

구심력을 잃은 마피아의 말로는 비참한 법이기에.

어떻게든 쉬쉬하면서 해결하고자 조직 내에 함구령을 내렸을 것이다.

저들의 세력권에 단서가 있다면 바자르타도 섣불리 손을 댈 수는 없다.

(그렇군. 그래서 그 마카르라는 남자도 바자르타 측 인간이 있다는 데 놀랐던 건가.)

그렇다면 녀석들의 동향이나 단서를 잡을 수 없었던 것도 납득이 된다.

“그나저나 이야기가 너무 커졌군. 이번엔 바깥에서도 피해가 생겼으니, 길드도 고개를 들이밀려 할 텐데.”

“아니, 이미 움직이기 시작했습니다.”

“뭐? 꽤 빠르네…….”

예상치 못한 전개 속도에 카티아가 눈살을 찌푸렸다.

마피아와 달리 길드는 공적 기관이라 움직이려면 각종 수속에 상부로의 보고에 위험도 판단 등, 많은 수순을 거쳐야 한다.

또한 모험가들도 생활과 일이 있기에 금방 사람을 모으기가 어렵다.

따라서 이번 일에 대한 행동 속도는 이례적이라 할 수 있는 것이다.

"……이건 아직 확실한 정보가 아니지만, 모험가 측에서도 피해가 발생했다고 합니다."

듣고 싶지 않았던 정보에 카티아는 관자놀이를 문지르며 하늘을 올려다보았다.

방금 말한 피해란 습격을 당한 일을 가리키는 게 아니다.

기본적으로 자기 책임인 모험가가 폭한에게 습격을 당한 정도로 길드가 본격적으로 움직일 리가 없다.

모험가 쪽에서 습격을 한 상황이라면 모를까, 평범한 범죄자를 수색하는 것은 헌병이 할 일이니 당연히 움직이지 않을 거다.

가령 움직인다 해도 클랜이 먼저 움직일 테고, 길드는 다소 지원을 하는 데에서 그칠 것이다.

다시 말해서 이번 경우의 피해란 것은…….

"모험가들 중에서도 약물에 손을 대는 머저리가 나타난 건가……."

이전에 보고가 올라왔던 수상쩍은 약물을 사용한 모험가들일 것이다. 무엇을 사용했는지까지는 이쪽도 파악을 못했지만, 지금의 대응을 보면 십중팔구 맞을 거다.

"큰일이군요. 흔해빠진 깡패 정도라면 모를까, 모험가가 약물을 쓴다면 감당할 수가 없습니다."

명색이 마수와의 전투를 생업으로 하고 있는 그들이 약물을 쓴다면, 그 위험도는 마피아와 비교도 되지 않을 것이다. 값비싼 마수 소재를 사용한 무구로 무장한 그들은 어떻게 보면 마수보다 더 성가신 존재다.

"……그쪽 대응은 모험가들에게 맡기지. 우리가 알 바 아니니까."

"그게 제일일 듯합니다. 포섭된 모험가들의 정보가 들어오는 대로 길드 측에 유출하겠습니다."

카티아는 정보만 입수하고 이 일에는 관여하지 않기로 했다. 괴물에 대한 대처는 괴물에게 맡기는 게 제일이니까.

"이 이야기, 반노에게도 전달해 둬."

"알겠습니다. ……아가씨, 이야기를 듣고 신경 쓰이는 점이 있습니다만."

알바노가 무엇에 의문을 느꼈는지는 카티아도 알았다.

무엇보다 자신도 한 번은 그렇게 생각했었고, 지금도 상황만 보면 너무나도 수상하다. 의심하지 않는 쪽이 이상할 거다.

카티아는 컵에 든 물을 비우고서 그 가장자리를 손으로 쓸며 거칠게 말을 내뱉었다.

"나도 알아…… 지그 말이지?"

말로 표현하기 어려울 만큼 수상한 남자의 이름을 입밖에 내자, 알바노는 날카로운 눈빛으로 고개를 끄덕였다.

"하나부터 열까지 너무 수상합니다. 녀석이 대체 이 건에 얼마나 얽혀 있는지조차 모르겠군요. 적인지 우리 편인지 모를 녀석만큼 감당이 안 되는 것도 없습니다."

지그가 밝힌 정보와 그의 행동. 그 모든 것을 우연으로 치부할 수 있을 만큼 알바노는 낙천적인 성격이 아니었다.

"네 의문에도 일리는 있지만, 그 녀석이 마피아 쪽일 리는 없어. 실제로 간부급 남자의 팔을 베어내 보이기도 했고, 방해하는 게 없었다면…… 아니, 나라는 족쇄가 없었다면 증원까지 몰살시켰을 걸."

자신들이 고전하고 있는 아그리에사의 간부를 비롯한 여러 명을 별다른 피해도 입지 않고, 하물며 짐덩이를 떠안은 상태로 격퇴했다는 사실에 알바노는 눈이 휘둥그레졌다. 그의 손이 무의식적으로 허리에 찬 무기를 더듬었다.

"……그 정도였습니까, 저 남자는. 다시 말해서 아가씨를 죽이든 납치하든 마음대로 할 수 있었군요."

카티아는 그 말에 눈빛만으로 답했다.

그녀는 자리에서 일어나 창가까지 걸어가서 밖을 보았다. 어두워지기 시작한 바깥에서는 일을 마치고 귀갓길에 접어든 자들이 자아내는 떠들썩한 소리가 멀리서 들려왔다.

"녀석을 곁에 두는 게 위험하다는 건 알아. 하지만 그 이상으로, 그 녀석이 적측에 붙었을 경우의 일이 무서워. 저만한 전력을 지닌 자가 어디에도 속하지 않았다는 것만으로도 위험한데, 돈만 주면 어디에든 붙는다는 소릴 하고 다니잖아. 위험성을 감안하더라도 눈에 보이는 곳에 두는 편이 안전해."

"……포섭할까요?"

마피아에 권유하자는 알바노의 제안에 고개를 가로저었다.

그런 판단까지 내릴 권한이 자신에게는 없다는 뜻이기도 하지만, 지그가 승낙하는 그림이 머리에 떠오르지 않는다는 이유가 더 강했다.

"어쨌든 지금은 눈앞에 있는 문제에 주력하자. 뭐, 잘만 써먹으면 더없이 강력한 카드야. 내는 돈만큼은 부려 먹어주지."

†

사무소의 빈방에서 지그가 무기를 갈고 있다.

"……자잘한 흠집이 눈에 띄기 시작했군."

푸른 날을 연마하며 도신을 바라보았다.

마카르의 무기는 상당한 일품이었던 모양이다. 그토록 중량차가 있는 무기였음에도 정면에서 치고받았던 게 그 증거다.

최종적으로는 팔과 함께 베어버렸지만, 꽤나 무리를 한 결과였다.

앞으로 그것과 동등한 무기를 지닌 상대가 나오면 성가셔진다. 같은 중량 무기일 경우, 일방적으로 파괴될 가능성이 있어서는 곤란하다.

그렇다면 새로 사자는 선택지가 머릿속에 떠올랐지만…….

"70만이나 했었는데……."

지금보다 좋은 무기를 손에 넣으려면, 지금 쓰고 있는 것보다 값이 비싸질 수밖에 없다.

보통은 지금 쓰고 있는 무기를 팔기 위해 내놓겠지만, 사용자 수가 압도적으로 적은 쌍인검을 내놓아 봐야 거절당하거나 몇 푼

되지 않는 값에 팔아야 할 게 뻔하다.

“그 이전에 재고가 있을지가 문제인데…….”

규모가 큰 무기상에도 두 자루밖에 없었다. 지그가 원하는 무기가 있을 것 같지는 않다.

그렇다면 주문 제작밖에 답이 없는데, 비용도 시간도 보다 많이 든다.

하지만 미리미리 움직이지 않으면 막상 파손되었을 때, 만들 때까지 몇 개월이나 걸릴지도 모른다.

“돈이, 될까……?”

버는 금액은 늘었지만 그 이상으로 고수를 상대할 일이 많다보니 장비 교체 속도가 너무 빨라졌다. 이번에는 갑옷 토시가 못 쓰게 된 데다, 방어구는 벌써 몇 번을 부숴 먹었는지 모르겠다.

“……이거 원. 어딜 가나 돈 때문에 골머리를 썩는군.”

용병단에 소속되어 있었을 때는 이런저런 처리를 사무에게 맡겨서 마음이 편했다.

그 당시에 비하면 확실하게 수입은 늘었을 텐데, 사라지는 돈의 액수도 커서 묘하게 손해를 보고 있는 기분이다.

그렇게 골치를 썩고 있던 중에 문을 노크하는 소리가 들려왔다.

“들어간다.”

대답하기도 전에 카티아가 들어왔다.

그녀는 쌍인검을 흥미롭다는 듯이 들여다보더니, 파손된 방어구 쪽으로 시선을 돌렸다.

“아주 박살이 났네.”

"그 정도로는 강적이었으니까."
"내일쯤 새로 사러 갈까?"
카티아는 그 정도는 옆길로 새도 상관없다고 말했다.
"그러고 싶기는 하지만, 주머니 사정이…… 음?"
그렇게 말을 하던 지그의 머릿속에 일전에 했던 계약 내용이 떠올랐다.

'기간은 5일이고 일당 10만. 이건 확정 급여고 습격을 당하면 별도로 15만을 지급하지. 파손된 장비 등은 필요 경비를 이쪽에서…… 상식적인 범위 내에서 대고. 소모품이 필요하면 말해.'

"그랬지!"
"우왁! 뭐야……?"
갑자기 지그가 소리를 치자 카티아는 경계 자세를 취했다. 큰 소리를 낸 건 아니지만 지그의 목소리는 덩치 때문에 잘 울려 퍼졌다.
"이렇게 조건이 좋은 경우는 드물어서 까맣게 잊고 있었군. 분명 장비품이 파손되면 교체비용은 그쪽이 대기로 했지?"
카티아는 당황한 표정이었지만, 이내 그런 말도 했었다는 사실을 떠올려냈다.
"그래, 분명 그랬지. 상식적인 범위 내에서라고 말한 것도 잊지 마."
"걱정 마라, 무리한 요구는 안 할 테니. 이거 살았군. 매번 이래서는 아무리 벌어도 적자를 볼 뻔했는데."

경비가 싸게 먹히게 됐다는 생각에 지그는 기분이 좋아졌다.

(……뭔가, 나만 쓸데없이 긴장하고 있는 것 같은데?)

지그의 동향이 신경 쓰여 살펴보러 온 카티아는 허탈한 기분이 들었다.

그러다 잠시 느슨해진 마음을 다잡고 옷매무새를 바로 했다.

그건 둘째 치고, 해야 할 말이 있기 때문이다.

"지그. 그게…… 미안하게 됐어. 그때 의심해서."

그때는 위급한 사태가 벌어져 유야무야되기는 했지만, 의심을 당한 쪽은 기분이 썩 유쾌하지 않을 거다.

다시 무기를 손질하고 있던 지그는 갑작스러운 사과에 어깨 너머로 카티아를 흘끔 쳐다보며 대꾸했다.

"그거 말이군…… 딱히 상관없어. 아닌 게 아니라, 마피아라면 당연히 그 정도 의심은 품고 있어야지."

최근 들어 의심 받는 데 이골이 나기도 했고.

지그는 무심결에 그렇게 말할 뻔했지만, 어쩐지 서글퍼져서 관뒀다.

하지만 카티아는 그럼에도 물러서지 않았다.

"그래도, 사과를 해두고 싶었어."

길게 째진 눈으로 똑바로 바라보는 그녀의 모습에 지그는 잠시 침묵한 후, 짧게 답했다.

"……그렇군. 사과를 받아들이지."

"내일도 잘 부탁한다. ……무기 손질하는 거, 봐도 될까?"

갑작스러운 부탁이었지만 지그는 깊이 캐묻지 않고 마음대로 하라고 대꾸했다.

카티아는 의자를 발로 끌어와 앉더니, 등받이에 두 팔을 괴고 지그가 무기 손질을 하는 걸 지켜보았다.

(……아직 의심은 풀리지 않았다고 봐야 하나. 어지간히도 내가 수상쩍은가 보군.)

하지만 아무리 의심을 받더라도 자신이 할 일은 똑같다.

그래봐야 그녀들이 헛심을 쓰는 꼴이 되겠지만, 거기까지 관여할 수는 없는 일이기에.

†

7등급으로 승급한 이후로 열람 허가를 받은 자료는 지금까지 보아온 것들과 명백하게 다르다.

그렇다는 이야기는 들었지만 실제로 읽어보니 그 말이 어떤 뜻이었는지 잘 알 듯했다.

"이거이거, 인간의 탐구심과 지식욕은 터무니없네요……. 수명 때문일까요? 이런 행동력은 어디서 나오는 걸까요."

자료실 안쪽 한구석에서 다 읽은 책을 쌓아올리며 시어서가 중얼거렸다.

마녀라 해도 수명이 길고 날 때부터 강대한 마력을 지녔으며, 그걸 취급하는 게 능숙할 뿐인 존재다.

몇 대에 걸친 지식의 전승과 무수히 많은 사람들의 직감을, 긴

수명과 힘만 지닌 마녀 한 사람이 당해낼 수 있을 리가 없다.

"마녀들은 협조성 같은 게 전혀 없으니까요."

우연히 만난다 해도 무시하거나 목숨 걸고 싸우거나 둘 중 하나다.

지식의 공유 같은 게 이루어질 리 없는 것이다.

그럼 다음은 뭘 읽을까, 하고 시어셔는 고민에 빠졌다.

이미 허가를 받은 책은 대충 다 독파했지만, 이곳에서 빌릴 수 없는 마술서 등도 궁금하기는 했다.

"이쯤 되니 대여 불가 마술서도 많이 기대가 되네요. ……하지만 가격이이. 비싸단 말이죠~."

보다 깊은 내용이 기록된 마술서는 값이 비싸다.

갖춰야만 하는 소모품과 장비 등을 생각하면 함부로 돈을 쓸 수는 없다.

"……저도 뭔가 돈 벌 방법을 늘려볼까요. 지그 씨가 없을 때 금방 할 수 있는 의뢰 같은 게 있으면 좋을 텐데."

책을 돌려놓고는 이제는 완전히 친해진 사서에게 고개 숙여 인사한 후, 자료실을 뒤로했다.

길드 1층으로 내려와 붙어있는 의뢰를 들여다보았다.

1층은 보통 의뢰 쟁탈전으로 붐비고는 하지만 낮에는 사람이 적었다.

모험가도 있기는 하지만 일찌감치 일을 마친 것인지 동료들끼리 미팅을 하는 이들뿐이었다.

하지만 그것은 벌이가 좋을 듯한 의뢰는 이미 다 가져갔다는 것과 같은 의미이기도 했다.

“으~음, 괜찮은 의뢰가 없네요.”

이 시간대에 남아있는 의뢰는 품이 드는 데 비해 보수가 미묘하거나, 보수는 좋지만 매우 위험한 의뢰들뿐이다.

전자는 둘째 치고, 후자는 지금의 등급으로는 받을 수가 없다. 시간이 빌 때 가볍게 돈을 벌 만한 의뢰 같은 게 그리 흔할 리가 없었던 것이다.

“뭐, 린디아 씨가 말한 돈이 되는 일이란 걸 기대해 볼까요.”

일전에 같이 해보자고 권유해준 그녀들의 파티와는 오늘 길드에서 만나기로 했다. 그래서 숙소로 돌아가지 않고 자료실에서 마술서를 읽고 있었던 것이다.

“어머, 시어셔 씨. 뭐 찾는 거라도?”

“안녕하세요, 시안 씨. 뭐 돈벌이가 되는 의뢰가 없을까 찾던 참이었어요.”

어슬렁거리며 의뢰를 훑어보던 시어셔에게 말을 걸어온 것은 자주 얼굴을 마주하는 여성 접수원이었다.

모험가가 된 후로 이래저래 신세를 지고 있어서 시어셔도 그녀와는 종종 이야기를 나누고는 했다.

“한가하시다면 같이 점심이라도 드시겠어요?”

시안이라 불린 아담한 체구의 여성 접수원은 병설된 식당을 가리키며 그렇게 말했다.

점심시간이기는 해도 굳이 길드까지 와서 점심을 먹는 모험가는 거의 없어서, 이 시간대에는 직원들이 이용하는 경우가 많았다.

(그러고 보니 여기서 밥을 먹어본 적은 없었네요……. 주변의 시선이 성가셔서. 지금이라면 괜찮을지도 모르겠어요.)

시어셔는 주변 사람들의 시선을 그다지 신경 쓰지 않았지만, 어딜 가나 보는 눈이 있는 것을 성가시다고 생각하기는 했다. 시안은 그런 주변 사람들 중 함께 있어도 부담스럽지 않은 부류의 인간이었다.

"그러면 실례해도 될까요?"

"네, 물론이죠. 아, 한 사람 더 있는데 괜찮을까요?"

그렇게 말하며 시안이 시선을 보낸 곳을 바라봤다가, 식당 테이블에 앉아 있는 또 한 명의 여성과 눈이 마주쳤다.

미인이지만 매우 무뚝뚝해 보이는 그 얼굴은 몇 번인가 본 적이 있었다.

분명, 아오이라고 했던가.

잠시 고민했지만 조용한 그녀라면 문제없을 거란 생각에 시안에게 고개를 끄덕이며 답했다.

"네, 괜찮아요."

"다행이다. 그럼 가죠!"

오종종 걷는 아담한 그녀는 작은 동물 같고 애교가 있었다.

흐뭇한 그 모습에 미소를 띤 채 따라가서 자리에 앉았다.

"안녕하십니까, 시어셔 님."

"안녕하세요. 실례할게요."

아오이의 인사에 답하고서 메뉴를 들여다보았다.

고기와 생선 요리가 어느 정도는 갖춰져 있었지만, 아주 화려

한 요리는 없어서 그야말로 직원용 식당 같은 느낌이었다.

"흠…… 고민되네요."

"여긴 새우랑 오징어로 만든 해물 아히요가 맛있어요!"

"흠, 아주 매력적인 메뉴이긴 한데…… 안심살 스튜도 궁금해서요."

"그럼 하나씩 주문해서 나눠먹죠!"

고기와 생선 사이에서 고민하던 시어셔는 그 제안을 받아들이기로 했다.

요리를 주문하고 기다리는 동안 잡담을 나누었다.

"길드 직원으로 일하기는 힘든가요?"

"으~음, 힘들기는 하지만 보람도 있어요! 처음에는 험상궂은 사람들이 많아서 위축됐었지만…… 적응이 됐어요. 의외로 여성도 많고, 정말 무서운 일이 생기면 아오이 씨가 도와주거든요."

그러고 보니 이전에 와다츠미의 모험가가 소란을 피웠을 때도 아오이가 대처를 했었다.

"모험가가 길드 직원에게 손을 대는 일은 절대 일어날 수 없으니, 좀 더 당당하게 있도록 해요. 만에 하나 그렇게 된다 해도 누군가가 제지할 테니까요."

"머리로는 알지만, 무서운 건 무서운 거라고요오!"

아오이가 담담하게 말하자 시안이 항의했다.

사이가 좋은 것인지. 말다툼을 하는 듯 보이는데도 두 사람 모두 서로를 편하게 대하고 걱정하고 있다는 것이 느껴졌다.

이야기를 하다 보니 화제가 시어셔에게로 넘어왔다.

"그나저나 시어셔 씨는 대단하네요……. 승급 속도가 거의 역대 최고 수준이에요. 역시 원래는 고명한 마술사였나요?"

"시안, 남의 사정을 너무 깊이 캐물으면 못 써요"

시안은 몸을 내밀어가며 흥미진진하다는 듯이 물었다.

아오이도 만류하기는 했지만 듣고 싶은 눈치였다.

"고명한 마술사라뇨……. 숲속에서 혼자 살던 시골뜨기에 불과한데요. 싸우는 건 그럭저럭 자신 있지만 마술은 독학이고요."

"등록하러 왔을 때도 그렇게 말씀하셨죠. 시어셔 님은 수동식이었죠? 독학으로 그만큼 실력을 쌓으셨다면 자신감을 가지세요."

수동식은 마술각인을 사용한 자동식에 비하면 구축 속도도 느리고 난이도도 터무니없이 높은 마술 양식이다.

다양성으로 따지면 압도적으로 우수하다는 걸 알면서도 모두가 자동식을 선택하고 말 정도로 어려운 술식으로, 그것을 자유자재로 다루는 것은 일류 마술사라는 증거이기도 했다.

"감사합니다. ……이것도 다 지그 씨 덕분이에요. 지그 씨를 만나지 못했다면, 저는 평생을 그곳에서 보냈을지도 몰라요."

생각해 보니 참으로 기이한 만남이었던 것 같다.

당시의 일을 떠올리면 자연스럽게 입가에 미소가 걸린다.

그 토벌대에 지그가 없었다면.

그때 자신이 이겨버렸다면.

지그의 의뢰인이었다는 영주의 아들이 죽지 않았다면.

그리고 자신이 말을 걸지 않았다면.

그러한 계기가 하나라도 없었다면 나는 여기에 없었을 거다.
바깥세계를 알게 된 것도.
타인과 이렇게 대화를 하게 된 것도.
하물며 이대륙에 와서 마술 공부를 하게 된 것도.
모두 그가 도와준 덕분이다.
그렇기에 나는 그를――.

“지그 씨 말인가요…… 강해 보이긴 하죠, 그 사람. 얼굴만 봐도 강해 보이는데, 실제로는 어느 정도인가요?”
화제가 시어셔에서 지그에 관한 이야기로 바뀌었다.
기본적으로 접수처에서 보고하는 것은 시어셔라, 직접적으로 접촉할 일이 없는 시안은 지그에 관해 잘 알지 못했다. 기껏해야 외부 동행자 신청 수속을 밟아주는 게 전부다.
그녀의 물음에 답한 것은 아오이였다.
“강해요, 상당히.”
“어라? 아오이 씨, 그 사람하고 친해요?”
의외의 사람이 대답을 하자 시안은 눈이 동그래졌다.
아오이는 다소 거북한 듯이 시어셔를 쳐다보았다.
무슨 의미인지 알아챈 시어셔가 신경 쓰지 말라는 듯이 고개를 가로저었다.
“이전에 동생이 실수를 해서 폐를 끼친 적이 있었는데…… 와다츠미의 베테랑 모험가 여러 명을 물리치고 밀리나, 세츠, 두 명을 농락했다더군요."

"……무진장 강하네요. 하루토 군은 어쩌다가 그런 사고를 쳤대요?"

"그러게 말이에요. 그 애송이가, 조금 인정받았다고 해서 우쭐거리기나 하고……."

무표정한 아오이가 눈살을 찌푸리며 말하자, 동생에게는 가차없는 누나 같은 모습에 두 사람은 쓴웃음을 지었다.

마침 요리가 나와서 일단 이야기를 중단하고 식사에 집중했다.

시어셔가 아히요의 향긋한 냄새에 맛을 기대하며 입으로 옮겼다.

새우의 탱글탱글한 식감과 마늘향이 흠뻑 배어든 올리브 오일이 너무너무 맛있었다.

"음~!"

오일에 적셔 먹는 바게트도 별미다.

시안과 나눠먹기로 한 스튜를 입으로 옮기자, 또 다른 농후한 맛이 식욕을 자극했다.

"스튜가 아주 맛있네요."

"이 소 안심살 스튜는 근처 고기 요리집에서 감수를 한 역작이래요."

"길드장께서 입이 까다로운 분이거든요. 직원으로서는 고마울 따름이지만요."

(맛은 있지만, 지그 씨한테는 양이 부족할 것 같네요.)

시어셔는 식사를 만끽하면서도 의식 한구석으로 그런 생각을 하고 있었다.

여성 세 명은 그렇게 시끌벅적하게 식사를 계속했고, 그릇이 빌 즈음이 되자 그녀들의 휴식 시간도 끝나가고 있었다.

"자아, 슬슬 점심시간도 끝이네요. 시어셔 씨, 함께해 주셔서 감사합니다."

"제가 할 말이에요, 또 불러주세요."

손을 흔들며 업무를 하러 돌아가는 시안을 배웅했다.

하지만 아오이는 그 뒤를 따르지 않고 혼자 남아 시어셔를 바라보고 있었다.

"왜 그러세요?"

무슨 용건이라도 있냐고 묻자, 아오이는 진지한 얼굴로 살며시 시어셔에게 귓속말을 했다.

"……시어셔 님. 최근 이상한 물건에 손을 대는 모험가가 있다는 소문이 돌고 있습니다."

수상쩍은 이야기에 시어셔는 눈을 가늘게 떴다.

"이상한 물건이라니요?"

"모르겠습니다. 아직 상부에서 정보를 수집하고 있는 단계인 모양이라, 일개 직원인 저한테까지는 전달된 게 없거든요. ……조심하십시오. 혼자뿐인 여성 마술사는 괘씸한 녀석들에게는 절호의 먹잇감으로 보일 테니까요. 되도록 그를 곁에 두던가, 아니면 혼자 있지 마세요."

아오이는 진심으로 걱정이 되는 모양이다.

누군가가 걱정해준다는 사실에 기뻐하며 시어셔는 요염하게 웃어 보였다.

"——네. 그럴게요."

"……윽!"

그 미소에서 끝 모를 무언가를 느낀 아오이는 온몸에 살짝 소름이 끼쳤다. 하지만 그것의 정체를 확인해야겠다는 생각을 했을 때, 시어셔는 이미 등을 돌린 뒤였다.

†

"안녕, 시어셔 씨. 미안, 기다렸어?"

"아뇨, 점심식사를 하고 있었던 거라 괜찮아요."

길드로 돌아가자 만나기로 약속했던 린디아가 달려왔다.

아무래도 파티가 아니라 린디아 혼자뿐인 모양이다.

전위에서 싸우는 그녀는 경갑옷과 한손검에 방패까지 착실하게 장비하고 있었다. 전법도 실로 착실해서, 이전에 함께 모험가 일을 했을 때는 눈에 띄는 공적을 세우지는 않았지만, 마술사가 화력을 최대한 살릴 수 있도록 능숙하게 움직이고 있었다.

"그래서, 어떤 일인가요?"

돈이 되는 이야기라고는 들었지만 내용은 자세히 알지 못했다. 조사 계열 의뢰라고 했는데, 구체적으로 무얼 조사하는 건지도 모른다.

"응, 실은 말이야……. 최근 들어 수상한 움직임을 보이는 모험가들을 조사하는 거야."

"모험가……를요?"

영락없이 마수 등을 조사하는 의뢰일 거라 생각했던 시어셔는 고개를 갸웃했다.

린디아는 얼굴을 가까이 대고 목소리를 낮춰 말하더니, 지근거리에서 시어셔의 아름다운 얼굴을 보고는 뺨을 붉히며 말을 이었다.

"……모험가라 해도 결국은 거칠고 난폭한 사람들의 집단 같은 거잖아. 나쁜 짓을 하는 사람도 꽤 많아. 뭐, 길드도 약간의 못된 장난은 본인 책임으로 치부해서 모른 척 넘어가지만……."

"이번에는 그게 간과할 수 없는 단계가 되었다는, 말인가요?"

"그런가 봐. 아아, 물론 계속 조사해야 하는 건 아니니 안심해. 오늘 하루는 우리가 조사하고, 그 다음엔 다른 사람에게 인계하기만 하면 되는 간단한 일이야."

린디아가 상세한 내용을 설명해주었다.

조사 대상은 8등급 모험가 다섯 명. 갓 모험가가 된 것은 아니고 이미 승급하고서 1년이 경과했다. 재능이 없다기 보다는…… 다른 문제가 있는 자들인 모양이다. 돈을 버는 족족 술과 여자, 도박에 쏟아 붇고 장비 갱신과 단련은 게을리 하는, 흔한 타입의 낙오자다.

그것 자체는 딱히 문제가 아니다. 본인들이 만족하고 있다면 다른 이가 참견할 문제도 아니거니와 그런 삶의 방식도 있기 때문이다. 문제는 그런 삶의 방식은 오래가지 못한다는 것이다.

게으름을 피우면 몸은 둔해지고, 수입도 나빠진다. 하지만 마음을 고쳐먹을 만큼의 진지함이 남아있었다면 애초에 그런 식으로 살지 않았을 거다.

결과적으로 그들은 쉬운 돈벌이를 찾아, 법을 어기게 되었다. 다소의 절도 정도라면 길드도 관여하지 않았겠지만, 수상쩍은 밀수품의 매매에 관여했다면 이야기가 달라진다.

"길드의 의뢰로 도시를 출입하는 모험가가 금지품을 밀수하고 있었다는 소문이 공공연히 퍼지면 좋지 않으니까."

길드의 의뢰는 마수 토벌이 주를 이루지만 상회의 수송부대를 호위하는 의뢰 등도 있다. 그렇게 도시를 출입할 때는 검문 등도 느슨해지기 일쑤다. 그걸 악용했다면 길드도 가만히 있을 수 없는 것이다.

"아하. 그래서 조사 의뢰 같은 수수한 일에 길드가 돈을 잔뜩 내주는 거군요."

"아하하…… 뭐, 그런 셈이지. 어때? 꽤 괜찮은 의뢰지?"

그렇게 말하며 린디아가 손가락을 펴서 제시해 보인 금액은, 시어셔를 만족시키기에 충분했다. 이전부터 사고 싶었던 마구도 있었으니, 돈은 많으면 많을수록 좋다.

시어셔는 몸을 내밀어 린디아의 손을 잡고, 둘이서 나란히 웃었다.

"그 일, 저도 낄게요!"

†

대로에서 떨어진 부유층 지역에 자리한 어느 고급 레스토랑.

여러 조합과 간부와 같은 '그쪽' 계열 사람들이 회합에 사용하기로 유명한 그 가게는 지금, 마피아가 통째로 빌린 상태였다.

그 가게의 얼굴이라 할 수 있는 호사스러운 대형 홀에서 두 남자가 마주보고 있다.

한 사람은 바자르타의 차기 수령으로 지목되는 반노 로터스.

그의 정면에 앉은 노인은 칸타렐라의 수령, 베르톨도 로마니다.

두 사람은 등 뒤에 서로의 부하를 거느린 채 눈싸움을 벌이고 있었다.

"……그래, 나를 불러낸 이유를 말해보실까, 반노?"

먼저 입을 연 것은 베르톨도였다.

푸짐한 배를 들썩이며 말하는 그 모습은 우스꽝스러워 보였지만, 그의 날카로운 눈빛이 그러한 감상을 뒤엎었다.

그에 반해 반노는 평소 입고 다니는 낡은 트렌치코트 차림에 엽궐련을 한 손으로 지분거리고 있었다.

"오늘은 우리의 초대에 응해주셔서 감사합니다, 돈(Don) 베르톨도."

"이딴 걸 보내왔는데, 무시할 수가 있어야지."

베르톨도가 테이블 위에 무언가를 던졌다.

주사기가 무미건조한 소리를 내며 그 위를 굴러다녔다.

카티아에게 물건을 전해 받은 알바노가 보고용으로 반노에게도 보냈던 것이다.

그것이 무엇인지 아는 칸타렐라가 무시하지 못하리라는 것은 알고 있었다.

베르톨도는 위협적이면서 낮은 목소리로 이쪽에게 물었다.

"……이걸 어디서 손에 넣었지?"

"에이, 돈도 참. 그런 뻔한 걸 물으십니까."

베르톨도의 날카로운 눈빛에 능글맞은 미소로 대꾸했다.

눈빛은 더욱 험악해졌지만, 반노는 개의치 않고 표표한 태도를 유지했다.

이윽고 베르톨도는 한숨을 내쉬더니 자신이 졌다는 듯이 입을 열었다.

"……우리 구역에서 꽤나 요란하게 날뛰었다던데? 시체 치우는 것도 공짜가 아니라고 너희 쪽 공주님한테 말해다오."

"우리 공주님은 말괄량이거든요. 저 따위가 막을 수 있는 분이 아니란 말이죠."

그 소동은 당연히 칸타렐라 측도 파악하고 있었다.

바자르타 측이 어느 정도까지 알고 움직였는지를 캐내려고 했던 베르톨도는 반노의 태도를 통해 그것을 알아챘다.

"……빙빙 돌리지 말고, 본론이나 꺼내라."

"역시 말이 잘 통하는군요. ……이번 일은 우리 쪽에서 정리하게 해주십시오. 그쪽은 어디까지나 방관자로 있어주셨으면 합니다."

이 일을 입 다물어 주는 대신, 이익은 이쪽에게 넘기라는 것이다.

반노의 요구에 칸타렐라 간부들이 격분했다.

외적을 무찌르는 데 진력한 게 바자르타라고 알려지면 조직의 영향력도 격상될 것이다.

칸타렐라의 비호하에 있던 조직과 하부 조직 등도 방침을 재검토하게 될 거다.

"웃기지도 않는 소리! 우리 구역에서 일어난 문제에, 그쪽이 뭔데 끼어들어!!"

"――닥쳐라, 삼류!! 네놈들이 자기 똥도 못 치우기에 이쪽이 어쩔 수 없이 대신 해주겠다는 거다! 큰소리를 칠거면 우선 자기 앞가림이나 똑바로 하고서 쳐라, 망할 새끼야!"

테이블을 주먹으로 후려치며 반노가 호통을 치자, 큰소리를 쳤던 칸타렐라 간부는 압도되었다.

호통을 치는 그에게서는 좀 전까지의 흐리멍덩한 분위기를 찾을 수 없었고, 너무도 달라져 버린 모습에 말문이 막힐 정도였다. 마피아 대간부로서의 기백이 느껴졌다.

그 말을 들은 칸타렐라 간부들의 반응은 두 가지였다.

움츠러들거나, 전투태세에 돌입하거나.

무투파 간부들이 눈으로 살기를 내뿜으며 자신의 무기에 손을 댔다.

그에 응해 바자르타 측도 응전태세를 취했다.

긴박한 분위기가 방 안에 퍼지자, 조금 전과는 의미가 다른 눈싸움이 시작되었다.

"……관둬라."

일촉즉발의 순간, 그들을 제지한 것은 베르톨도였다. 그는 파이프 담배를 꺼내 곁에 있던 부하에게 불을 붙이게 했다.

칸타렐라의 간부들이 당황해서 전투태세를 풀지 어떨지 망설이고 있었다.

"하지만 보스……."

"두 번은 말 안 한다."

그럼에도 버티려는 젊은 간부에게는 눈길도 주지 않고 말을 내뱉어 침묵시켰다.

자신들의 돈(Don)의 노기 어린 목소리에 부하들은 얼굴이 파랗게 질려 물러났다.

반노는 좀 전에 선보인 기백은 환상이 아니었을까 싶을 만큼 히죽히죽 웃으며 그들의 대화를 지켜보았다.

바자르타의 간부들이 지시를 기다리듯 반노를 쳐다보기에 그는 팔랑팔랑 한쪽 손을 흔들어 답해주었다.

그것을 본 간부들은 말없이 전투태세를 해제하고 아무 일도 없었다는 듯이 반듯하게 섰다.

그 모습에 베르톨도는 훈련도가 다르단 생각에 한숨을 내쉬었다.

"……가스파로 자식은 후계가 탄탄해서 좋겠구만."

"돈께서 그렇게 말씀해주시니 자신감이 생기는구만요."

마음에도 없는 소릴……이라고 한 마디 해주고 싶은 걸 참듯이 베르톨도는 미간을 문질렀다.

하지만 칸타렐라도 당하고 있지만은 않았다.

"그런데 말이다, 우리도 머저리는 아니야. ……네놈들이 아랫것들을 잘못 관리해서 인신매매에 손을 댔다는 이야기도 똑똑히

들었거든."

베르톨도가 파이프를 문 채 태연하게 입밖에 낸 카운터 어택은 보기 좋게 반노의 옆구리를 후려쳤다.

(알아챘나. 노인네가 귀도 좋군…….)

요란하게 혀를 차고 싶은 충동을 억누르며 엽궐련을 입에 물자 부하가 곧장 불을 붙였다.

연기를 뿜어내며 반노가 생각에 잠기자 베르톨도가 웃었다.

"알려지면 곤란한 게 있는 건 피차 마찬가지로구만?"

"헛소리 마쇼, 돈. 이쪽은 저쪽과도 매듭을 지었어. 원만하게 말이야. 괜히 나댄 머저리 말고는 아무도 안 죽었고, 피해도 안 나왔지."

아픈 곳을 찔린 베르톨도가 떨떠름한 얼굴로 탄식했다.

하지만 반노도 표정만큼 속이 편하지는 않았다.

확실히 피해자와 가해자가 모두 납득한 사건이기는 하다.

만약 백일하에 밝혀진다 해도 칸타렐라 만큼 피해를 입을 일은 없다. 하지만 바자르타도 세대 교체가 진행되기 시작한, 무방비한 시기다. 안 그래도 아그리에샤와도 마찰을 빚고 있는 상황이라, 조직 내부에 파란을 일으키고 싶지 않은 것도 사실이었다.

"7대3. 이렇게 타협합시다, 돈."

"……어쩔 수 없지. 이번엔 양보해 주마."

반노가 타협점을 찾아서 제시하자, 베르톨도도 어쩔 수 없이 그것을 받아들였다. 처음에 무모한 요구를 들이밀어서 분위기를 살피는 것은 그의 버릇 같은 것이었다.

"그거 고맙구만요. 손해는 안 볼 겁니다. 우리도 그런 게 퍼지면 난감해서 말이죠."

"흥, 어떻게 하나 보지."

무겁게 고개를 끄덕이고서 베르톨도는 자리를 떴다.

그는 부하에게 파이프 담배의 뒤처리를 시키더니 문득 생각이 났다는 듯이 물었다.

"그러고 보니 말이야. 용케 그 진수우·야 놈들을 상대로 원만하게 끝을 봤군. 무슨 수작을 부린 거지?"

그 눈은 반노의 작은 움직임도 놓치지 않겠다는 듯이 그를 주시하고 있었다.

별 뜻 없이 물은 듯 보였지만, 베르톨도는 상당히 궁금했을 것이다.

(그야 그렇겠지. 나도 녀석들이 마음을 바꾼 이유를 알고 싶으니까.)

개개인의 전투력이 매우 높아 선불리 손을 댈 수 없는 그 이민족들에게는 반노도 애를 먹고 있었다. 동료들간의 결속이 단단하고, 돈으로도 움직이지 않는 그들과 교섭을 하는 것은 쉬운 일이 아니다.

그들은 외부인들에게 배타적인 데다, 이 도시로 이주해 왔을 당시 갈등이 있었던 마피아에게는 특히 적대적이었다.

그런데 어쩐 일인지, 그 사건에서 만난 백뢰희(白雷姬)는 교섭에 응할 자세를 보였다. 태연한 척을 하고 있기는 했지만, 그때 반노는 놀란 나머지 엽궐련을 깨물어 끊어먹었을 정도다.

진수우·야에서도 손꼽히는 달인인 그녀가 설득해준다면 교섭도 실현 가능하다. 그렇게 판단하고 도박에 나서봤더니 일이 잘 풀린 것뿐이었다.

그토록 완고했던 그들이 바뀐 데에는 분명 뭔가 이유나 계기가 있었을 거다.

당연히 반노도 필사적으로 알아봤지만, 그와 관련된 정보는 하나도 나오지 않았다.

그 진수우·야와의 교섭을 성공시킨 덕에 후계 싸움의 결과는 정해진 거나 마찬가지가 되었다. 섣불리 찔렀다가는 관계가 악화될지도 모른다고 생각한 그들은, 수면 아래서는 탐색전을 벌이면서도 표면상으로는 사건에 대한 죄책감으로 인해 협조적으로 움직이고 있는 척을 하고 있었다.

결과적으로 진수우·야가 마음을 바꾼 이유는 알아내지 못한 것이 현황인 것이다.

그의 침묵을 의아하게 여긴 베르톨도가 대답을 재촉했다.

"이봐, 뭘 했느냐니까."

"……성실하게 대응한 것뿐입니다."

그는 애매모호한 말과 능청스러운 태도로 대꾸했다. 정반대되는 표정을 한 두 사람은 한동안 말없이 눈빛을 교환했다.

먼저 시선을 돌린 것은 베르톨도 쪽이었다.

"……그러냐. 가스파로에게도 안부 전해다오."

"네에, **사이좋게** 지내보죠."

마지막으로 만만찮은 남자를 흘끔 노려본 후, 칸타렐라의 돈은 콧방귀를 뀌며 부하를 이끌고 가게에서 나갔다.

그 모습을 배웅한 후, 반노가 요란하게 한숨을 내쉬었다.

이마에 배어난 식은땀을 닦고 나서야 목이 마른 것이 느껴졌다. 테이블에 놓인 컵을 난폭하게 집어 소리를 내며 단숨에 비웠다. 그러고 나서야 살 것 같은 기분이 들었다.

베르톨도와의 회담은 매우 신경을 곤두세울 필요가 있었다.

저자세를 취해서는 안 되겠지만, 그렇다고 너무 강경하게 나갔다간 그야말로 파멸이 기다리고 있었을 거다.

"나도 아직 한참 멀었군…… 경험이 부족해. 험한 일은 천성에 안 맞는단 말이지……."

(지금이야 돼지지만, 저 노인네가 현역 시절에는 수많은 수라장을 이겨냈다지? 눈빛 한번 살벌하네.)

하지만 위험을 무릅쓴 보람은 있었다.

인신매매에 관한 일을 알고 있던 것은 오산이었지만, 그걸 포함시켜도 괜찮은 교섭이었다고 할 수 있으리라.

"이제 길드가 끼어들기 전에 처리해보실까. 그 전에 밥부터 먹자. 좀 전에는 긴장해서 하나도 못 먹었으니까……."

몸은 솔직해서, 마음과 갈증이 가라앉자 이제 배가 고파왔다.

모처럼 좋은 가게를 골랐는데, 겉치레를 위한 것이라지만 기껏 만든 음식을 버리게 할 수는 없는 일이다.

엽궐련을 내려놓고 근처에 있던 송아지 찜 요리를 베어 물었다. 어차피 부하밖에 없다는 생각에 식사 매너고 뭐고 다 내려놓고 호쾌하게 먹었다.

"반노 씨, 잠시 시간 괜찮으십니까. 알바노가 연락을 해왔습니다."

반노가 다 식어버린 요리를 와구와구 먹던 중, 부하가 보고할 게 있다며 다가왔다.

굳이 지금 온 걸로 미루어 그럭저럭 중요한 용건인 모양이다.

"그래, 말해 봐. 밥 먹는 중이라 미안하구만."

"코트 더럽히지 마십시오. 안 그래도 초라해 보이니까요."

입가에 소스를 묻히고 먹는 반노에게 부하가 쓴소리를 했다. 딱히 테이블 매너를 모르는 건 아니지만, 격식을 차려가면서 먹으면 어쩐지 약간 밥맛이 떨어졌다.

"잔소리는. 쓸데없이 비싼 것보다 익숙한 게 좋아서 그래."

농담을 하면서도 충고대로 코트를 벗고 식사를 계속했다.

부하는 그 코트를 익숙한 동작으로 받아들더니, 주름을 펴서 개고서 보고를 시작했다.

식사를 하면서 그것을 듣고 있던 반노가 살짝 표정을 바꾸더니, 입 안에 있던 걸 와인으로 넘기고서 엽궐련을 물었다.

"길드가 벌써 움직인다고? 빠르군…… 모험가 중에서도 머저리가 나왔나. 그렇다면 실력 있는 놈을 투입해올 가능성이 높겠어. 부딪히지 않도록 조심해야겠는데……."

"칸타렐라에 이어서 길드입니까……. 우리 쪽도 다시 한번 내부를 청소해 두겠습니다."

"부탁하마. ……그리고, 뭐야, 알바 이 자식. 고작 일개 용병 따위를 나한테 다시 한 번 조사하라고? 이전에 문제없다고 조사 결과를 보고했잖아. 그걸로는 부족한 거야?"

귀찮다는 표정으로 반노는 엽궐련을 한 손에 들고 파스타를 돌돌 말기 시작했다. 부하는 잿떨이를 내밀며 쓴웃음을 지은 채 대꾸했다.

"듣자하니 알바노의 말로는 실력이 너무 좋답니다."

미트소스를 잔뜩 묻힌 그것을 한 입에 그러넣고 씹으며 스프로 손을 뻗는다. 슬슬 본인 쪽으로 끌어당기자, 식기와 테이블이 마찰하는 불쾌한 소리가 나서 부하가 눈살을 찌푸렸다.

"뭐 어때서. 호위니 실력이 좋으면 좋지."

아무렇게나 말하며 매너 없게 스프를 호로록 마셨다.

"그 약물을 사용한 아그리에샤의 간부 몇 명을 단독으로 격파했다고 해도 말입니까?"

푸허억, 지저분한 소리가 울렸다.

짜증스러운 얼굴로 부하가 행주를 내밀자, 반노는 기침을 하며 스프를 닦았다.

"게다가 칸타렐라의 말단이 평범한 약물을 팔고 있었던 것도 알았답니다."

부하가 말을 잇자 반노가 제지하며 소리쳤다.

"너무 수상하잖아! 아가씨는 왜 그걸 알고도 곁에 두는 건데……. 아니, 분명 그런 녀석을 내버려 두는 것도 무섭긴 하지만."

(간덩이가 커도 너무 크잖아…….)

골치 아프다는 듯이 미간을 손가락으로 문지르던 반노는 얼마쯤 지나 체념한 듯 아래를 본 채 고개를 축 늘어뜨렸다.

"하아~………… 알았어, 그 용병은 다시 한번 조사시키지. 그리고 시간 내서 직접 만나겠다고 알바에게 전해둬."

"알겠습니다."

부하가 고개를 끄덕이더니 곧장 움직였다.

그에게는 눈길도 주지 않고 반노는 생각에 잠겼다.

"자아, 어떻게 움직여야 제일 돈이 될까?"

마녀와 용병

WITCH AND MERCENARY

3장 거대한 바위를 뚫는 은의 일격

아침, 시어셔와 린디아, 두 사람은 길드에서 얻은 정보를 토대로 어느 상회를 감시하고 있었다. 눈에 띄지 않도록 수수한 로브를 입은 그녀들은 마침 근처에 있던 찻집에서 시간을 죽이는 척을 하며 상회에 출입하는 인간들을 관찰했다.

"수상하다는 소문이 도는 건 로라이드 상회야. 그 모험가들은 저곳이 낸 호위 의뢰를 여러 번 받았다는 게 확인됐어."

린디아가 샌드위치를 집어먹으며 자연스럽게 곁눈질로 상회를 감시했다. 의외로 요령이 있는지 그 동작에서는 위화감이 느껴지지 않았다. 모험가 일을 하며 전체를 보는 버릇이 든 덕분일까.

"그것만으로 의심을 하기에는 증거가 부족한 것 같기도 한데요……."

대조적으로 시어셔는 의외로 어설프게 감시를 했다. 티가 나도록 안절부절 못하며 상회를 흘끔거리고 있다.

린디아는 쓴웃음을 지으며 너무 긴장하지 말라고 몸짓으로 전달했지만, 괜히 더 몸이 뻣뻣해지기만 했다.

"아하하하…… 저 상회는 특별한 상품을 다루고 있지 않고, 실제로 확인된 영업 성적도 그렇게까지 좋지는 않았대. 그런데 얼마 전부터 저곳 종업원의 돈 씀씀이가 좋아졌다나 봐."

길드가 창관에서 입수한 정보에 따르면 그 전까지는 일주일에 한 번 오는 정도였던 손님이 매일같이 놀러 오게 되었다는 모양이다. 심지어 여러 명의 창부를 지명해가면서.

"그것 참…… 알기 쉽네요."

린디아는 어이가 없다는 듯이 한숨을 내쉬고서 입을 삐죽거렸다.

"하여간, 남자들은 돈 생기면 쓸 데가 술이나 도박이나 여자밖에 없나……? 그 아저씨도 그래?"

"지그 씨요?"

그 말에 시어셔는 평소 그가 무엇을 하는지를 새삼 생각해 보았다.

"……평소에는 대개 일을 하네요. 많이 먹지만 술은 즐기는 정도예요."

"응응. 그리고 또?"

"그것 말고는…… 단련을 하죠."

"아하, 금욕적이네. 그리고 또?"

"그게 아니면……."

그 질문에 시어셔는 고개를 갸웃했다.

지그가 일과 단련 이외에 무언가를 하는 모습을 본 적이 있었던가?

자신을 위해 같이 물건을 사러 가주는 건 해당이 안 될 것 같다. 대장간에 장비에 대한 상담을 하러 가는 것도 마찬가지다. 그럼 그는 사적인 생활에 무엇을 하고 있을까?

"……."

"저기~ 시어셔 씨?"

시어셔는 생각에 잠겼다.

(늘 함께 있는 사람이 일과 단련 이외에 뭘 하는지 모른다니…… 그건 그것대로 너무 무미건조한 관계 같은데.)

어떻게 보면 요란하게 창관에서 돈을 써재끼는 상회 사람들이 훨씬 건전할지도 모르겠다고 리디아는 생각했다.

그렇게 둘이서 하잘 것 없는 이야기를 하다 보니 어느샌가 시어셔도 긴장이 풀렸다.

주부가 냄비에 든 요리의 상태를 곁눈질로 살피는 것만큼은 자연스럽게 감시를 할 수 있게 되었을 즈음, 드디어 움직임이 있었다.

"……왔어."

"……드디어 움직이네요."

작은 목소리로 말을 주고받으며 상황을 살폈다.

길드에서 의심하고 있는 모험가들이 나타났다. 당연한 이야기지만 모두가 늘 함께 행동하는 것은 아니라, 모습을 보인 것은 두 사람뿐이었다.

그들 중 한 사람이 상회 사람과 대화를 나누고 있었지만, 이곳에서는 들리지가 않았다.

딱히 수상한 낌새는 없었지만, 나머지 한 명이 유독 주변을 경계하고 있는 모습이 인상적이었다.

"이상할 만큼 경계하고 있네."

린디아에게는 그게 매우 수상해 보였지만, 시어셔는 무엇이 이상한지 모르겠다는 듯이 고개를 갸웃하고 있었다.

"그런가요? 지그 씨도 평소에는 저런 느낌인데요. 저렇게까지 노골적이지는 않지만."

"그래……?"

지그는 평소에도 당연하다는 듯이 주변을 경계한다. 그런 그의 뒷모습을 곁에서 보고 있어서인지 시어셔는 그렇게 하는 게 당연하다고 생각하고 있었다.

어딘가 아귀가 맞지 않는 반응에 린디아는 당황했지만, 지금은 내버려두기로 하고 다시 시선을 돌렸다.

한동안 이야기를 나누던 두 모험가와 상회 사람이 나란히 안으로 들어가고 있었다.

"일단 우리도 움직이자. 나머지 셋은 어디에…… 윽?!"

자리에서 일어난 린디아의 시야 끄트머리에 햇빛을 반사하며 다가오는 무언가가 포착됐다.

순간적으로 몸을 확 숙여 피했지만, 뒷일을 생각하면 악수였다. 살짝 몸을 틀기만 해도 됐을 텐데 놀라서 호들갑스럽게 피한 탓에 자세가 무너져, 연달아 투척된 나이프를 피할 수가 없었다.

눈으로는 좇고 있지만 회피하기에는 늦었다고 판단한 린디아가 왼손으로 받아내려 했다.

"어라?"

고통을 각오하고 이를 악물었지만 각오했던 바와 달리 탱, 하고 가벼운 소리와 충격이 전해져올 뿐이었다. 이상하다 싶어서 봤더니 그녀의 오른팔을 감싸는 모양새로 바위로 된 갑옷 토시가 만들어져 있었다.

"괜찮으세요?"

나이프가 날아든 일 따윈 없었다는 듯이 행동하는 시어셔와 눈이 마주쳤다. 너무도 자연스러워서 린디아는 순간적으로 자신이 꿈이라도 꾼 것만 같은 착각에 빠졌다.

"아…… 이거, 시어셔 씨가……?! 으앗!!"

바람 가르는 소리가 말을 가로막았다. 그럴 상황이 아니라는 생각에 정신을 차린 린디아가 장착할 시간도 아깝다는 듯이 소형 방패를 들어 올려 날아드는 화살을 막았다.

"뭔가요, 이 사람들은?"

잠시 화살이 멎은 틈에 린디아가 테이블을 걷어차 즉석 엄폐물을 만들었다.

"뭐긴, 우리가 감시하고 있다는 걸 들켰다는 거지!"

"……아아, 그렇군요."

납득한 듯이 시어셔가 손뼉을 치며 대꾸했다.

그 틈에 소형 방패를 오른손에 장착하고 허리에서 한손검을 빼든 린디아가 슬그머니 저쪽을 확인했다.

상대는 전부 다 합쳐 여덟 명 정도. 모두가 크로스 보우나 단궁(短弓)을 겨누고 있을 뿐 다가올 낌새는 없었다.

"길드의 개놈들! 상회를 방해하는 놈들은 죽는다!"

크로스 보우를 손에 든 점원들 중 한 명이 소리쳤다. 그것이 의미하는 바를 알아챈 린디아는 얼굴이 파랗게 질렸다.

"설마 이 가게 자체에도 로라이드 상회의 입김이 닿아 있었나?!"

최악이다. 이래서는 제 발로 적지에 뛰어든 거나 다름이 없다.

다행스러운 점은 대부분의 상대가 초짜인 데다 사용하고 있는

무기도 마구가 아니라 수렵용 크로스 보우라는 것이다. 무모하게 다가오지는 않을 거다.

"린디아 씨, 이쪽으로."

짧은 영창으로 흙벽을 생성한 시어셔가 손짓을 했다.

속도를 중시한 일절(一節) 주문으로 만들었다는 것이 믿기지 않을 정도의 흙벽이 솟아올라, 날아드는 화살을 막았다. 린디아는 침봉처럼 변한 테이블이 무너져 내리기 전에 바리케이드로 뛰어들어 몸을 숨겼다.

"숫자가 좀 많은데에……."

명색이 모험가인 린디아의 방어구는 크로스보우 정도로 뚫을 수 있는 것이 아니지만, 방어구를 장착하지 않은 얼굴이나 금전 사정 탓에 경장비를 걸친 팔에 맞으면 아픈 걸로 그치지 않을 거다.

하지만 그것도 시어셔가 있으면 어떻게든 될 것이다. 우수한 마술사인 그녀의 도움을 받으면 이 위기를 벗어나는 것도 어렵지 않을 거다.

"시어셔 씨, 할 수 있지?"

지금도 태연한 얼굴로 흙방패를 만들어 화살을 막고 있는 그녀는 한 차례 고개를 끄덕이더니 앞으로 나갔다.

"린디아 씨, 요컨대 여기 있는 상대는 전부 적이라는 뜻이죠?"

"그렇긴 한데…… 모험가가 일반인을 지나치게 손봐주는 건 좋지 않을지도 몰라."

아무리 범죄자라도 다짜고짜 죽여도 될 리가 없다. 헌병이라면 상황에 따라 그래도 될지 모르지만 모험가가 일반인에게 손을 대면 이야기가 달라진다.

"맡겨주세요."

그런 걱정을 하는 린디아는 아랑곳 않고 시어셔는 자신만만하게 가슴을 펴고서 답했다.

당당한 그녀의 모습에 린디아는 분명 뭔가 좋은 수가 있어서 한 말일 거라 생각하며 기대 섞인 눈빛을 보냈지만, 그녀는 아직 시어셔를 잘 모르고 있었다.

"제가 요전에, 힘 조절하는 법을 마스터했거든요."

——틀린 것 같네.

아무리 봐도 힘 조절과는 거리가 멀게 생긴 거대한 팔을 두른 시어셔의 모습에 린디아는 뒤늦게 그런 생각을 했지만, 그야말로 늦어도 한참 늦은 뒤였다.

†

오늘도 여전히 붐비는 번화가.

그곳의 대로를 카티아와 지그가 나란히 걷고 있었다.

"오늘은 어쩔 거지?"

지그가 의뢰인에게 의향을 묻자 그녀는 그를 바라보았다.

옆에 있는 한참 올려다봐야 할 만큼 덩치가 큰 남자가 걸친 장비는 아주 볼품없이 너덜너덜해졌다. 누가 어떻게 봐도 만신창이라 할 상태라, 습격할 거면 지금 하라고 외치는 듯한 차림새다. 사실 본인은 아주 멀쩡했지만.

"……우선 장비를 갖추자. 지그가 온전한 상태가 아니면 위험하다는 건 어제 일로 똑똑히 알았으니까."

어제의 습격은 카티아가 가지고 있던 이 소동에 대한 인식을 대폭 수정하기에 충분한 사건이었다.

그녀도 어지간한 마피아 정도는 가볍게 때려눕힐 정도의 실력은 있었지만, 어제의 전투는 정말이지 차원이 달랐다.

새삼 생각하니 처음 만났을 때 지그에게 대들었던 게 얼마나 위험한 짓이었는지 실감이 돼서 소름이 돋았을 정도다.

(그런 괴물들에게 휘말려들면 목숨이 몇 개 있어도 부족해. 전문가한테 맡기자.)

화살이 코앞까지 날아왔을 때는 죽음을 각오할 시간조차 없었다.

그런 식으로 죽는 건 사양이다.

카티아의 속도 모른 채 지그가 흠, 하고 고개를 끄덕였다.

"듣던 중 반가운 소리군. 가게도 지정해도 될까? 평소 이용하는 곳이라면 조정도 빨리 끝날 텐데."

"그래, 좋을 대로 해. ……모쪼록 '상식적인 범위 내에서' 말이야."

"물론이지."

의뢰를 받았을 때 대량의 식비를 떠넘겼던 걸 속에 담아두고 있는 것이리라.

의심 섞인 시선을 보내오기에 애매한 미소로 얼버무린 후, 슬그머니 주변을 살폈다.

(감시인가. 뭐, 그 정도는 할만도 하지.)

이야기하면서도 지그는 주변을 경계하는 걸 잊지 않았다.

조금 전에 발견한, 이쪽을 미행하는 듯 보였던 건 바자르타 측 인물일 거다.

만약을 위해 감시를 붙인 모양인지, 얼마 전에도 봤던 얼굴 중 한 명이 계속 미행을 하고 있다.

지그는 감시당하는 감각에 약간의 거북함을 느끼며 가게로 향했다.

"이거 참, 요란하게도 부서졌군요."

마카르의 칼에 의해 커다란 흠집이 난 가슴 갑옷과 갑옷 토시는 그것들을 확인한 점원이 엉겁결에 그런 소릴 할 만큼 엉망이었다.

"미안하다……."

여러모로 예산과 성능을 고려해 선택해주었던 방어구를 이렇게 쉽게, 연달아 부숴 먹었다는 사실에 죄책감이 들어서 지그는 사과했다.

"아니요, 무사하셔서 다행입니다. 솔직하게 말씀드리자면, 큰 부상 없이 빈번하게 장비를 구입해주시는 지그 님께서는 본점의 입장으로서도 좋은 손님이시니까요."

"그렇게 말해주니 고맙군."

그녀의 영업용 미소는 완벽해서 실제로 어떻게 생각하고 있을지는 짐작이 안 됐다.

하지만 뭐, 본인이 그렇다니 넘어가기로 했다.

"그럼 이전과 같은 예산으로 성능이 비슷한 걸 부탁하지. 자세한 금액은 이쪽과 상의해 줘. 이번 물주거든."

그렇게 말하며 카티아 쪽을 쳐다보니 미묘한 얼굴로 점원을 바라보고 있었다.

그러고 보니 이 가게를 선택했을 때부터 뭔가 하고 싶은 말이 있는 듯했는데.

"아는 사이인가?"

"……조금."

카티아가 거북한 투로 말했다.

대조적으로 점원은 지그에게 선뜻 말했다.

"지그 님. 주제넘은 말씀을 드리자면, 어울릴 상대는 신중히 고르시는 게 좋지 않을까 싶습니다. 이 여자는 성실한 인간이 아니거든요."

갑작스러운 비판적인 말에 지그는 당황해서 굳어버렸다.

"수전노 주제에 말은 잘하네. 지그, 이 녀석의 말에 속아서 이상한 걸 사지는 않았겠지?"

카티아도 그 말에 응수하듯 날카로운 눈매를 더욱 사납게 만들며 앞으로 나섰다.

"저는 가게의 이익을 최우선으로 하고 있는 것뿐입니다. 점원으로서 당연한 역할이 아닐까요. 사람들에게 폐를 끼치지 않고서는 살아갈 수 없는 분과는 다릅니다."

"손님한테 장비나 부숴 먹는 호구라고 하는 녀석이 잘난 척은. 죽지 않을 만큼만 당하고 온 사람을 환영하다니, 악마냐? 우리보다 훨씬 겁나네."

"……뭐라고요?"

"……앙? 붙어볼래, 자식아?"

큰소리가 오가지는 않았지만 두 사람은 조용히 눈싸움을 벌였다.

카티아의 눈빛은 어른들도 한 수 접을 만큼 박력이 넘쳤지만 점원 역시 한 걸음도 물러나지 않았다.

아무래도 얕지 않은 관계, 혹은 깊은 인연인 모양이다.

"흠……."

지그는 한 차례 신음한 후, 최대한 발소리를 죽여서 미끄러지듯이 천천히 뒷걸음질 치기 시작했다.

슬금슬금 물러나서 눈싸움을 벌이는 두 사람의 의식에서 벗어나게끔 존재감을 지워 나갔다.

"아아! 지그 군, 지그 군! 그 마구는 좀 어때? 지그 군은 물건을 막 다뤄서 망가지지 않을까 걱정이란 말이지!"

"……흠."

하지만 간트가 시끄럽게 말을 걸어오는 바람에 이탈에 실패했다.

약간의 원망이 담긴 눈빛을 날렸지만, 그는 그런 건 신경도 안 쓰고 자기 할 말만 해댔다.

"또 마수한테 썼어? 몇 발을 썼는지, 어느 정도의 출력으로 썼는지 자세하게 말해주겠어? 그리고…… 흐억!!"

마구의 상태에 관해 상세히 물어보던 중, 간트는 카티아가 있는 것을 알아채고 비명을 지르며 지그의 뒤에 숨었다.

"간트도 카티아를 아는 건가?"

"오히려 지그 군은 왜 몰랐던 거야! 이렇게나 암흑가 사람 같은 얼굴이면서!"

"실례군. 얼굴은 상관없지 않나."

작은 소리로 말다툼하는 남자 둘을 보고 정신을 차린 두 여자가, 싸움을 멈추고 동시에 시선을 돌렸다.

"실례했습니다."

"흥."

점원은 고개를 숙이고 카티아는 콧방귀를 뀌어, 서로 대조적인 태도를 취했다.

간트는 되도록 카티아 쪽을 보지 않으려 하며 살금살금 점원의 뒤로 돌아갔다.

후줄근한 아저씨가 어린 아가씨에게 겁을 먹고, 마찬가지로 한창 나이때의 아가씨의 등 뒤에 숨는 모습이 실로 한심해 보였다.

"……카티아와는 악연이지요. 이 여자가 어느 세력에 속해 있고, 어떠한 입지에 있는지도 압니다. 그래서 드리는 말씀이지만, 카티아와 얽히는 건 삼가시는 게 좋을 거예요."

"웃기지 마, 세스카. 네가 이 남자에 관해 얼마나 아는지는 모르겠지만. 지그는 네가 생각하는 것만큼 성실한 인간이 아니라고. 나도 지금 일어나고 있는 성가신 일만 아니면 얽히고 싶지 않은 부류의 인간이거든?"

(본인이 앞에 있는데 못 하는 소리가 없군.)

얽히고 싶지 않다는 소리를 마피아에게 들으니 다소 석연치가 않았다.

하지만 대체로 사실이라 참견하지 않고 조용히 방관하기로 했다.

"직업이 무엇이건, 지그 님은 이 가게에서 손님으로서 대응하기에 걸맞게 행동하십니다. ……당신은 그냥 지갑 아닌가요? 그럼 잠자코 제시하는 금액이나 내놓으시죠."

"명색이 손님인데 그런 식으로 말해도 되는 거야……? 아 됐어, 알아서 해. 마음대로 골라. 지그, 끝나면 불러."

귀찮은 듯이 말하더니 카티아는 가게 안을 어슬렁거리기 시작했다.

"나 참…… 그럼 지그 님, 이쪽으로."

"그래."

점원—— 셰스카를 따라갔다.

두 사람의 관계가 궁금하기는 했지만, 긁어 부스럼이 될까 싶어 자중하기로 했다.

셰스카의 안내를 받아 몇몇 방어구를 둘러보았지만, 지그의 마음에 드는 물건은 좀처럼 보이지 않았다.

방어구는 지난번과 비슷한 게 있어서 금방 정했지만, 갑옷 토시는 그렇지가 않았다.

"사실 갑옷 토시는 별로 수요가 없거든요."

"그런가?"

"다소 품질이 좋은 정도로는 마수의 공격을 막아내는 데 도움이 안 되고, 튼튼한 갑옷 토시를 사용할 바에는 방어술을 새겨 넣은 일체형 방어구 쪽이 기동성, 중량, 마력 효율적으로도 좋으니까요."

장비의 중량이 늘어나면 그만큼 신체 강화에 할애하는 마력의 비율도 늘어나고, 비전투시의 체력 소모도 심해진다.

그런 반면, 마력을 주입하기만 해도 되는 방어구는 필요할 때에만 마력을 소비하므로 낭비가 적다.

"이번에도 마력이 문제인가……."

지그는 무심결에 그렇게 투덜댈 수밖에 없었다.

장비를 갖추려 할 때마다 마력만 있었다면, 이라는 생각이 절로 들었다.

배틀 글러브처럼 마력핵을 사용하는 방어구에 관해 간트에게 물어본 적이 있었는데 일회용 공격 수단이라면 모를까, 오래 사용할 방어구에 다 쓰면 끝인 마력핵을 사용할 바보가 어디에 있냐면서 어이없어 했다.

확실히 받는 대미지가 일정하지 않으니, 언제 소진될지 알 수 없는 마력핵을 사용한 방어구는 무서워서 쓸 게 못 된다.

마력핵을 사용하는 기구를 넣으면 마력을 주입하는 통상적인 방법으로의 운용은 불가능해지므로 보통은 팔거나 지그처럼 비장의 카드로 가지고 다니는 경우가 대부분이라는 모양이다.

"현재 있는 재고로 말씀드리자면…… 당장 준비해드릴 수 있는 건 가볍지만 무르거나 무겁지만 튼튼한 극단적인 것뿐입니다."

그렇게 말하며 그녀가 수레에 실어온 것은 이전에 썼던 방패 벌레의 소재로 된 갑옷 토시보다 다소 큰 물건이었다.

유선형인 방패 벌레와 달리 각진 모양새다.

어두운 보라색의 갑옷 토시는 뭐라 형용할 수 없는 꺼림칙하면서도 독특한 광택을 띠고 있다.

집어 들어 보니 확실히 무거웠다. 어지간한 방패와 비슷한 중량이다.

"이쪽은 제작자가 청룡갑(靑龍甲)이라 이름 붙인 갑옷 토시입니다."

용이라는 말에 지그가 관심을 보였다.

"호오, 용의 소재인가…… 확실히 위엄 같은 게 느껴지는군."

이 꺼림칙한 위압감은 용의 것이었나, 하고 지그가 아는 척 고개를 끄덕이자 셰스카는 영업용 미소를 띤 채 고개를 가로저었다.

"아뇨, 새우입니다."

"……새우?"

지그는 움직임을 딱 그치고서 점원을 쳐다보았다.

"정식 명칭은 홍룡하(虹龍蝦) 혹은 무지개 새우. 수생 생물이지만 사냥을 할 때는 육지로도 올라오는 위험한 육식 동물입니다. 수류 조작 마술을 다루기도 하지만 육체적으로도 매우 강인해서, 앞다리를 내지르면 암석 계열 마수의 껍데기도 박살나죠. 방어구로 받아내도 그 충격으로 내장이 상하는 모험가도 있다고 들었습니다. 위험도는 6등급입니다."

"……그렇군, 새우란 말이지."

떨떠름한 얼굴로 그 갑옷 토시…… 청룡갑을 쳐다보았다.

조금 전까지 느껴지던 위엄은 어디론가 사라져, 어디선가 비린내가 나는 듯한 기분이 들었다.

"푸흡~ 큭큭……! 으헉."

웃음을 참는 간트를 셰스카가 말없이 발로 걷어찼다.

그녀는 애수 어린 얼굴을 하고 있는 지그를 감싸주듯이 갑옷 토시의 성능을 설명했다.

"무겁기는 하지만 이 갑옷 토시는 튼튼해요. 껍데기 자체에도 천연 마력 내성이 있어서 간단한 마술이라면 막아낼 수 있죠. 물론 공격에도 활용이 가능한데, 타격 시의 반동이나 충격을 팔꿈치 쪽으로 분산시키는 구조로 되어 있어요."

"……음, 방어구에서 중요한 건 성능이지. 소재로 쓰인 마수는 딱히 중요하지 않아."

셰스카의 말에 마음을 다잡고 갑옷 토시를 착용해 보았다.

자극적인 색이 눈에 띄기는 하지만 착용감은 나쁘지 않았다.

착용한다기보다는 팔을 끼워 넣는 타입인 듯했다.

생각보다 팔의 자유도를 해치지는 않았지만 무기 사용에는 다소 간섭이 생길지도 모르겠다.

하지만 뭐, 그건 그것대로 방법이 있다.

그리고 핵심인 중량으로 말하자면…….

“……이전과 별 차이 없는 것 같은데.”

방패 벌레의 소재로 된 갑옷 토시보다 약간 무거워진 듯한 기분도 들지만…… 솔직히 말하자면 오차 범위 내다.

“흐음? 이상하네요…….”

두 사람이 고개를 갸웃하고 있자 간트가 저울을 가져와서 비교해 보았다.

“얼추 20퍼센트 정도 차이 나는군. 이런데도 위화감을 못 느낀다면 어지간히도 둔하거나 근육투성이라 그렇겠지.”

“…….”

둔하다는 말에 은근히 충격을 받은 지그가 시험 삼아 그 자리에서 섀도복싱을 해보았다. 주먹의 속도는 방패 벌레의 소재로 된 갑옷 토시를 장착했을 때에 비해 큰 차이를 느낄 수가 없었다.

“……어떻지?”

“죄송하지만 제 눈으로는 지그 님의 주먹을 쫓을 수가 없어서 변화가 있는지 어떤지는 모르겠군요.”

셰스카의 눈에는 지그의 팔꿈치부터 주먹까지가 잔상처럼 보여서 속도 차이를 알 수가 없는 모양이다.

“그렇군…….”

동의를 얻지 못해 지그가 어깨를 축 늘어뜨리자 간트가 웃으며 말했다.

“괜찮대도! 새우에서 용의 위엄을 느낀 것에 비하면 20퍼센트 정도의 중량 차이는 오차지, 뭘!”

“…….”

지그가 '이 자식, 한 대 패버릴까'라고 생각하던 중, 옆에서 뻗어온 셰스카의 손이 간트의 수염을 붙잡아 화악 쥐어뜯었다.

"그럼 조정을 해드릴 테니 잠시 기다려주십시오."

"부탁하지."

입 언저리를 부여잡고 괴로워하는 간트를 내버려둔 채 셰스카가 대응했다.

그녀의 영업용 미소는 그런 순간에도 흐트러지지 않았다.

이야기가 마무리되어 카티아를 불러 계산을 맡겼다.

"……알고는 있었지만 역시 모험가용 장비는 비싸네."

구입한 갑옷 토시는 특별히 비싼 편은 아니었지만, 그럼에도 모험가용 장비는 일반적인 무구에 비해 매우 비쌌다.

가격을 본 카티아는 쓴웃음을 지은 채 계산을 마친 후 먼저 가게를 나섰다.

"아아, 깜박했군."

지그도 그 뒤를 따르려다 문득 걸음을 멈췄다.

그러자 배웅을 하러 나온 셰스카가 영업용 미소를 띤 채 고개를 갸웃했다.

"일과 관련된 거라 자세하게는 말 못하겠지만…… 당분간은 혼자서 돌아다니지 마라. 인적 드문 곳에는 얼씬도 하지 마."

갑작스러운 지그의 충고에 셰스카는 눈을 깜박거렸다.

하지만 농담을 한 게 아니라는 것은 지그의 표정을 보면 알 수 있었다.

그녀는 비로소 영업용 미소를 거두더니 자연스러운 미소를 지어보이며 감사 인사를 했다.

"알겠습니다. 가게 사람들에게도 은근히 전해두겠습니다. 걱정해 주셔서 감사합니다."

"……말이 잘 통하는 점원이 없어지면 곤란하니까."

지그는 그렇게 말하고서 등을 돌려 가게를 뒤로했다.

다소 떨어진 장소에서 기다리고 있던 카티아가 걸어 나갔다. 지그는 반걸음 정도 뒤떨어져 걸으며 눈만 움직여 주변을 훑어보아, 좀 전에 봤던 미행이 아직 있는지를 확인했다.

"어제, 칸타렐라와 담판을 짓고 왔어. 슬슬 움직이기 시작할 때야. 나는 몇 명을 데리고 유격…… 방해하는 놈들이나 도망치는 놈들을 저지하기로 했지."

사태가 빠른 속도로 전개되자 지그는 의외라는 표정을 지어 보였다.

커다란 조직은 움직임이 굼뜨기 마련이다. 여러 사람들의 의지를 한데 모으는 것이 어렵기도 하거니와 다른 조직과의 조율도 해야 하기 때문이다.

"움직임이 빠르군. 과연 마피아라고 해야 하나."

"이번 안건은 빨리 움직이지 않으면 정말로 위험하니까. ……게다가 우리 쪽은 얼마 전에 내부 항쟁이 막 끝난 직후였어. 지금의 바자르타는 실질적으로 한 사람이 이끌고 있는 상태라 대응력이 좋아."

"……호오, 그랬던 건가."

바자르타의 내부 세력 싸움에 관해서는 지그도 잘 알고 있었다.

분명 이전에 맡았던 의뢰가 원인이었겠지만 지금 하고 있는 일의 성질도 그렇고, 현재 의뢰인에게 이 이상 괜한 불신을 사지 않기 위해서도 입을 다물고 있는 편이 현명할 거다.

"그나저나 괜찮은 건가? 녀석들과 정면으로 부딪히면 무사하진 못할 텐데."

팔을 베어버리기는 했지만 마카르는 아직 살아있고, 그 대궁을 쓰는 남자도 있다.

그 정도의 실력자가 더 있다면 이기지 못하지는 않겠지만 분명 큰 피해가 발생할 거다. 바자르타 만한 조직이 그런 일을 아무 조건도 없이 저지를 리가 없다.

"나도 그렇게 말했지만 방법이 있다나 봐. 전력은 충분하다나."

"흠…… 그렇게 단언할 만큼의 무언가를 준비했다고 봐야 하나."

"자세히는 모르겠지만, 반노는 대책도 없이 움직일 타입의 녀석이 아니야. 믿어도 돼."

반노.

그 이름은 이전에도 들어봤지만, 이야기의 흐름상 그때 그 인물이 분명한 것 같다. 상대를 실각시킬 방법을 찾아낸 것도 대단했지만 바자르타 정도의 조직을 통솔할 실력까지 갖춘 모양이다.

한 번 직접 봤을 때 느꼈던 인상도 그렇고, 상당한 수완가가 분명하다.

들키지 않도록 조심할 필요가 있겠다.

앞으로의 일에 관해 이야기하며 번화가를 지나 남쪽 구획, 칸타렐라의 구역이 있는 방향으로 향했다.

북적거리는 번화가를 통과해 민가가 늘어선 주택가로 접어든다. 이 근처는 높다란 건물이 많아 해가 잘 들지 않는다. 그 때문에 번화가에 가게를 차리지 못한 작은 개인의 가게 등이 이 근처에 밀집되어 있었다.

"지그는 내 호위에만 신경 쓰면 돼. 그 이외의 것은 계약 범위 밖의 일이니까. 추가 인원이 몇 명 올 예정이야."

"——그 몇 명이, 지금 뒤를 밟고 있는 녀석들인가?"

지그가 말한 것은 아까 발견한 바자르타의 감시원들이 아니었다. 그렇기에 그는 카티아가 알아듣도록 **녀석들**이라고 말한 것이다.

아마도 대장간에 들어가기 전부터 이쪽을 미행했던 것 같다. 녀석들보다 어설픈 바자르타의 감시원 때문에 뒤늦게 알아챈 거다. 주도면밀하게 미행하고 있지만, 때때로 용도를 알 수 없는 마술을 사용하는 듯한 냄새가 났다.

카티아는 허둥지둥 주위를 둘러보는 어리석은 짓은 하지 않고, 눈매만 날카롭게 만들고서 아무렇지도 않은 얼굴로 잡담이라도 하듯 지그에게로 시선을 옮겼다.

"……어떤 놈인데."

"4시 방향, 5미터 거리. 사브르 두 자루를 허리에 찬 젊은 남자."

생각보다 가까운 거리에 있다는 말을 듣자 카티아의 얼굴에 한 줄기 땀이 흘렀다. 그녀는 동요를 억누르며 그쪽을 보았다. 마침 지그가 있는 방향이라 자연스럽게 훔쳐볼 수 있었다.

"——."

그 남자를 본 카티아는 자신이 무심결에 떨떠름한 표정을 지었다는 것을 알아챘다. 안 좋은 의미로 낯익은 얼굴이다.

"……최악이군."

"아는 사이인가?"

"아니, 이쪽이 일방적으로 아는 것뿐이야…… 자스프 로그너, 3등급 모험가야. 길드에서 움직이고 있다는 건 알았지만, 이런 거물을 움직이고 있다는 얘기는 못 들었는데……."

"유명인인가?"

지그가 모르는 이름이기에 물었더니 카티아는 한숨지으며 답했다.

"길드에 그렇게 자주 들락거리면서 왜 지그 네가 모르는 건데……. 저 젊은 나이에 3등급까지 올라간 천재라고들 해. 왜 하필 이럴 때……."

길드도 정보를 모으고는 있지만 당사자가 아니기도 하거니와 칸타렐라도 조직원들에게 함구령을 내린 탓에 생각처럼 되지는 않고 있었다. 말단을 잡아들여 봐야 이렇다 할 정보는 얻지 못할 테고, 그런 상황에 마피아의 중요 인물을 찾아냈다면 정보를 캐내러 오는 것이 당연하기는 했다.

혀를 차고 싶은 것을 참으며 카티아가 생각에 잠겼다. 그런 그녀에게 지그는 좋지 않은 소식 하나를 더 던져주었다.

"참고로 정확한 위치는 모르겠지만 더 있는데, 이건……."

"……아아, 망할……! 파티 멤버겠지……. 분명 3인 1조로 활동하고 있다고 들었어."

결국 참지 못하고 노골적으로 짜증스럽게 머리를 쥐어뜯었다.

(이대로 저 녀석들을 끌고 현장에? 그럴 수야 없지……. 저쪽은 어느 쪽이 어디의 마피아인지조차 구분을 못 할 텐데, 쓸데없이 방해하게 둘 수는 없어. 어쩌면 좋지……?)

머리를 싸쥔 채 끙끙대는 의뢰인을 곁눈질하며 주변을 경계하던 지그가 눈썹을 꿈틀거렸다.

이쪽을 미행하고 있는 누군가가 다른 마술을 행사하는 냄새를 맡은 것이다.

"고민할 시간은 없을 것 같군. 다른 두 사람이 움직였다. 아마도 포위하려 하고 있어."

재촉하는 지그의 말을 듣고 어느 정도 예측을 한 후, 카티아가 그 자리에서 우선순위를 정했다.

"……인적 드문 곳으로 가자. 교섭이라도 해보게."

"알았다."

그녀의 의도를 이해한 지그는 인기척이 많은 장소를 벗어나 좁은 골목으로 들어갔다.

더는 숨을 생각도 없는지, 빠른 걸음으로 나아가는 두 사람을 쫓듯이 세 방향에서 기척이 따라왔다.

양측의 거리는 줄어들어 발소리가 들릴 정도가 되었다.

(가벼운 발소리, 보통 발소리, 거기에 무거운 발소리…… 갑옷 스치는 소리로 미루어 중무장을 한 녀석도 있군…… 성가시게

됐어. 가벼운 건 아까 들은 자스프인가 하는 모험가인가.)

주택가에서 충분히 멀어진 참에 카티아가 멈춰 섰다.

한산하고 넓은 통로인 데다, 주변에는 불법 투기된 쓰레기 정도밖에 없어서 어디 숨을 장소도 없었다.

반대로 말하자면 이쪽으로 접근하는 자가 있으면 금방 알아챌 수 있는 곳이라 비밀이야기를 하기에는 최적이다. 이런 길을 자주 사용하는 마피아다운 지리감이다.

"안녕. 잠깐 이야기 좀 할 수 있을까?"

누군가가 말을 거는 소리에 카티아가 천천히 돌아보았다.

"……나한테 볼일이라도 있나, 모험가님?"

돌아본 그녀는 이미 마피아의 얼굴을 하고 있었다.

행동거지에서는 거칠기는 해도 풍격이 느껴졌고, 날카로운 눈빛에는 다른 이를 움츠러들게 할 정도의 위압감이 담겨 있었다.

"어머, 귀여워라."

하지만 이번 상대는 그게 통할 이들이 아니었다. 3등급 모험가란 그런 존재인 것이다.

키득키득 웃으며 다가온 것은 눈에 익은 은발의 안대녀였다. 카티아의 눈빛에는 신경도 안 쓰는 것은 물론이고 미소마저 띤 채 위압을 해왔다.

"윽……."

어지간한 마피아와는 차원이 다른 위압감이 실린 시선에 카티아의 이마에서 식은땀이 배어났다. 이대로 분위기를 장악해서 자신들이 우위를 점하려는 것이리라.

필사적으로 견디고는 있지만, 하늘과 땅 차이라 할 수 있을 정도의 실력차 앞에서는 무력할 따름이었다. 카티아가 무의식적으로 한 발짝 물러서려던 순간── 지그의 커다란 손이 그녀의 어깨를 붙잡아 받쳐주었다.

"……이쪽도 바쁜 몸이니 짧게 부탁하지."

"헤에……?"

안대녀는 겨우 멈춘 카티아를 재미있다는 표정으로 지켜보더니, 지그에게로 시선을 옮김과 동시에 입가를 일그러뜨리며 가시 돋친 투로 말했다.

"……왜 당신이 여기 있는 걸까? 수상쩍다고는 생각했지만, 결국 범죄 조직에 발을 담근 거야?"

"일하러 왔다."

"마피아랑? 말이 된다고 봐?"

"상대는 상관없지. 그러는 너야말로 헌병 흉내를 내는 건가?"

엘시아는 못 믿겠다며 비난하는 듯한 눈빛으로 지그를 쳐다보았지만, 그는 신경도 안 쓰고 담담하게 대꾸했다. 지그가 이 이상 답해줄 생각은 없다는 듯이 말을 끊자, 무슨 소릴 해도 소용없을 거라 판단한 엘시아가 한숨을 내쉬며 다시 카티아에게 물었다.

"이거, 본 적 없어?"

그렇게 말하며 그녀가 꺼내 보인 것은 그 주사기였다.

현장에 있던 것은 모두 회수했을 텐데, 어디서 입수한 것일까.

"……그게 뭐지?"

"최근 나돌기 시작한 약물인데. 우리 쪽에서도 피해자가 나왔거든. 그래서 우리가 조사하고 있는 건데…… 거기 있는 덩치 큰 남자가 이걸 사용했다는 의혹이 있거든."

(대체 뭘 어떻게 조사했기에…….)

엉뚱한 의심을 산 지그가 눈살을 찌푸렸다.

사실은 둘째 치고 그들은 그걸 실마리 삼아 이쪽의 정보를 캐내려 하고 있는 듯했다.

카티아는 표정을 유지한 채 팔짱을 끼고서 그 의혹을 부정했다.

"이 녀석은 최근에 내가 개인적으로 고용한 호위야. 그 물건과는 아무런 관련도 없어."

"그럼 당신들 마피아는? 이런 위험한 물건을 또 누가 취급하겠어? ……거기 있는 덩치 큰 남자가 터무니없는 힘으로 다른 마피아들을 물리치는 모습을 목격한 사람이 있어. 그야말로 정상적인 인간으로는 보이지 않을 정도의 살육이었다지. 그에 관해서는 어떻게 변명하려고?"

(……그건 그랬지.)

가까이서 지그의 전투를 보았던 카티아는 무심결에 동의할 뻔했다.

그 광경을 본 인간이라면 지그 쪽이 훨씬 더 이상한 상태라고 생각할 만도 하다.

당사자는 불만스러운 표정이지만.

"……그건 습격당해서 반격한 것뿐이야. 그 약물 때문에 쉽게는 죽지 않을 몸이 된 상태였으니까. 그걸 들여온 건 외부에서 온 마피아고."

카티아의 해명에 안대녀는 코웃음을 쳤다.

"그 말을 믿으라고?"

"믿어달라고 할 수밖에. 우리 쪽도 그딴 걸 들여오는 바람에 골치를 썩고 있다고."

안대녀는 잠시 생각을 하는 눈치였지만, 이윽고 고개를 가로저으며 답했다.

"……전부 다 거짓말 같지는 않지만, 그걸 곧이곧대로 믿기에는 정보가 너무 부족해. 거칠게 대하고 싶지 않으니, 당신들 보스를 만나게 해주겠어?"

"말했잖아, 바쁘다고. 이틀, 아니, 하루만 기다려줄 수 없을까?"

지금 길드가 고개를 들이밀면 작전에 지장이 생긴다. 그들은 아직 어디가 흑막인지도 모르는 상태다.

요전의 전투로 지그가 의심을 샀으니, 자칫 잘못하면 아그리에샤가 이용하려 들 우려도 있다.

그런 생각에 시간을 벌려 했지만, 돌아온 답변은 거부였다.

"애들 심부름을 하러 온 게 아니거든. 기다리란다고 기다릴 수는 없어."

"……지금부터 그 녀석들에게 본때를 보여주러 갈 테니 방해하지 말라고 해도?"

저쪽에 이쪽의 정보를 줘서 이 상황을 넘길 수 있다면.

고민 끝에 카티아가 내놓은 답변에 돌아온 것은 무언의 전의(戰意)뿐이었다.

"가라, 카티아."

교섭은 결렬되었다.

그렇게 판단한 지그는 그녀 앞에 서서 낮은 목소리로 그녀를 재촉했다.

전투는 피할 수 없겠다는 걸 알아챈 상대도 이미 임전태세를 갖췄다. 숨어있던 대검 사용자와 이도류를 쓰는 두 사람이 안대녀 옆에 나란히 섰다.

"……미안. 시간벌이 좀 부탁해도 될까?"

이 자리에서 자신이 할 수 있는 일은 아무것도 없다. 그 사실을 알아챈 카티아는 떨떠름한 얼굴로 뒷걸음질 쳤다.

"그래, 끝내고서 합류하지. 그때까지 무모한 짓은 마라."

이런 상황에서도 그는 변함없는 말투로 농담을 건넸다.

"바보, 이쪽이 할 말이거든."

등을 두드리는 감각과 함께 발소리가 멀어진다. 그 발소리를 들으며 지그도 무기를 뽑아 자세를 취했다.

안대녀…… 엘시아는 이미 은색 곤을 이쪽에게 겨누고 있다.

"……3 대 1인데 그렇게 여유롭다니. 소문은 들었지만, 꽤나 실력에 자신이 있나 보네?"

"글쎄다. 시험해 보든가."

슬금슬금 거리를 좁히며 엘시아와 지그가 신경전을 벌였다.

타이론은 대검을 어깨에 짊어진 채, 자스프는 사브르를 양손에 쥔 채 빈틈을 살피며 옆으로 이동하고 있다.

"약물에 의존하고 있으면서 꽤나 큰소리를 치네. 그런 가짜 힘으로 우리를 이길 수 있을 것 같아?"

상대를 얕잡아보는 도발은 속임수에 불과하다.
엘시아는 지그가 방심할 수 없는 상대라는 걸 알고 있었다.
"글쎄. 지금부터 시험해보도록 하지."
지그가 대담하게 말을 내뱉자, 그 말에 응하기라도 하듯 푸른 쌍인검과 암자색 갑옷 토시가 요사스럽게 빛났다.
두 사람은 대화를 중단하고 상대의 움직임을 한 순간도 놓치지 않기 위해 눈싸움을 벌였다.

눈싸움을 벌이며 지그는 상대의 장비를 관찰했다. 대검, 사브르는 둘째 치고 안대녀가 지닌 곤은 상당히 특이했다.
체격적으로 뛰어난 자가 통나무 같은 것을 휘두르는 모습은 봤지만, 저렇게 가늘고 긴 곤을 주무기로 사용하는 이는 처음 보았다. 길이는 지그의 쌍인검과 비슷하고 자세도 비슷하다.
(명색이 3등급이 소지한 무기니. 분명 뭔가 특별한 점이 있겠지만…….)
슬금슬금 위치를 바꾸고는 있지만 지그 쪽에서 먼저 공격하지는 않았다.
시간을 버는 게 목적이니 당연한 일이기는 했지만, 그 이상으로 섣불리 치고 들어가기가 망설여지는 무언가가 상대에게는 있었다.
"간다!"
신경전 중 초조해져 먼저 움직인 것은 자스프였다. 사브르를 빼들고 곧장 달려들었다.

순간적인 강화로 세 번째 걸음부터 최고 속도에 도달한 자스프는 마카르에 필적할 만큼 빠르게 접근했다.

쌍검을 사용한 고속 전투가 그의 장기로, 속도를 활용한 연속 공격으로 상대를 농락하는 것이 특기였다.

10미터 정도의 거리를 순식간에 좁힌 자스프가 그대로 기세를 실어 사브르를 내질렀다.

찌르기와 참격.

상대는 회심의 2연격을 손쉽게 회피했지만 그건 자스프에게 놀랄 일이 아니었다. 이 거한이 강하다는 건 대치한 순간부터 느꼈기 때문이다.

회피하기보다는 곧장 추가 공격을 날렸다.

지그는 쌍인검으로 한쪽을 막고 나머지 한쪽을 튕겨냈다.

(무거워!)

튕겨내는 동작에서 느껴지는 검의 중압감에 자스프는 눈이 휘둥그레졌다. 그와 동시에 소름이 돋았다.

그러한 자신의 감에 따라 자스프가 물러나려 하자 지그가 따라붙었다. 속도는 자스프가 더 빠르지만 보폭과 무기의 길이로는 지그가 한 수 위였다.

그 순간, 대검을 치켜든 타이론이 끼어들었다.

타이론은 덩치가 큰 데다 중장비라 민첩성은 떨어지지만 신체 강화의 출력을 높이면 직진 속도만큼은 그럭저럭 빨랐다.

“흐아아아!”

“하앗!”

상단에서 내려친 대검을 지그는 쌍인검의 궤도를 틀어 맞받아쳤다.

칼날과 칼날이 부딪히자 불꽃과 낮고 묵직한 금속음이 울린다.

땅이 울리고 귀가 먹먹해질 정도의 중량 무기의 충돌음이 골목에 울렸다.

쌍인검과 대검이 서로를 밀어내고자 격돌하자, 두 거한이 온몸의 힘을 무기에 쏟아 부으며 맞섰다.

"끄응……!"

하지만 그 힘의 균형은 서서히 무너지기 시작했다.

돌진의 기세를 이용해 상단에서 칼을 내려쳐 유리한 조건을 갖췄음에도 타이론은 끝내 상대를 압도하지 못했다. 대검의 기세가 죽고 나자, 순수한 완력에서 앞서는 지그가 되밀어내기 시작한 것이다.

신체 강화를 최대로 활용했음에도 되밀려나자, 대검의 날이 머리에 닿을 듯한 자세가 되어 타이론의 이마에 땀이 배어났다.

"무, 무슨 놈의 힘이……?!"

"붙잡고 있어, 아저씨!"

격렬한 힘겨루기를 벌이고 있는 두 사람 사이에 이번에는 자스프가 끼어들었다.

"칫."

아무리 지그라도 이 상태로 또 한 명을 상대할 수는 없었다.

힘겨루기를 하던 지그는 방어를 포기하고 타이론의 대검을 강하게 튕겨내며 반동을 이용해 백스텝을 밟았다.

주춤거리는 타이론을 두고 거리를 좁히려 하는 자스프에게 대비하고자 한 순간, 시야 끄트머리에서 무언가가 날아들었다.

"큭!"

소름 돋는 느낌에 돌아보니, 그곳에는 법의를 나풀거리며 은색 빛을 내뿜는 곤을 치켜든 안대녀가 있었다.

백스텝을 밟은 지그가 착지하기 직전. 몸통을 노리고 휘두른 곤을, 몸을 비틀며 한 손으로 쥔 쌍인검으로 맞받아친다.

한 손이기는 해도 지그의 힘과 무기의 중량 차이를 생각하면 그렇게 해도 충분히 막을 수 있을 듯했다.

하지만 그 계산은 크게 빗나갔다.

엘시아의 곤과 충돌한 순간, 마력이 주입되어 새겨져 있던 마법이 발동. 강한 충격과 파열이 일어난 듯한 폭음을 일으키며 쌍인검이 튕겨 나왔다.

"뭣?!"

예상치 못한 충격에 지그의 자세가 무너진다.

엘시아가 그 틈을 놓치지 않고 육박했다.

"핫!"

날카롭게 연달아 날아드는 곤을, 땅을 구르다시피 해서 피한 후 일어나 응전한다.

쌍인검과 곤.

무기의 차이점을 열거하자면 끝이 없겠지만, 의외로 그 공격방법은 비슷했다.

찌르고 후리고 내려치고.

사거리는 쌍인검과 같지만 무기의 중량 차이가 너무도 큰 탓에 공격 속도로는 저쪽이 유리하다.

본래 그러한 속도 차이를 모조리 날려버릴 정도의 파괴력이 쌍인검의 이점이었지만…….

(좀 전의 그건 마술인가? 무시무시한 충격이었지…… 맞으면 무사하지 못하겠어.)

상대의 최대 출력이 어느 정도인지 알기 전에 제대로 부딪히면 무기가 파괴될 수도 있으니, 신중하게 움직일 수밖에 없다.

힘을 모으는 과정이 필요하다는 건 좀 전의 공격으로 알았지만, 아직 정보가 한참 부족하다.

그렇지만 상황은 지그에게 분석할 틈을 주지 않았다.

뒤에서 따라붙은 두 사람이 지그의 빈틈을 호시탐탐 노리고 있었다. 타이론이 대검을 짊어진 채 빈틈을 살피며 압박하고, 자스프가 엄호하듯 덤벼든다.

곤을 정면으로 막지 않고 흘려내고, 사브르를 갑옷 토시로 막아낸다.

앞뒤에서의 공격을 흘려내는 건 매우 어려운 일이라 어떻게든 위치를 바꾸려 했지만 타이론이 그걸 허락지 않았다.

순간, 마술의 냄새가 지그의 코를 스쳤다.

출처는 엘시아다. 냄새 자체는 기억에 있지만, 좀 전에 곤에 사용한 것이 아니었다.

일전에 두 번, 지그가 그녀의 마법 행사를 방해했던 때와 완전히 같은 냄새다.

결국 한 번도 그 마술을 본 적은 없지만, 이 상황에서 사용한 걸 보면 모종의 공격일 가능성이 높다.

지그는 긴장감을 끌어올렸다.

"어딜 도망쳐!"

마술을 보조하기 위해서인지, 자스프의 공세가 거세졌다. 앞뒤를 가리지 않고 쌍검으로 치열하게 공격을 퍼부어 지그가 대처할 수밖에 없게 만들었다.

엘시아에 대한 방어가 허술해진 틈을 놓치지 않고 그녀는 곤에 마력을 주입했다.

곤이 둔탁한 빛을 머금는 것을 보고 지그가 움직였다.

자스프의 연격을 막아내고 쌍인검을 대충 휘둘러 흘려내게 했다.

그 힘을 이용해 몸을 반회전시키며, 방어한 사브르의 날 한가운데를 백너클로 후려쳤다.

"큭?! 이 자식……!"

원심력이 충분히 실린 갑옷 토시의 위력은 위협적이라 자스프는 마수의 일격을 받은 듯한 착각에 빠졌다.

상당히 좋은 무기를 쓰고 있는지, 강렬한 타격에도 사브르는 부러지지 않았다. 그러나 무기는 부러지지 않았을지 몰라도 충격까지 죽이지는 못했다. 자세도 무너지지는 않았지만 주춤거리며 뒷걸음질을 쳤다.

"어딜!"

지그가 그 틈에 거리를 좁히려 하자, 반대 방향에서 타이론이 대검을 방패처럼 앞세워 태클을 날렸다.

아군이 방해를 목적으로 단순한 태클을 날리자, 자세를 바로잡은 자스프가 협공을 하듯 달려들었다.

(지금이다.)

지그는 또다시 희미한 기회의 냄새를 맡았다.

돌격해 오는 대검의 날 한가운데에 오른쪽 발을 갖다 대고, 상대의 실드 배시에 맞춰 그 반동을 이용해 도약한다.

지그는 후방에서 덤벼든 자스프를 향해 돌진했다. 두 사람의 거리는 눈 깜짝할 새에 손이 닿을 만큼 가까워졌다.

"뭐?!"

갑작스러운 접근에 당황한 자스프가 허둥지둥 사브르를 휘둘렀지만, 늦었다.

속도가 실리지 않은 도신의 밑동을 갑옷 토시로 밀쳐내고는 한 손으로 멱살을 잡아 타이론에게 집어던진다.

"우어어억?!"

공격 중인 데다 중장비인 탓에 민첩성이 떨어지는 타이론은 그것에 제대로 맞고 말았다.

동료와 부딪힌 두 사람의 자세가 무너졌다.

지그에게는 절호의 기회이고, 상대에게는 절체절명의 위기다.

엘시아는 두 사람이 방해돼서 보조할 수가 없는 위치에 있고, 무너진 자세로 받아낼 수 있을 만큼 지그의 검은 약하지 않다.

"끝이다."

쌍인검을 두 손으로 고쳐 쥐고서 짐승처럼 땅을 박차고 돌진해 두 사람을 사거리에 두었다. 두 사람을 한꺼번에 박살낼 작정으로 힘을 실어 상단에서 내려친다.

푸른 궤적이 굉음과 함께 두 사람에게 육박해 그들의 목숨을 끊으려던 순간.

——한 줄기 은빛이 지그의 가슴에 박혔다.

"크허억?!"

은빛은 궤적을 남기며 직격하여 가슴 갑옷을 간단히 박살냈다. 하물며 그러고도 멈추지 않고 가슴을 때려, 지그를 수평 방향으로 날려 버렸다.

견디지 못하고 놓친 쌍인검이 허공을 날았고, 지그의 커다란 몸은 요란한 소리를 내며 벽에 처박혔다.

곤에서 방출된 충격파가 한 박자 늦게 주변에 모래먼지를 일으켰다.

"방심은 금물이야."

빛의 궤적을 그리는 은곤(銀棍)을 돌리며 엘시아가 자세를 풀었다.

어이가 없다는 얼굴로 그 광경을 지켜본 두 사람은 그제야 구사일생했다는 사실을 깨달았다.

"……살았다…… 고마워, 리더."

자신의 목에서 불과 1센티미터 떨어진 곳을 통과한 곤을 보고 식은땀을 흘리며 자스프가 감사 인사를 했다.

"그야말로 간발의 차였군요…… 덕분에 살았습니다. 엘시아 공

이 없었다면 둘 다 땅바닥의 얼룩이 되어 있었겠지요."
두 사람이 일어나며 엘시아에게 감사 인사를 했다.
그녀는 은빛 머리를 쓸어 올리며 빙긋 웃어 보였다.
"둘 다 무사해서 다행이야. ……갑옷, 부숴서 미안해."
"무슨 말씀이십니까. 목숨값에 비하면 이 정도는 아무것도 아니죠."
타이론은 옆구리 부분을 두드리더니 웃으며 그렇게 말했다.
그의 갑옷 옆구리 부분에는 곤으로 도려낸 듯한 흔적이 남아 있었다.
엘시아의 행동을 말로 설명하자면, 두 사람 사이로 곤을 내지른 것뿐이다.
지그는 그것을 알아채지 못하고 불의의 일격을 정통으로 맞았다.
……부딪혀 자세가 무너진 두 사람 사이에 찰나의 순간 동안 생긴 틈새를 노리고 한 치의 오차도 없이 공격을 날리는 것은 극도로 어려운 일이다.
기량도 필요하지만 조금이라도 조준이 빗나가면 동료의 목숨을 빼앗을 수도 있다는 압박감을 이겨내야 한다.
그만큼 어려운 일을 해낸 그녀는 새침하게 은빛 머리를 쓸어 올렸다.
이윽고 모래먼지가 걷혔다.
바퀴살 모양으로 금이 간 벽을 등진 채 지그가 쓰러져 있었다.
"죽었어?"
"안 죽었어…… 아마도. 힘을 조절할 여유가 없어서 자신은 없지만."

"……그나저나 이 녀석은 대체 뭐지?"

쓰러진 지그를 가리키며 자스프가 세 사람 모두가 생각하고 있던 바를 말로 옮겼다.

일단 면식이 있었던 엘시아에게 시선이 집중되기에 어쩔 수 없이 답했다.

"……본인 말로는 용병이라던데."

"이런 용병이 어디 있어."

자스프가 욕지거리를 하듯 말하자 타이론도 말없이 고개를 끄덕였다.

"나도 처음 봤어."

하지만 그녀도 자세히는 알지 못했다.

이전에 이런저런 것들을 들킨 탓에 의도적으로 그 이상의 접근을 피해왔기 때문이다.

"엄청난 속도로 승급하고 있는 신입 모험가와, 그 호위라면서 용병을 자칭하는 남자가 있다는 소문은 들었습니다만…… 이 정도일 줄이야."

"무지막지한 자식이었어. 3등급 셋이 덤볐는데 달랑 한 명을 상대하면서 생명의 위기를 느낄 줄은 몰랐다고."

사브르를 칼집에 넣던 자스프는 미묘하게 걸리적거리는 듯한 느낌이 들어서 얼굴을 찌푸렸다. 백너클을 막아낼 때 도신이 휘어버린 모양이다. 타이론도 대검에서 위화감이 느껴지는지 자꾸만 도신을 만지작거렸다. 마치 대형 마수와 싸운 후에 장비 손상

여부를 확인하는 듯한 광경이었다.

두 사람의 모습에 엘시아는 떨떠름한 얼굴로 길을 재촉했다.

"……의외로 시간이 걸렸네. 서두르자."

"이 녀석은 어쩌고?"

자스프의 물음에 엘시아는 판단을 내리기가 망설여졌다. 약물 사용 의혹이 있는 자니 길드로 연행해야 하겠지만, 지금은 좀 전에 봤던 소녀를 확보하고 싶었기 때문이다.

"……내버려 두자. 당분간은 못 움직일 테니까."

이 거한을 옮기려면 품이 많이 들 거다. 나중에 길드에 보고해서 사람을 보내달라고 하자.

지그를 격파한 세 사람은 카티아를 쫓기 위해 달려 나가려 했다.

그 움직임에는 망설임이 없어서, 자신들의 승리를 믿어마지 않는 듯했다.

그러나.

"……응?"

갑자기 엘시아가 멈췄다.

마치 믿기지 않는 것을 보고 만 듯이 얼빠진 목소리가 흘러나왔다.

등줄기에 식은땀이 흐르고 솜털이 곤두서는 걸 느끼며 머뭇머뭇 뒤를 돌아본다.

골목길에는 아무것도 없다.

아무도 없고, 숨을 장소는 어디에도 없으며, 좀 전까지 벌였던 전투의 여파로 어질러져 있을 뿐 특이한 점은 없었다.

그녀가 움직임을 멈추자 동료들이 의아한 투로 물었다.

"왜 그래? 빨리 안 가면 놓칠 거야."

"아니, 기다려라, 자스프. 혹시 뭔가……."

엘시아가 두 사람의 말을 가로막듯이 몸을 돌렸다.

그러더니 무기를 빼들고 쓰러진 지그 말고는 아무도 없는 후방을 향해 경계 자세를 취했다.

"이봐, 대체……."

"안 끝났어!"

엘시아가 단호하게 소리쳤다.

그 말투에서는 좀 전과 같은 여유를 찾아볼 수가 없었다.

그녀의 한마디와 심상치 않아 보이는 분위기를 통해 뒤늦게 상황을 이해한 두 사람은 반신반의 상태였지만, 그럼에도 그녀의 말을 무조건 믿기로 하고 전투태세를 취했다.

정적이 내려앉은 골목에서, 그들은 경계 상태를 유지했다.

"――속였다고, 생각했는데 말이지."

아무도 없을 터인 골목길에 목소리가 울린다.

그 목소리는 귀에 익었다.

당연하다.

조금 전까지 이야기했던 상대의 목소리를 이 짧은 시간에 잊을 리가 없는 것이다.

그 말과 동시에 쓰러졌던 지그가 벌떡 몸을 일으켰다.

"……이것 봐, 말이 돼?"

자스프는 지금까지 엘시아가 그 공격으로 마수를 쓰러뜨리는 모습을 몇 번이나 보아왔다.

방어구를 장비했다고는 해도 평범한 인간이 그걸 정통으로 맞고 움직일 수 있을 리가 없다.

하지만 눈앞의 광경은 그의 그러한 상식을 뒤집었다.

엘시아의 경고가 없었다면 무방비하게 등을 보인 상태로 습격을 당했을 거다.

저 남자의 기습을 자신은 막아낼 수 있을까?

……당연히 무리다.

타이론의 강공격을 막아내고, 자신의 속도에도 여유롭게 대응해 보였다.

어떻게 대처를 한들 아마도 한 명은 당했을 거다.

놀란 얼굴을 한 세 사람은 아랑곳 않고, 지그는 근처에 박혀 있던 쌍인검을 집어 들더니 처참하게 박살난 가슴 갑옷을 보고 씁쓸한 표정을 지었다.

넝마나 다름없어진 그것을 벗어던지고 가볍게 어깨를 돌려 상태를 확인한다.

엘시아의 타격에 의한 대미지는 크다. 온전한 상태가 아니란 것을 통증으로 파악한 지그가 얼굴을 찌푸리더니 목을 꺾어 우둑 우둑 소리를 내며 천천히 자세를 취했다.

"그나저나 이해가 안 되는군. 알아챘다면 좀 더 빨리 움직였을 테고, 멀어지기에 들키지 않은 줄 알았는데. 어떻게 알아챘지?"

"……그냥 감이야."

독특한 호흡법으로 체내의 마력을 끌어올리며 엘시아가 허풍을 떨었다.

그녀는 진정하라고 자신을 타일렀다.

그걸 맞고도 서 있다는 사실은 놀랍지만, 아주 멀쩡할 리는 없다. 실제로 상대의 동작만 봐도 대미지를 완전히 회복하지 못한 낌새가 곳곳에서 느껴졌다.

방어구도 부서졌으니 다음에는 버티지 못할 거다.

"한 번 더 같은 걸 박아넣겠어. ……그걸 쓸게. 시간을 벌어줘."

작은 목소리에 말없이 고개를 끄덕인 후, 두 사람이 한 걸음을 내디뎠다.

지그는 조용히 자세를 취하고 있을 뿐이었지만 그럼에도 정체 모를 압박감이 느껴졌다.

"대단하군, 약의 힘이란 건. 그걸 정통으로 맞고도 움직일 수 있으리라고는 생각도 못했는데."

타이론이 주의를 끌 듯이 말을 걸었다. 그러자 지그는 어이가 없다는 듯이 어깨를 으쓱했다.

"녀석들이 쓰는 건 이런 게 아니야. 몸이 자신의 힘을 견뎌내지 못하지만, 재생하면서 계속 싸워대는 괴물로 바꿔놓는 물건이지. 그것에 비하면 내가 사용하고 있는 건 각성제 수준이고."

"하! 역시 쓰고 있었잖아. 그런 건 진정한 실력이라 할 수 없어."

주의를 끌려는 목적과 지그를 규탄하려는 뜻을 반반씩 담아 자스프가 소리쳤다.

자신의 실력을 믿고 여기까지 올라온 그에게는 나름의 자부심이 있었다.

약으로 얻은 가짜 힘 따위는 실력이라 할 수 없다.

직접적으로 말하지는 않았지만 타이론도 같은 의견이었다.

지그를 쳐다보는 두 사람의 눈빛에 경멸의 빛이 섞여들었다.

"……진정한 실력이라."

살짝 코웃음을 쳤다. 처음으로 지그의 목소리에 비웃는 듯한 뉘앙스가 섞였다.

한 손으로 외투를 벗어던지며 어디 말해보라는 듯이 두 사람에게 질문을 던진다.

"그럼 검을 쓰는 건 괜찮은 건가? 활이나 마술로 멀리서 쏴 죽이는 건? 모두 다 사람이 보다 강해지기 위해 만들어낸 도구일 텐데. 지금보다 발달되어, 손가락 하나 까닥하지 않고 사람을 죽일 수 있는 무기가 만들어진다면…… 그때도 너는 계속 검을 휘두를 건가?"

"……무슨 소리가 하고 싶은 거지?"

"너희는 결국, 자기 마음에 드는 방법을 긍정하고 있을 뿐이란 거다. 검도, 약도, 마술도. 사람이 싸우기 위해 만들어낸 도구에 불과하지. 필요할 때 써먹으면 그만이야. 긍지니 뭐니 하는 걸 따져대다가 뒤처지는 놈은, 죽을 뿐이지."

지그는 기사나 무인(武人)이 되고 싶어 무기를 든 것이 아니다.

살기 위해, 싸우기 위해 무기가 필요했고, 그것이 우연히 검이었던 것뿐이다.

죽고 죽이는 싸움을 하는 곳에서, 갈고 닦은 검술만을 겨루고 싶다는 헛소리를 하다니.

"검을 고집하는 건 상관없지만, 거기에 의존해 새로운 것을 거부하다 보면 큰코다칠 거다."

마술이란 것을, 그것이 얼마나 무시무시한 것인지를 최근에 알게 된 지그에게 그것은 자신을 향한 말이기도 했다. 조금 전에도 상대의 마술에 대한 대응을 게을리 한 탓에 험한 꼴을 당했다.

쓰지 못하더라도 마술이란 것을 좀 더 알아뒀어야 했던 거다.

(나 원, 남 말 할 처지가 아니군.)

자조 섞인 미소를 띤 채 지그가 몸 상태를 확인했다.

이미 복용한 약은 효과를 발휘하고 있다. 통증은 옅어지고, 감각은 날카로워지고 있는 게 느껴진다.

내뱉은 숨결이 뜨겁다.

거칠어지려는 호흡을 의식적으로 가다듬으며, 솟아나는 투쟁심을 삼켜서 꾹꾹 억눌러 뱃속에 붙들어 둔다.

몸은 뜨겁게, 머리는 차갑게.

싸움을 주목적으로 하되, 결코 거기에만 몰입하지 마라.

약을 사용한 상태로의 전투에 관해, 스승이 귀에 딱지가 앉도록 했던 말이다.

한계를 잘못 파악하면 몸은 순식간에 망가져, 못 써먹게 된다. 용병은 소모품이지만 그건 어디까지나 고용측의 이야기다. 용병 본인에게 자신의 목숨은 하나뿐인 것이다.

——아껴서 써라. 몸도 마음도.

무턱대고 검을 휘두르던 지그에게 용병단 선배들은 곧잘 그런 말을 했다. 그때는 이런 일을 하고 있는데 무슨 소릴 하는 거야, 라고 생각했더랬다.

당시의 일을 떠올리며 조용히 웃었다.

감상에 젖은 것도 잠시뿐.

"자아, 이제 시간벌이는 충분하겠지. 이쪽도 준비는 됐다."

조금 전부터 강렬한 마력의 냄새가 났다. 저쪽도 비장의 카드를 꺼낼 모양이다.

"……꽤나 제멋대로 재잘거리네."

두 사람 사이로 엘시아가 나왔다.

그 모습에 지그는 눈을 가늘게 떴다.

"그게 네 비장의 카드인가."

은발 머리를 나부끼며 걷는 그녀는 좀 전과 비교도 안 될 정도의 위압감을 내뿜고 있다.

그녀는 안대를 벗고 맨얼굴을 내놓고 있었다.

분위기를 통해 상상한 바대로 단정하면서도 요염한 얼굴이다.

상상과 다른 점은 눈…… 이상해 보이는 눈동자였다.

일반 사람의 흰자에 해당되는 부분이 피처럼 짙은 붉은색을 띠었다.

동공은 파충류의 그것처럼 세로로 길지만, 색은 검다 못해 어둠을 연상케 했다.

그 시선을 받자 마치 모든 것을 간파당하고 있는 듯한 착각마저 들었다. 정신력이 약한 자라면 눈총을 쏘기는커녕 쳐다보기만 해도 의식을 잃을지도 모른다.

아무래도 엄청난 마력의 발생원은 저것인 모양이다.

"희한한 눈을 하고 있군."

"그게 다야? 좀 더 솔직하게 느낀 바를 말해도 괜찮은데."

"그런 소릴 한들. 너도 이종족인가?"

"틀렸어. 나는 순수한 인간이야…… 이 눈은 사연이 있고."

"그렇군. 자세히는 안 묻도록 하지."

"어머, 의외로 배려심이 있네. ……시작할까."

대화는 거기까지. 두 사람은 말없이 상대의 빈틈을 살폈다.

그리고 동시에 움직였다.

흙먼지와 함께 지그의 모습이 잔상을 남기듯이 움직이더니, 그와 동시에 엘시아가 반걸음을 전진해 곤으로 우측 상단을 때렸다. 자스프와 타이론이 포착하지 못한 그 움직임을, 엘시아는 완벽하게 간파하고 있었다.

순간적으로 거리를 좁힌 지그의 쌍인검과 은곤이 부딪힌다.

무게의 중량차는 은곤에 새겨진 마술이 메꿨다.

하지만 그럼에도 이번에는 쌍인검을 튕겨낼 수가 없었다.

은곤이 발생시킨 충격파의 위력을 속도와 힘, 그리고 기술로 상쇄한다.

그 위력에 놀란 적색과 흑색으로 된 눈이 휘둥그레졌다. 지근거리에서 지그와 엘시아가 살벌하게 눈싸움을 벌였다.

한 번이라도 기세가 꺾이면 힘겨루기에서 그녀가 이길 방법은 없다.

엘시아는 곧장 곤을 끌어당겨 왼쪽 무릎을 내리 찍었다.

슬개골을 부수려는 그 일격을, 몸을 비틀어 오른쪽 무릎으로 뿌리치며 횡으로 참격을 가한다.

엘시아는 법의를 나부끼며 뒤로 몸을 날렸지만, 방어하려 내민 곤에 쌍인검의 칼날이 걸렸다.

무기와 함께 끌려갈 것만 같은 힘을 어찌어찌 견뎌내며 물러나자, 교대라도 하듯 시간차를 두고 두 사람이 앞으로 나왔다.

자스프가 바람의 칼날을 날리고서 그걸 뒤쫓듯 내달렸고, 타이론은 바위로 몸의 왼쪽 절반을 뒤덮어 방어 태세를 갖춘 채 대검을 앞세워 돌진했다.

지그가 보이지 않는 바람의 칼날을 마치 보이는 것처럼 피하자, 거리를 좁힌 자스프가 사브르를 내질렀다.

지그는 자스프가 미끼로 날린 첫 번째 공격을 흘려보내고 노림수인 두 번째 공격을 쌍인검의 자루로 미끄러뜨려서 휘감은 후, 다리를 후려 그를 넘어뜨렸다.

이어서 타이론이 대검으로 찌르기를 날리자 지그는 측면에서 후려쳐 비껴내더니 자리를 바꾸듯 돌진해서 하단 베기로 무릎 뒤를 노리려 했다.

타이론이 허둥지둥 대검을 수습해 다리를 방어했지만 그건 페인트다.

궤도를 바꿔 땅에 박은 쌍인검을 지주 삼은 강렬한 돌려차기가 방어를 뚫고 직격한다.

타이론의 거구가 앞으로 날아간다.

"쿠와악?!"

"으앗!"

민첩한 자스프는 좀 전과 같은 전철을 밟지 않기 위해 회피했다.

바위와 갑옷 덕분에 타이론도 거의 대미지를 입지 않았다.

타이론을 걷어차고 아주 잠시 경직된 순간을, 엘시아가 무시무시하도록 정확하게 찌르고 들어왔다.

날카로운 찌르기가 코앞까지 육박했지만 아슬아슬하게 갑옷 토시로 튕겨내고, 쌍인검을 뽑아 한 손으로 휘두른다.

그 공격을 최소한의 동작으로 위쪽으로 흘려낸 엘시아가 카운터 어택으로 옆구리를 때리려다가, 직전에 곤을 원위치시켰다.

직후, 곤의 바로 아래에서 쳐올린 지그의 주먹이 허공을 갈랐다.

(완전한 사각이었을 텐데. 예상한 건가?)

가장 의심스러운 건 저 눈이다.

지금도 계속 마술을 발동하고 있는데 그 효과는 여전히 알 수가 없다.

(설마 이쪽의 생각을 읽고 있는 건 아니겠지.)

어찌 되었건 성가시다는 데에는 변함이 없다. 장기전은 불리하다고 봐야 할 거다.

요사스러운 빛을 띤 두 눈이 쌍인검을 고쳐 쥐는 지그의 모습에 고정되었다.

수없이 많은 푸른 궤적이 허공을 가른다.

강화된 지그의 신체능력은 그저 경이로울 따름이다.

세 사람이 쉴 새 없이 퍼붓는 공격을 홀로 버티고 있을 뿐 아니라, 빈틈이 보이면 그 즉시 반격이 날아든다.

공격을 감지한 엘시아가 떨쳐내어 주지 않았다면 이미 몇 번이나 목이 달아났을 거다.

대치한 상대의 끝 모를 실력에 타이론과 자스프의 이마에는 식은땀이 흘렀다.

내지르는 참격은 모두 필살의 위력을 지녔다.

굉음을 내는 칼날이 몸을 스치기만 해도 방어술에 주입하고 있는 마력이 뭉텅이로 빠져나간다.

모든 마력을 방어에 쏟아 부으면 정통으로 맞아도 한 방 정도는 버틸 수 있을 거다.

하지만 버티는 게 고작이다. 마력이 바닥난 몸으로 전투를 치를 수 있을 리 없다.

(괴물 같으니!)

상대는 이토록 격렬하게 움직이고 있음에도 그 기세가 전혀 수

그러들지 않았다.

마력이 깎여나가고 체력이 소모되고 있다는 사실이 공포스러울 따름이었지만, 그들은 칼을 휘두르는 걸 멈출 수가 없었다.

그다지 좋지 않은 상황이다.

네 번째 공격이 막혔을 때, 지그는 그렇게 생각했다.

엘시아라 불리는 저 여자가 안대를 벗은 뒤로 이쪽의 공격이 완전히 간파당하고 있다.

페인트를 섞은 기습도, 단순하게 힘을 실은 일격도 저 여자가 대처하고 만다.

무기를 부딪히던 도중, 느닷없이 사각에서 날아든 동전이 엘시아의 눈앞으로 육박했다.

"뭣?! ……핫!"

"……."

또다.

쌍인검으로 가린 채 왼손으로 지탄(指彈)을 날려 성가신 눈을 못 쓰게 만들려 했건만, 아슬아슬하게 튕겨냈다.

창금강 섞인 동전이 겸사겸사 그녀가 싣고 있던 마력을 흩뜨려 놓았다.

모든 걸 다 예측하고 있는 건 아니다.

만약 그랬다면 자신은 진작 쓰러졌을 거다.

수차례의 실험 끝에 알아낸 사실은, 상대는 언제나 자신이 행동을 하기 직전에 대응 방식을 바꾸고 있다는 거다. 좀 전에 동요한 것만 봐도 생각을 읽고 있을지도 모른다는 발상은 빗나간 듯했다.

눈이 좋다기보다는 감이 좋다고 해야 할까.

"어디일!!"

대검 사용자가 횡으로 휘두른 일격에 속도가 붙기 전에 튕겨낸 순간, 몸에서 희미한 위화감이 느껴졌다.

약으로 얼버무리고 있을 뿐, 받은 대미지는 결코 적지 않았다.

이 이상 행동을 간파당하면 움직이기 어려워지는 건 자신일 것이다.

(조금, 막무가내로 밀어붙여볼까.)

†

카티아가 부하를 이끌고 현장에 도착해 보니, 이미 일촉즉발의 상황이 펼쳐져 있었다.

아무래도 내부에서 새어나간 정보가 상대측에 넘어갔던 모양이다.

——당연히 그걸 예상하고 잘못된 일시를 전달해 두었지만.

카티아에게 조직 안에 벌레가 있을 가능성이 있다는 소리를 듣고 반노가 내놓은 방안이었다.

거기에 속아 넘어간 내통자를 색출해내서, 지금 이렇게 딱 맞닥뜨린 것이다.

"좋은 밤……이라고 하기에는 조금 이른가. 이사라도 가나 보지? ……엘리오도 그런 데서 뭘 하고 있는 거야?"

반노가 부하를 이끌고 사근사근하게 말을 걸었다. 팽팽해진 분위기 속에서 세상 돌아가는 이야기라도 하는 듯한 그의 태도는 어쩐지 으스스하게 느껴졌다.

"반노…… 언제부터 알고 있었지?"

내통자…… 엘리오가 씁쓸한 얼굴로 반노를 노려보았지만 반노는 태연하게 머리를 긁적이며 쓴웃음을 띤 채 대꾸했다.

"아니이, 전혀 몰랐거든. 근데 아가씨가 외출한 지 얼마 되지도 않아서 습격을 당하더라고. 의외로 가까운 곳에 있는 게 아닐까 생각한 것뿐이야. ……그래서, 다들 이런 데서 뭘 하고 있었지?"

이마에서 땀을 흘리는 간부급으로 보이는 한 명이 떨리는 목소리로 그 말에 답했다.

"……아아, 바자르타 여러분이 아니십니까. 네에, 최근 거리가 흉흉하지 않습니까? 우리도 좀 더 치안이 좋은 곳에서 사는 게 어떨까 하는 이야기가 나와서 말이죠."

"그거 문제로군. 뒷골목의 치안을 책임지는 이로서 간과할 수 없는 이야기야. 잠깐 같이 가주시겠습니까? 이야기를 자세히 듣고 싶어서 말입니다."

반노가 다가서자 아그리에샤가 긴장했다.

"……괜찮겠어? 우리와 한바탕 벌이면 그쪽도 무사하진 못할 텐데. 이쪽은 얼마든지 병력을 조달할 수 있어. 본부에서 증원도 더 올 예정이고."

머릿수는 차이 나지만 약물을 통한 강화…… 아니, 광화(狂化)를 사용하면 충분히 뒤집을 수 있는 상황이다.

물론 아그리에샤 측도 막대한 피해를 입겠지만 죽는 건 어차피 쓰다 버릴 장기말들이다.

약물에 빠져 허우적대는 중독자들 정도는 얼마든지 갈아치울 수 있다. 주요 멤버만 도망치면 살 길은 있는 것이다.

"본부…… 본부라…… 훗."

남자의 협박에 반노는 코웃음을 쳤다.

"……뭐가 우습지?"

"이쪽도 바보는 아니라, 해충 박멸의 전문가를 모셨지. ——너희는 여기서 끝이다."

해충이라는 말에 아그리에샤의 구성원들이 살기를 띠기 시작했다.

하지만 반노는 그 살기조차도 미적지근하다는 듯이 흉악한 미소를 지어보였다.

"이런 말을 한번 해보고 싶었단 말이지…… 선생님, 부탁드립니다!"

큰소리를 떵떵 친 것치고 책임감이라고는 하나도 없는 말이었다.

하지만 그 말이 그들의 운명을 결정지었다.

"누가 선생님이야."

한 여자가 그 말에 대꾸했다.

마피아들이 터준 길을 지나 나타난 그 여자는 독특한 차림새를 하고 있었다.

상하의가 한 벌로 보이는 넉넉한 하오리* 같은 민족의상. 하지만 움직이기 힘들지는 않은지, 걸음이 빠른 것도 아닌데 매끄럽게 이동했다.

머리카락은 하얐고, 단정한 얼굴 생김새가 눈에 띄었다.

세검(레이피어)으로 착각할 만큼 얇은 도신의 무기를 허리에 찬 그 여자는 비슷한 차림새를 한 동료를 이끌고 아그리에샤와 대치하듯 앞을 막아섰다.

"뭐냐, 너희는. 어엉? ……그 귀…… 이민족이냐."

남자는 묘한 차림새를 한 여자의 귀가 길다는 것을 알아챘다. 의아하다는 표정이 금세 비웃는 표정으로 바뀌는가 싶더니, 불쾌한 목소리가 울려 퍼졌다.

"……이봐이봐, 이것 좀 보라고! 이거 걸작이구만! 이 도시의 마피아는 이민족에게 도움을 구하기도 하나 보지? 한심해 죽겠구만. 댁들도 댁들이야. 도시에 자리 잡은 마피아가 이민족을 어떻게 대하는지는 머저리들도 알 텐데. 그런데도 힘을 빌려주겠다고?"

남자뿐 아니라 뒤에 자리한 부하들도 큰 소리로 웃어댔다.

하지만 비웃음을 당하고 있는 당사자들은 전혀 개의치 않았다.

"안 그래도 몇 번이나 생각해 봤어. ……하지만 결국, 우리만으

---

*겉에 입는 일본의 전통 의상 중 하나. 하의인 하카마와 합쳐 일본식 정장으로 취급되기도 한다.

로는 해결할 수 없다는 걸 깨달은 것뿐이야. 그렇다면 살기 위해 이용해야지. 마피아가 됐든 뭐가 됐든."

"상황이 바뀌면 입장도 바뀌어. 그리고 시대가 바뀌어 마피아도 바뀌어야 할 때가 왔지. 단지 그뿐이야. 언제까지고 고리타분한 사고방식에 사로잡혀 있다가는 큰코다칠걸, 아그리에샤 여러분?"

"웃기고 있네. 고리타분한 사고방식에 얽매여 약을 제한하고 있는 주제에."

"뭐든 다 오래됐다고 버리라는 게 아니야. 필요한 건 오래됐어도 소중히 지켜야지. 그걸 모르니 너희는 외적이 아니라 해충인 거다."

남자의 얼굴에서 미소가 사라졌다.

더 이상 싸움을 피할 수 없다는 사실을 안 순간부터 할 일은 정해져 있었다.

"……그러셔? 그럼, 죽어."

신호를 보냄과 동시에 부하들이 약물을 사용했다.

그들은 쾌락과 육체의 변화에 고함을 지르며 무기를 뽑더니, 눈앞에 있는 적에게 짐승처럼 덤벼들었다.

백발의 여자…… 이사나는 소리도 내지 않고 칼집에서 칼을 슬쩍 밀어냈다.

번개가 빠직 소리를 내며 그 도신을 희미하게 비추었다.

그 눈빛에서는 약물로 광화한 적에 대한 두려움을 조금도 찾을 수 없었다.

†

뭔가 온다.

그러한 예감과 동시에 그녀의 눈이 의지와 상관없이 발동되었다.

사실 이 눈은 자신이 제어하고 있는 것이 아니다.

약간 미래의 광경을 비춰준다는 매우 편리한 능력이기는 하지만, 멋대로 발동되어서는 일상생활에 지장이 생긴다. 그런 이유 때문만은 아니지만, 아무튼 평소에는 특수한 마술 각인을 새긴 안대를 사용해 봉인하고 있었다.

꺼림칙하면서도 믿음직한 이 눈은 봉인을 해도 어지간한 천 정도는 문제없이 꿰뚫어 볼 수 있어서, 평상시나 전투시에나 불편하지 않았다.

그리고 전투 도중에 보인 광경에 엘시아의 등줄기가 얼어붙었다.

"자스프!"

소리를 침과 동시에 저지하기 위해 상대에게 공격을 날린다.

하지만 뭔가가 있다는 건 전달할 수 있어도, 어떻게 올지까지 설명할 시간은 없다.

엘시아에게 등을 돌린 지그를 향해 은곤을 휘둘러 제지한다.

하지만 지그는 개의치 않고 자스프를 공격했다.

내지른 곤이 지그의 등을 때렸지만 마력을 주입할 시간도 없었던 데다 상대는 원래부터 전진하려 했던 탓에 결정타가 되지는 않았다.

지그는 등을 맞은 고통을 견디면서 측면에서 날아든 바위창을 몸을 비틀어 피하며, 자스프와의 거리를 좁혔다.

"망할!"

자스프는 접근시키지 않기 위해 사브르에 바람을 둘러 휘둘렀다.

쌍인검으로 막았지만 무리하게 접근한 탓에 완전히 막지 못하고 몸통을 살짝 베였다. 스친 부분을 바람 부여술이 더욱 찢어서 피가 뿜어져 나왔다.

하지만 그럼에도 지그는 멈추지 않고 자스프에게 육박했다.

이 기회를 놓칠 수는 없다.

너무 접근했으니 쌍인검이 아니라 주먹을 겨눈다.

물러나려 하는 자스프의 발을 짓밟고 체중을 실어 머리에 라이트 훅.

파성추와 같은 일격에 방어술을 전개하며 두 팔로 방어한 자스프의 몸이 휘청거렸다.

"컥?!"

의식이 날아갈 듯한 충격이었지만 이를 악물고 버텼다.

이걸 버텨내면 동료가 뒤쪽에서 숨통을 끊어줄 거라 믿고 방어에 전념한다.

이어진 레프트 보디 블로를, 각오를 굳히고 방어하려 했다.

"안 돼, 피해!"

"어?"

엘시아의 충고는 한 발 늦었다.

달칵 소리와 함께 지그의 배틀 글러브가 발동했다.

지근거리에서 발생한 충격파가 장벽을 꿰뚫고 자스프의 몸을 날려버렸다.

방어한 두 팔의 뼈가 부러진 것을 귀가 아니라 몸이 삐걱대는 소리로 알아챘다.

(아아…… 더럽게, 세네…….)

날아가며 까마득히 먼 상대에 대한 칭찬과 질투를 느꼈다. 흐려져 가는 의식 속에서 동료가 필사적인 얼굴로 거한에게 덤벼드는 모습이 보였다.

(우선 한 명.)

적의 방어가 생각보다 튼튼해서 즉사시키지는 못했지만, 이 이상의 전투는 무리일 거다.

부상을 입을 수도 있다고 예상은 했지만 생각보다 애를 먹고 말았다.

"이 자시이익!!"

"큭!"

상대가 번쩍 치켜들고 있던 대검을 발로 회수한 쌍인검으로 막는다.

혼신의 힘이 담긴 대검을 막아내자 딛고 선 지면이 움푹 패였다.

아슬아슬하게 방어한 탓에 자세를 완전히 갖추지 못해, 곧바로 밀쳐낼 수가 없다.

순간, 나머지 한 명이 육박해 왔다.

"크!!"

상대가 소리도 내지 않고 퍼올리듯 일격을 날린다.

턱을 부술 궤도로 날아든 그것을, 목을 비틀어 피한다. 등줄기가 오싹해지는 바람 가르는 소리가 코앞을 통과해 쌍인검을 맞혔다.

대검을 방어하고 있는 도중, 아래에서 곤이 직격함과 동시에 마술이 발동하며 추가로 충격을 가했다. 아무리 튼튼한 푸른 쌍투구벌레의 소재라 해도 한계는 있다.

위아래에서의 충격에 견뎌낸 것은 잠시뿐.

날카로운 소리와 함께 쌍인검의 자루 한가운데가 부러졌다.

"크!"

부러진 순간에 균형이 무너져, 대검이 육박해 왔다.

순간적으로 땅을 박차고 뒤로 물러났지만, 미처 피하지 못한 대검의 칼끝이 옆구리를 세로로 그었다.

"끝이다!!"

"……기어오르지, 마라!"

한 번 더 돌진해 온 타이론을, 부러진 쌍인검을 거꾸로 쥔 채 요격한다.

가로세로로 베인 배에서 피가 나는 데다 가슴에 맞은 강렬한 타격은 확실하게 체력을 앗아가고 있다. 다시 태세를 정비할 여유는 지그에게도 없다. 여기서 끝내야 한다.

베어 올리기를 비틀거리는 듯한 스웨이 동작으로 피하고, 이어진 내려베기를 옆으로 튕겨내고서 한 걸음 돌진한다.

목을 노린 참격을 갑옷 토시로 방어함과 동시에 대검의 도신을 세차게 짓밟았다. 한 손으로 지탱할 수 없게 된 대검의 칼끝이 땅바닥에 처박힌다.

지그는 측면에서 날아든 은곤을 피하며 대검에 올라타, 대검을 든 타이론의 팔을 거꾸로 쥔 쌍검으로 두 번 베었다.

팔꿈치 안쪽, 갑옷의 관절 부위를 노린 공격은 효과적이지만, 자세가 좋지 않은 탓에 충분한 위력을 발휘하지 못했다. 그럼에도 순간적으로 주춤하게 만들기에는 충분했다.

은곤의 일격을 가볍게 도약해 피하고서 두 손에 쥔 검 중 한쪽을 엘시아에게 던지며 타이론의 후방에 착지한다.

"타이론!"

비명과도 같은 엘시아의 목소리에 그가 움직이려 했지만 이미 늦었다.

등을 맞댄 상태에서 남은 검을 옆구리에 대고 몸을 돌리며 찌른다.

중장비인 데다 밀착 상태, 심지어 속도도 실리지 않은 검 정도는 방어술을 풀가동하면 버틸 수 있었을 거다——. 갑옷의 일부가 깨지지 않았다면.

부러진 쌍인검은 다름이 아니라 엘시아가 파괴한 부분을 정확히 찌르고 들어갔다.

붉은 피가 흐르는 푸른 도신이, 천천히 뽑혀 나왔다.

"커흑…… 분하다…… 엘시아 공, 도망치십시오……."

"타이론?!"

비명을 지르듯 소리치는 엘시아의 시선 끝에서 옆구리를 깊이 찔린 타이론이 피를 토하며 무릎을 꿇었다.

이제, 한 명 남았다.

엘시아가 재빨리 주변을 둘러보았다.

상황은 상당히 좋지 않지만 그럼에도 냉정함을 잃지 않은 것은 그녀가 고위 모험가로서 쌓아온 경험 덕분이었다.

(자스프는 의식을 잃었지만, 외상도 적고 생명에 지장이 있을 부상은 아니야. 문제는 타이론…… 출혈이 심해. 그의 회복술로는 얼마 못 버텨……. 바로 의사에게 데려가야 해.)

하지만 눈앞에 있는 남자가 그걸 허락할 것 같지는 않다.

조금 전부터 타이론을 노릴 낌새를 보이며 이쪽을 동요시키려 하고 있다.

어쩌면 의도적으로 저렇게 깊은 부상을 입힌 걸지도 모른다.

마음만 먹었다면 칼을 비틀어, 내장을 헤집어서 치명상을 입힐 시간은 있었던 것 같다.

치명상이지만 목숨을 건질 수 있는 정도의 부상을 입힘으로써 이쪽에게 족쇄를 채워 전력을 깎는다……. 실로 효과적인 방법이다.

(만약 의도적으로 한 거라면…… 정말 교활한 남자야.)

엘시아의 이마에 진땀이 났다.

냉정하게 상황을 분석하면 할수록 선택지가 줄어들었다.

가장 영리한 선택지는 동료를 버리고 도망치는 것이지만, 그게 가능하다면 걱정도 없을 거다.

몇 가지 가능성을 고려한 끝에 엘시아가 결심을 굳히고 입을 열었다.

"대단하네. 솔직히 말해서, 이 정도 실력일 줄은 몰랐어. 마피아가 당신 정도의 인간을 무슨 수로 고용한 거야?"

"……시간벌이인가. 동료가 쓰러졌는데 꽤나 여유가 있군……. 증원이 오길 기다리나?"

무감정하게 내뱉은 지그의 말에 엘시아는 소름이 돋았다.

방금 전 대화만으로 거기까지 꿰뚫어보다니.

얼마나 많은 싸움을 경험했기에.

상대 남자도 자신과 비슷한 눈을 가진 게 아닐까 하는 의문이 떠오를 정도다.

그런 엘시아는 아랑곳 않고 지그는 눈을 가늘게 뜬 채 입을 열었다.

"……내 질문에 답하는 동안이라면, 그 시간벌이에 어울려주도록 하지."

"뭐……?"

너무도 뜻밖의 말을 하는 바람에 무심결에 얼빠진 목소리가 나오고 말았다.

상대를 보니 이쪽에 대한 전의와는 별개로, 흥미진진하다는 눈으로 자신을 바라보고 있었다.

정확히 말하자면, 자신의 이 흉한 눈을.

"그 눈은, 뭐지?"

단적인 질문이다.

섣불리 둘러대거나 이야기를 질질 끌면 즉시 공격할 듯한 자세다.

그녀에게는 달가운 이야깃거리가 아니다. 그럼에도 지금은 아주 조금의 시간이라도 벌어야 한다.

고민할 시간은 없었다.

이쪽이 주저하는 낌새를 보이면, 저 남자는 그 즉시 공격해 올 거다.

"용안(龍眼)…… 그렇게 불려. 발생 원인은 알 수 없지만 유전이 아니라는 건 확실해. 보유자 자체가 상당히 적고, 굳이 공통점을 꼽자면 마력 보유량이 많다는 것 정도랄까."

"호오……."

지그가 흥미롭다는 듯이 듣더니 시선으로 뒷이야기를 재촉했다.

엘시아는 조금이라도 시간을 벌기 위해 자신이 아는 바를 자세히 설명했다.

"아인이나 그 혼혈에게 발현됐다는 보고는 과거에 없었고, 인간에게만 일어나는 특이 현상인데……."

"요점만 말해라. **무엇**이 보이지?"

말하고 싶지 않은 본질을 피해 쓸데없는 이야기로 시간을 벌려 했지만, 지그의 직접적인 질문에 엘시아는 잠시 멈칫할 수밖에 없었다.

하지만 그가 동료에게 시선을 보내기에 어쩔 수 없이 입을 열었다.

"……약간 미래의 광경을 볼 수 있어. 내 의지와 상관없이 강제로."

"제어하고 있는 게 아닌 건가?"

"그래. 그 안대는 그걸 억제하기 위한 거야. 그럼에도 가끔씩 능력이 폭발하지만……."

"……과연. 그때 나에게 쓰려고 했던 마술은 그건가."

지그는 혼자서 납득했다.

어떻게 그걸 알아챈 것이냐고 묻고 싶지만 지금은 뭔가를 물어볼 입장이 아니었다.

(아직인가…… 빨리, 이 남자가 마음을 바꾸기 전에…….)

타이론도 파랗게 질린 얼굴로 회복술을 걸고 있지만, 움직일 수 있게 되려면 시간이 더 걸릴 것 같다.

그 사실을 저 남자가 모를 리가 없다.

"기습을 알아챈 것도, 이쪽의 노림수를 간파한 것도 그것 덕분인가…… 그것 말고는 뭐가 보이지?"

"……그것 말고라니?"

"시치미 떼지 마라. 약간 미래가 보이는 정도로 그 안대를 하는 건 너무 호들갑스러워. 설마 눈의 색이 달라서 박해를 당한 탓이라고 하지는 않겠지?"

확실히 희한한 눈이라 겁을 먹는 사람도 있을지 모른다. 하지만 이 대륙에는 우르바스 같은 비늘 사람을 비롯한 여러 아인들이 있다.

지그는 그들의 파충류의 눈과 엘시아의 용안이 외견상 크게 다르지 않다고 생각했다.

"……."

지그의 지적에 벌레 씹은 듯한 표정을 짓는 것을 보니 예상이 들어맞은 모양이다.

본래는 쉽게 들을 수 있는 이야기가 아닐 거다.

매우 희귀한 눈이라는 이유도 있지만, 강력한 카드를 스스로 공개할 리가 없으니 말이다.

하지만 지금의 상황이라면 동료를 아끼는 그녀는 한 걸음 내디뎌 협박하기만 해도 무거운 입을 열 것이다.

"마음을, 읽을 수 있다…… 그렇게 알려져 있어."

"실제로는 아닌 건가?"

"말로 설명하기는 어렵지만, 맞아……."

엘시아는 내리고 있던 시선을 올려 지그와 눈을 마주쳤다. 마술의 냄새를 맡은 지그가 경계했지만 방해는 하지 않았다.

신비로운 빛이 밝혀진 그 눈이 지그를 정면에서 바라보았다.

"……이 눈에 대한 흥미, 그리고 의뢰인의 안부, 인가? ……의외로 성실하네. 그리고 가장 큰 건…… 검은머리 여성."

"……."

상대가 자아낸 말에 말없이 눈살을 찌푸린 후, 알지 못하게 조용히 경계를 강화했다.

거꾸로 든 부러진 쌍인검을 빙글 돌려 똑바로 고쳐 쥐고서 중심을 낮춘다.

"이 정도가 한계야. 그 순간 상대의 머리를 메우고 있는 것이 조금 보이는 정도지. 마음을 읽는 건 무리고."

"……상대의 비밀까지는 안 보이는 건가?"

만약 자신들의 사정까지 들여다볼 수 있다면.

만에 하나라도 그녀의 정체를 폭로해, 위해를 가할지도 모르는 존재가 된다면――.

미래가 보인다 해도 대처하지 못할 정도의 연격을 박아 넣기 위해 조용히 호흡을 가다듬었다.

좋아, 괜찮다. 언제든 죽일 수 있다.

한 걸음이면 칼이 닿을 거리에 엘시아를 둔 채 그녀의 말을 기다렸다.

"예를 들어 가게의 돈을 탕진하거나, 이중장부를 만들거나, 사기를 치거나. 이 경우는 근본적으로 전부 돈 문제지? 그렇다면 내게는 돈밖에 안 보여. 그래서 당신의 머릿속을 들여다봤을 때 보이는 건 내 눈과 마피아 여자애와 검은머리 여성뿐이야."

"흠……."

지그는 상대의 행동을 꼼꼼히 관찰했다.

원래 보는 눈이 있는 편은 아니라, 거짓말을 하고 있는지 어떤지를 판단하기는 어려웠다.

하지만 만약 시어서의 정체와 자신이 이대륙에서 왔다는 사실을 알아챘다면 적지 않게 태도에 티가 났을 거다.

상대가 흔해 빠진 모험가라면 처리해버렸겠지만, 하나같이 3등급들이다. 2등급인 이사나에 비하면 한 수 아래이기는 해도 충분히 고위 모험가라 할 수 있다. 되도록 죽이는 건 피하고 싶었다.

(정말이지 골치 아프군.)

혀를 차고 싶은 마음을 억누르며 엘시아를 관찰한다.

태도에 부자연스러운 점은 없고, 연신 동료의 상태와 이쪽의 빈틈을 살피고 있을 뿐이다.

거짓말은, 안 한 것 같다.

(아마도…….)

지그가 끝까지 이대로 죽이지 않고 놔줄 경우와 3등급을 처리할 경우의 위험성을 저울질하던 중, 그 짧은 시간 동안 상황이 움직였다.

"시간이 다 됐나."

"뭐? ……잠깐?!"

지그가 중얼거린 말을 듣고 되물으려던 순간, 용안이 엘시아의 뜻과 무관하게 발동해 그녀에게 약간 미래의 광경을 보여주었다.

그 광경을 보고 놀랄 겨를도 없이 순간적으로 움직였다.

지그는 남아 있던 검을 타이론에게 던짐과 동시에 달려 나갔다.

그 미래를 알고 있던 엘시아가 빠르게 날아가는 그것을 곤으로 떨궈냈다.

그러는 동안 거리를 좁힌 지그가 머리를 향해 상단 돌려차기를 날린다.

머리를 노린 그것은 고개를 숙여 피한 엘시아의 은발 머리를 몇 가닥 흩어놓는 데서 그쳤다.

하지만 지그의 발차기는 거기서 끝이 아니었다.

발차기를 한 발로 중심을 옮겨서 기세를 살려 뒤돌려차기를 날린다.

포탄과도 같은 발차기를 횡으로 세운 곤으로 받아냈다.

"커헉."

팔의 힘만으로는 받아낼 수가 없어 뒤로 도약했다.

그럼에도 죽이지 못한 충격은 법의에 마력을 주입해서 버텨낸다.

(비무장 상태의 체술로도 이 정도 전투력이라니!)

그 발차기의 무게에 혀를 내둘렀다.

"하지만 맨손은 너무 무모하지 않아?!"

물고 늘어지는 지그의 턱을 향해 카운터 어택으로 곤을 날린다.

아무리 지그의 체격이 좋아도 무기와 맨손의 사거리 차이는 메우기 어렵다.

물리적으로 그의 팔다리가 엘시아에게 닿기 전에 곤이 맞게끔 되어 있다.

——지그의 목표가 엘시아일 경우에는.

"그렇게까지 대책이 없지는 않지!"

"뭐?!"

지그는 급제동을 하더니 아슬아슬하게 몸을 비틀어 곤을 회피. 그대로 몸을 회전시켜 상단 뒤돌려차기를 날렸다. 그러고는 무릎 뒤쪽으로 눈앞에 있는 곤을 잡아채, 차올린 발을 내리며 나머지 한쪽 발 사이에 끼워 다릿심으로 곤을 강제로 빼앗았다.

당연히 엘시아도 저항했지만 애초에 힘으로는 상대가 안 되는 데다, 팔의 힘과 다릿심의 싸움이라 조건이 압도적으로 불리한 탓에 당해낼 수가 없었다.

무기를 빼앗은 지그가 곤을 빙글 돌려서 자세를 취했다.

"역시 긴 무기가 편하군."

그립감을 확인하듯 손을 움직인다.

너무도 중량감이 없어서 불안하기는 했지만, 이래봬도 지그의 쌍인검을 막아낸 무기였다.

마술은 못 써도 강도로 따졌을 때 이만큼 믿을만한 것도 없을 것이다.

"큭……!"

무기를 빼앗긴 엘시아는 더 이상 냉정함을 유지할 수가 없었다.

이제 농락당하다 죽는 일만 남았기 때문이다.

어떻게든 동료만이라도 살릴 방법이 없을까 생각했지만, 현재 상황을 타개할 방법은 떠오르지 않았다.

지그는 초조함조차 감추지 못하게 된 엘시아를 보고 웃으며 말했다.

"그렇게 비관하지 마라. 몸을 아끼지 않은 너의 시간벌이는 헛되지 않았으니까."

지그의 말과 동시에 여러 명의 발소리가 들려왔다.

발소리는 상당히 빨랐고, 금속이 스치는 소리를 통해 무장했다는 걸 알 수 있었다.

(왔구나……!)

증원군이 도착했다는 사실에 저절로 기쁜 표정이 떠올랐다.

동시에 눈을 노출한 상태라는 게 떠올라 허둥지둥 안대를 찾았지만, 난전을 벌인 탓에 주변에는 보이지 않았다.

(아아아큰일이야…… 멋 좀 부리겠다고 내던지는 게 아니었는데!)

그런 엘시아의 앞에 눈에 익은 은곤이 다가왔다.

"이걸 찾나?"

자세히 보니 그 끝에는 자신이 하고 있던 안대가 걸려 있었다.

"고, 고마워……."

당황하면서도 받아들어 모래를 털고서 허겁지겁 안대를 했다.

그 모습을 곁눈질하며 지그는 발길을 돌려서 달려 나갔다.

엘시아가 당황해서 그를 불러 세우려 했다.

"아, 잠깐만!"

"미안하지만 이건 가져간다. 무기 변상비로 쓰도록 하지. 목숨을 건진 것도 감지덕지인 줄 알아."

그는 이쪽이 뭐라고 할 새도 없이 그렇게 말하더니 은곤을 들고 달려 나갔다.

그 등을 향해 몇 가닥이나 되는 빛이 날아들었다.

마력으로 강화된 화살과 공격마술이다.

눈 깜짝할 새에 속사를 했음에도 조준은 정확했다.

후방에서 날아든 공격이 맞기 직전, 지그가 몸을 날렸다.

땅을 박차고 벽을 박차, 눈 깜짝할 새에 한참 올려다봐야 할 정도의 고도에 도달해 추가 공격의 사선에서 벗어나 보였다.

하지만 사수도 만만치 않아서 슬라이딩으로 급제동을 하며 한쪽 무릎을 꿇은 사격 자세로 이행. 공중에 있는 지그를 향해 혼신의 힘을 담은 화살을 날렸다.

화살이 빛을 내뿜으며 날아든다.

공중에 있어서는 피할 수 없는 그것을 지그는 몸을 비틀며 곤으로 떨궈냈다.

화살과 은곤이 부딪혀 눈부신 빛이 골목길을 비추었다.

그 빛 속에서 지그와 사수의 눈이 마주쳤다.

놀란 사수의 표정을 시야 끄트머리로 확인하며 착지한 후, 지그는 속도를 높여 그 자리를 떴다.

추가 공격은, 없었다.

†

떠나가는 뒷모습을 멍하니 배웅했다.

그러는 동안 좀 전에 지그에게 화살을 쏜 자들이 달려왔다.

"엘시아 씨! 무사하십니까?!"

도착한 것은 앨런 일행이었다.

그들은 방심하지 않고 주변을 경계하며 엘시아를 보호하듯이 둘러쌌다.

마술에 능한 리스티와 마르트는 타이론 일행을 치료하기 시작했다.

"일어설 수 있겠어요?"

"나는 괜찮아…… 타이론과 자스프를 부탁해."

눈 때문에 피곤하기는 하지만, 엘시아 본인은 치명적인 공격을 맞지 않았다.
앨런은 비틀거리면서도 혼자서 일어서는 엘시아를 보고 문제 없을 거라 판단했다.
"알겠습니다. 라일, 그쪽을 부탁해."
"알았어."
주변에 적이 없는지 확인한 후, 라일은 치유 중인 타이론의 상태를 확인했다. 옆구리에 난 상처는 깊어서 본래는 좀 더 아물 때까지 움직여서는 안 될 상태였다.
하지만 아직 위협이 사라졌다고 확신할 수 있는 상황이 아닌 데다, 느긋하게 있을 수도 없었다.
라일과 마르트가 둘을 부축해 천천히 일으켜 세웠다.
"리스티, 먼저 가 줘."
"알았어."
그렇게 부탁하는 라일의 목소리가 전에 없이 딱딱하다. 그의 이마에는 식은땀이 흥건했다.
(말도 안 돼…… 3등급 파티를 괴멸시킬 정도의 적이 있을 거란 소린 없었잖아.)
애초에 승급 직후에 평가치를 벌기 위해 위험하지도 않고 보수도 적은 조사 의뢰를 받은 것이었다.
그런데 뚜껑을 열어보니 3등급 중에서도 손꼽히는 실력자들이 땅을 기고 있는 것이 아닌가.
수지가 안 맞는다는 말로도 부족한 상황이다.
라일은 마피아가 이만한 전력을 보유했다는 이야기를 들은 적이 없었다.

머릿수로 밀어붙여 쓰러뜨린 것이라면 차라리 이해가 됐을 거다.

하지만 전투의 흔적이나 발자국으로 미루어 그리 인원수가 많았던 것 같지는 않다.

“전투용 약물을 사용했다고는 해도 결국은 마피아…… 그렇게 생각했었는데 말이지.”

위험도도 인식도 대폭 수정해야만 할 것 같다.

최악의 경우에는 평가치가 떨어질 걸 각오하고 포기하는 것도 염두에 둬야 할지도 모른다.

승급을 앞둔 상태에서의 의뢰 포기는 매우 뼈아프기는 하지만, 목숨에 비할 바는 아니다.

“나 원, 재수도 없지.”

그럼에도 욕지거리가 나오는 것을 참지 못하고 앞을 보니, 리스티가 뭔가 생각을 하는 듯 보였다.

경계를 게을리 하고 있지는 않았지만 그녀치고는 보기 드문 일이다.

“왜 그래, 리스티?”

“……아니, 나중에 얘기할게.”

뭔가 있는지 말을 걸자 고개를 가로저으며 걸어 나갔다.

라일은 그 모습에서 위화감을 느꼈지만, 그녀의 말대로 지금은 이곳을 벗어나는 게 우선이다.

앨런 일행은 애써 의문을 거두며 그 자리를 뒤로했다.

마녀와 용병

WITCH AND MERCENARY

(4장)── 초록은 동색

아그리에샤의 아지트.

어두워지기 시작한 그곳에 수없이 많은 불꽃과 빛이 터졌다가 사라졌다.

바자르타와 아그리에샤의 구성원들이 고함을 지르며 충돌해, 곳곳에 피가 흐르고 있었다. 마피아간의 항쟁, 그 최전선에 서 있는 것은 이사나 일행이었다.

"하아!"

비취색 번개를 흩뿌리며 휘두른 카타나가 날아드는 마술과 화살을 떨쳐내더니, 그 빈틈을 누비듯 끼어든 곡도까지 받아냈다.

손목을 틀어 칼날을 비껴내고 옆으로 흘려보내더니 다시 칼날을 돌려 상대에게 덤벼든다.

날카로운 반격에 마카르는 허둥지둥 회피하여 거리를 벌렸다.

"아아! 망할!! 뭐 이렇게 되는 일이 없어어?!"

"나리, 입 말고 손을 움직이라고!"

"너나 재깍재깍 엄호해라, 자이코프!"

"왜 나한테 화풀이야!"

곡도를 든 마카르에 자이코프라 불린 대궁을 든 남자.

말싸움을 하면서도 두 사람의 연계는 훌륭해서, 이사나는 마음껏 치고 나갈 수가 없었다.

참고로 어떻게 한 것인지, 지그가 베어냈던 팔은 붙어 있었다.

(둘 중 하나가 상대였다면 얼마든지 요리할 수 있었을 텐데…….)

힘만 믿고 덤벼든 마카르와 맞댔던 칼을 옆으로 비껴낸 후, 칼머리로 상대의 배를 강하게 찔렀다.

주춤한 상대에게 날카로운 역사선베기를 선사한다.

마카르는 백스텝으로 거리를 벌렸지만 완전히 피하지 못해 배에서 가슴까지 베여, 적지 않은 양의 피를 흘렸다.

추가 공격에 나서려던 순간, 자이코프가 화살을 날려 어쩔 수 없이 걸음을 멈추고 대처한다.

그러는 사이 마카르의 상처는 아물기 시작했다.

(뭐야, 저 회복력은…… 약물이란 게 이렇게 위험한 물건이었어? 길드와 마피아가 혈안이 될 만도 하네.)

체력 소모를 노리고 상처를 내도 금방 재생하고 말았다.

상대는 힘도 속도도 상당한 수준이지만, 기술적으로는 힘에 의존하고 있는 데다 상당히 거칠다. 하지만 그 구멍을 메우고도 남음이 있는 재생력이 매우 성가셨다.

일격에 처치하고 싶어도 빈틈이 생기면 나머지 한 명이 메워서 단칼에 목을 치기가 어려웠다.

(내키지는 않지만, 발을 묶어두는 역할에 충실하도록 할까. 기회는 반드시 올 거야.)

다행히도 저 둘이 이 중에서 가장 실력자인 듯했다.

실력이 있는 녀석이 한 명 더 있었지만, 그 녀석은 슈오우가 상대하고 있다. 그 밖에는 숫자는 많아도 약물로 강화한 오합지졸이다. 달인이라 할 정도는 아니지만 진수우·야의 정예가 질 리가 없다.

바자르타의 마피아들도 다대일의 상황을 만들어 수적으로 열세인 진수우·야가 포위되지 않도록 보조하고 있다.

믿었던 정예는 밀리고 있고, 비장의 카드인 약물도 통하지 않자 바자르타와의 싸움의 추세는 거의 기울어가고 있었다.

"……젠장, 못 해먹겠네. 이런 놈들이 있다는 소린 없었잖아!"

패색이 짙어지자 일부 구성원들이 도망치려 했지만, 새로운 적이 그 앞을 가로막았다.

퇴로가 막히자 마피아는 될 대로 되라는 듯이 칼을 빼들고 돌격했다.

"여어, 어딜 가시려고? 이제 막 재미있어지려는 참인데!"

푸른 도신을 지닌 단검으로 칼을 떨쳐내더니 카운터 어택으로 하이킥을 적중시켰다.

힘은 약해도 원심력이 실린 딱딱한 부츠로 머리를 걷어차면 타격이 있을 수밖에 없었다.

덜컥 힘이 풀린 무릎을 후려 자빠뜨리자 남자 부하들이 숨통을 끊었다.

"나한테 손을 대려 한 대가는 치르셔야지!"

아그리에샤의 퇴로를 완전히 틀어막은 것은 뒤늦게 달려온 카티아 일행이었다. 열세에 몰린 아그리에샤 진영이 비명을 지르듯 소리쳤다.

"망하알! 로라이드 상회 이 쓰레기들은 어디서 뭘 하는 거야!!"

"내가 알아?! 연락책인 모험가 놈들한테 전언을 부탁했는데……

왜 안 오는 건데?!"

†

한편, 그 무렵.

로라이드 상회는 혼란에 빠져 있었다.

시어셔와 린디아의 감시를 알아챈 것까지는 좋았지만, 눈에 띄는 장비도 없는 여자 두 명이라고 얕보고 섣불리 움직인 것이 문제였으리라. 또한, 그들은 하나같이 머리만 땅 위로 내놓은 상태로 의식을 잃은 상태였다.

그리고 상대측이 먼저 손을 댔다는 핑계로 시어셔 일행은 로라이드 상회로 직접 쳐들어갔다.

"이 상회는 무슨 무기를 이렇게 많이 숨겨놨어?!"

"죽어라아!"

리디아가 핏발 선 눈으로 덤벼든 남자의 칼을 흘려내고, 방패로 측면을 때려 날려버렸다. 죽지 않을 만큼 힘 조절은 했지만 상당히 세게 때렸다. 하지만 남자는 이가 부러졌음에도 불구하고 계속해서 덤벼들었다.

"잠깐?! 심지어 쓸데없이 튼튼하잖아!"

애를 먹는 린디아의 옆에서 덤벼든 다른 상대가 흙팔에 맞고 날아가, 상품 선반을 요란하게 쓰러뜨렸다.

"어쩐지 이런 사람들을 전에도 본 것 같은데요."

시어셔는 부러진 팔이 역재생한 듯 고쳐지는 모습을 보고 고개를 갸웃했다.

"이런 경우가 흔한 걸까요."

"아니야! 뭐야, 저 재생력은…… 아무리 봐도 정상적인 마법약이 아니야. 역시 이 상회는 완전 속이 시꺼맸어!"

린디아가 한손검으로 상대의 무기를 옭아매고 바람 마술을 배에 맞혀 날려버렸다.

"그럼 새빨갛게 만들어주죠."

"그것도 안 돼!"

소란이 일어났단 소식을 들은 헌병이 달려와, 시어셔 일행까지 한꺼번에 제압할 때까지 그 소동은 계속되었다.

†

아그리에샤 진영은 서서히 줄어들었다. 시간이 지날수록 바자르타 측이 유리해지고 있는 상황이다.

상대도 그 사실을 아는지, 서둘러 결판을 내려 했다.

그걸 이용하면 승리할 수 있다.

이사나는 냉정하게 그때가 오기를 기다렸다.

"젠장, 젠장, 젠자앙!!"

마카르르가 솟구치는 충동을 곡도에 실어 눈앞에 내려쳤다.

하지만 아무리 공격을 해도 포렴을 때린 듯한 허탈감만이 손에 느껴졌다.

(어제 그놈도 그렇고, 왜 이런 것들이 불쑥불쑥 튀어나오냐고!)

입으로도 속으로도 욕지거리를 하며 칼을 휘둘렀지만, 상대에게 맞을 낌새조차 없었다.

빈틈을 봐서 바람 칼날을 날려도 옷소매를 베는 게 고작이다.

힘으로 밀어붙여도 흘려보내는 데다, 기술도, 믿었던 속도마저도 한 수 위인 상대에게 대처하는 법을 마카르는 알지 못했다.

약으로 고양되어 있었던 전능감이 급격히 옅어지고, 그 대신 짜증이 치밀어 올랐다.

"이거, 위험한데에."

절호의 타이밍에 날린 화살이 세 번 막히자 자이코프가 혼잣말을 했다.

마카르는 분명 강자다.

약물을 쓰지 않아도 일국의 기사조차 농락할 정도고, 대장급이 상대라도 혼자서 막상막하로 겨룰 정도는 된다.

그런 마카르를 이 여자는 마치 어린애처럼 다루고 있다.

눈앞에 있는 백발 여자뿐 아니라 그 부하들도 고수인지, 약물로 광화한 말단들을 무난하게 처리하고 있다.

마피아의 항쟁답지 않은 그 세련된 움직임은 그들의 본거지에서도 그리 쉽게 찾아볼 수 없다.

(이민족 따위라고 우습게 봤더니 터무니없는 게 나왔구만. 그보다 놀라운 건 고참 마피아가 그런 놈들과 손을 잡았다는 거지만…… 사갈(蛇蝎) 반노, 소문 이상의 수완가인 모양이야.)

전투가 격화되어 피보라가 튀는 이 상황에서도 반노는 능글맞은 미소를 띠고 있을 뿐이었다.

주변의 부하들이 하나둘씩 쓰러지는 것을 곁눈질하며, 자이코프는 혀를 차면서 도망칠 궁리를 하기 시작했다.

"나리! 그만하고 튀자!"

"……윽!!"

이렇게 무시를 당했는데 튀자니!

마카르는 그렇게 소리치고 싶었지만 아주 조금 남아있던 그의 냉정한 부분이 그 격정을 가까스로 억눌렀다.

핏발 선 눈으로 이사나를 노려보며 입술이 찢어지도록 깨물었다.

우연히 근처에 있던 부하를 잡아당겨 이사나를 향해 억지로 내던지고서 발걸음을 돌려 달려 나간다.

자이코프도 화살을 쏘며 뒤로 물러나기 시작했다.

"…………스읍."

왔다. 지금이 기회다.

이사나는 육박하는 적과 화살을 개의치 않고 카타나를 칼집에 넣고서 한숨을 내쉬었다.

신경을 몸의 강화에 집중시켜, 멀어지는 적과 자신의 거리를 정확하게 파악한다.

눈 깜짝할 새에 무시무시한 마력이 모여들어 그녀의 머리카락이 두둥실 떠오르더니, 눈이 비취 구슬 같은 빛을 내뿜었다.

찰나, 번개가 내달렸다.

극한까지 끌어올린 신체능력과 보법이 이사나의 몸을 화살처럼 튕겨낸다.

주변에 있던 인간들도 전혀 포착하지 못할 정도의 속도로 발사된 이사나가 마카르를 향해 똑바로 날아간다.

정면으로 다가오던 아그리에샤의 마피아와 화살을, 칼을 뽑는 것조차 보이지 않을 만큼 빠른 일격으로 가르고도 속도를 늦추지 않고 돌진한다.

"나리이!!"

"뭐야?!"

자이코프의 고함을 들은 마카르가 번갯불을 동반하고 접근하는 이사나의 존재를 알아챘다.

하지만 너무 늦었다.

설령 제때 움직였어도 결과는 그리 달라지지 않았겠지만.

다시금 칼집에 들어 있던 카타나가 음속을 능가하는 속도로 발사되었다.

뽑혀 나온 카타나는 비취빛 번개를 띤 채 고속으로 육박해, 마카르가 순간적으로 내민 곡도를 버터처럼 베고 날려 버렸다.

그러고도 기세는 수그러들지 않았다. 발도한 상태로 몸을 1회전시켜 다시금 역사선 올려베기.

반사적으로 몸을 방어한 마카르의 두 팔이 아무런 저항도 못하고 허공에 떠올랐다. 너무도 빠른 참격에 피조차도 한 박자 늦게 뿜어져 나왔다.

그야말로 속수무책이라 해야 할 상황이 펼쳐지자 마카르의 눈에 약기운으로도 덮을 수 없는 공포심이 떠올랐다.

이사나는 끝까지 휘두른 카타나를 물 흐르듯 자연스럽게 놀려 대상단 자세를 취했다.

"하앗!!"

날카로운 기합성과 함께 내려친 카타나는 단말마의 비명을 지를 여유도 주지 않고 마카르를 정수리부터 사타구니까지 일도양단했다.

번개의 강화술을 추진력 삼은 전자 발도술.

비취빛 번개를 두른 카타나의 3연격이 남긴 아름다운 궤적을, 양측 진영 모두가 싸우던 걸 멈추고 숨죽인 채 지켜보았다.

피를 털어내고 동작을 추스름과 동시에 둘로 갈라진 마카르의 시체가 피와 내장을 흩뿌리며 쓰러졌다.

그 얼굴은 공포로 뒤덮여 있었지만, 그가 공포를 느낄 일은 두 번 다시 없을 거다.

"큭!"

시체가 쓰러지는 소리를 듣고 가장 먼저 정신을 차린 자이코프는 품안에서 구체 마구를 꺼내 바닥에 내던졌다.

둔탁한 소리와 함께 구슬이 터진 순간, 검은 연기가 피어올라 그의 몸을 감춰버렸다.

"젠장, 요즘 세상에 연막탄이라니! 아무나 바람 좀 일으켜라!!"

연기의 규모도 작아서, 마술로 돌풍을 일으키자 그 연기는 곧장 걷히고 말았다.

하지만 자이코프는 잠시 동안만 시야를 차단할 수 있으면 그걸로 충분했다.

연기가 걷히고 난 자리에는 그의 대궁만이 남아있을 뿐이었다.

"어찌어찌 될 것 같군……."

카티아는 경계 상태로 주변을 둘러보며 그렇게 중얼거렸다.

전황은 이미 이쪽으로 크게 기울어졌다. 협공을 당한 아그리에샤는 전방과 후방에 대처하느라 여념이 없어 뜻대로 움직이지 못하고 있다.

게다가 진수우·야에서 불러온 지원군을 필두로 한가락 하는 바자르타의 조직원들이 전면에 나서서 적을 제압하고 있다. 약물에 의한 재생력과 신체능력 향상은 분명 성가시다. 하지만 아무리 비상식적인 힘을 발휘한다 해도 결국은 인간. 힘도 생명력도 강력한 마수에는 못 미친다.

그렇게 생각하고 보니 이성을 놓아버린 인간의 위협도는 기껏해야 저급 마수 수준이었다. 마카르나 자이코프처럼 원래부터 강한 인간이 사용하면 이성도 그럭저럭 남는 듯하지만.

——도구란 휘두르는 것이지, 휘둘려서는 안 되는 거다. 너희는 위험한 장난감을 집어 들고 좋아라고 쓰고 있는 애새끼와 다를 게 없어.

(과연…… 이런 뜻이었나.)

이전에 지그가 마카르에게 했던 말의 의미가 이해되었다. 그는 도발하기 위해서가 아니라 정말로 생각했던 바를 입 밖에 낸 것뿐이었다.

적의 주력인 마카르가 쓰러지고 나머지 한 명이 도망쳤으니 승패는 정해졌다고 할 수 있다.

카티아는 이마에 배어난 땀을 훔친 후, 긴장을 조금 가라앉히려다가 생각을 바꿨다.

"……이런, 안 되지. 전에 이렇게 방심했다가 한 방 먹었던 걸 잊을 뻔했어."

이전에 약물 사용자와 싸웠을 때 뼈아픈 실수를 했던 것이 떠올라 느슨해지려던 긴장의 끈을 졸라맸다.

그것이 그녀의 목숨을 구했다.

"윽?!"

시야 가장자리에서 위화감.

그렇게 생각했을 때는 이미 몸이 움직이고 있었다. 순간적으로 물러선 카티아의 눈앞에서 몇 센티미터 떨어진 지점을 대거가 가로질렀다.

표적을 맞추지 못한 검디검은 대거는 근처에 있던 호위 마피아에게 박혔다.

"끄악!"

그가 비명을 지르며 팔을 부여잡았다.

그렇다, 팔. 대거의 궤도는 목이 아니라 팔을 노리고 있었다.

죽이는 게 목적이 아닌 것이다.

"아가씨, 물러나십시오!!"

그런 생각을 하는 카티아를, 이변을 알아챈 부하가 감싸듯이 앞으로 나섰다.

무언가가 그들을 향해 돌진해 온다.

마술을 쓴 것인지, 검은 안개 같은 무언가는 가까스로 사람의 형태를 띠고 있다는 걸 알 수 있을 뿐이었다.

대거를 던진 것으로 보이는 습격자는 이쪽의 호위를 겁내지 않고 돌진했다.

――빨라.

"이 자식…… 끄악?!"

"크아악!"

검은 안개는 눈 깜짝할 새에 거리를 좁히더니 동료의 공격을 피해, 답례라도 하듯 반격을 날렸다.

안개는 피를 흘리며 땅바닥을 뒹구는 그들을 밟고 넘어 카티아에게 육박한다.

"……흐, 아압!"

물러나기에는 늦었다고 판단한 카티아가 허리에서 단도를 뽑아 휘둘렀다.

안개는 그걸 받아내더니 강제로 밀고 들어왔다.

"크윽……!!"

필사적으로 거기에 저항하고 있자, 갑자기 안개가 사라졌다.

창금강을 사용한 단도가 상대의 마술에 닿아 제어가 흐트러진 것이다.

"애쓰네에. 하지만 나도 필사적이거든!!"

"너는……!"

지근거리에서 여유 없는 미소를 지어보이며 그렇게 말한 것은, 좀 전에 도망친 줄 알았던 자이코프였다.

†

(망할. 나리까지 당하다니…… 위에 뭐라고 보고하면 좋지.)

카티아가 습격당하기 직전, 마카르가 살해당한 그 장소에서 도망친 자이코프는 항쟁 중인 인파를 누비며 달리고 있었다.

비장의 수단인 기만의 마술로 인해 흐리멍덩한 안개처럼 보이는 그는 혼란을 틈타 모습을 감추었던 것이다.

물론 무언가가 지나갔다는 사실은 알아챘겠지만, 전투 중인 탓에 즉각적으로 대응하지는 못했다.

그러나 자이코프는 아직 자신이 궁지에서 완전히 벗어났다고는 생각지 않았다.

(위력 정찰을 겸한 세력 확장의 발판을 만드는 데 실패…… 심지어 간부 둘을 잃고 아무런 성과도 없이 뻔뻔하게 도망쳐 돌아간다면, 지위는 둘째 치고 모가지 걱정을 해야 할 텐데에.)

그런 사태만은 피해야만 한다.

뭔가, 뭔가 없을까.

자신의 실패를 조금이라도 만회할 무언가가.

(……찾았다.)

그렇게 주변을 둘러보던 자이코프의 눈에 카티아가 들어왔다.

반노와는 별개로 항쟁을 지휘하고 있는 그녀는 바자르타에서도 중요 인물임에도 주변에는 쓸 만한 호위가 없었다.

마피아 중에서는 그럭저럭 실력이 있는 편이겠지만, 자이코프에게는 대단한 상대가 아니다.

하늘에서 뚝 떨어진 기회에 자이코프의 입가가 일그러졌다.

아직 행운의 여신이 나를 버리진 않았구나.

저걸 선물로 들고 가면 실패를 없었던 일로 하지는 못하겠지만 만회할 기회 정도는 줄 거다.

잘만 써먹으면 큰 가치를 지닌 교섭 재료가 될지도 모른다.

(내가 조직에서 살아남으려면 그 방법밖에 없어어.)

조직에서 빠져나올 생각은 전혀 없다.

이제 와서 빠져나와 봐야 앞날이야 뻔한 데다, 애초에 아그리에샤는 배신을 용납할 만큼 미적지근한 조직이 아니다. 아무리 도망쳐도 찾아내서 피의 제재를 가할 거다.

자이코프는 빈틈을 살피며 대거를 뽑아, 카티아를 향해 달려나갔다.

마비독을 바른 대거를, 팔을 향해 투척한다.

하지만 놀랍게도 표적은 그걸 알아채고 회피해냈다.

의외로 감이 좋다.

그대로 안고 도망칠 생각이었지만 예정 변경이다. 훼방꾼을 물리치고 강제로 끌고 가야겠다.

이변을 알아챈 바자르타의 호위가 길을 막았지만, 늦었다.

하품이 나올 것만 같은 속도의 공격을 피하고 다리를 벤다.
숨통을 끊을 여유는 없다. 지금은 움직이지 못하게 만들기만 하면 충분하다.
장해물이라고도 할 수 없는 그것을 밟고 넘어서 손을 뻗는다.
"흐압!"
목표가 기특하게도 저항을 했다.
의외로 날카로운 참격에 놀랐지만, 그게 다다. 받아내고서 힘을 써서 억지로 밀어붙인다.
(오?)
어째서인지 기만의 마술이 해제되고 말았다.
이상하다는 생각에 상대를 보니, 손에 든 단도가 푸른빛을 띠고 있었다.
창금강제 단도라니, 돈이 썩어나나. 하지만 아무리 성능 좋은 무기를 가지고 있어도 그걸 다루는 게 계집아이면 돼지 목에 진주목걸이다.
자이코프가 완력으로 밀어붙이려 하자 카티아는 이를 악 물고 필사적으로 버텼다.
"애쓰네에. 하지만 나도 필사적이거든!!"
"너는!"
기만의 마술이 풀려서 자이코프의 얼굴을 본 카티아가 그 목적을 알아챘다.
조금 전에 날아든 대거는 역시 빗나간 게 아니라 이쪽의 움직임을 봉쇄하기 위한 것이었던 모양이다.

"어디서 감히!!"

자신이 붙잡히면 조직에 얼마나 큰 불이익이 발생할지 모른다.

언제든지 잘라버릴 수 있는 말단이라면 그나마 괜찮을 거다. 하지만 자신을 위해서라면 조직이…… **아버지**가 가만히 있지 않을 거다.

발목을 잡기는 싫다. 주변에 있던 동료들은 자이코프의 칼을 맞고 쓰러졌지만, 조금만 시간을 벌면 동료가 달려와 줄 거다.

하지만 서글프게도, 두 사람 사이에는 각오만으로는 메울 수 없는 실력 차이가 있었다.

"그만 좀, 포기하라고!"

"우와악?! 크흑……."

자이코프가 맞물려 있던 대거를 힘껏 쳐올렸다.

막아내는 게 고작이었던 카티아는 거기에 대응하지 못해 두 팔이 들려 올라가고 말았다.

텅 빈 몸통에 자이코프의 발차기가 꽂혔다.

위장이 뒤집어진 듯한 착각에 빠진 채 뒤로 굴러갔다.

"윽……."

구역질이 치미는 것을 필사적으로 참으며 곧장 일어났다.

복부가 뜨겁다. 단 일격에 몸이 비명을 지르고 있다는 게 느껴진다.

하지만 그럼에도 지금 붙잡힐 수는 없다.

걷어차여 날아가면서도 놓지 않았던 단도를 떨리는 손으로 붙든 채 자세를 취하고자 앞을 보았다.

"……아."

그녀의 눈앞에, 이미 힘껏 휘두른 대거가 육박해 있었다.

"미안하지만 저항했으니 팔 한쪽은 베어버린다?"

살아있기만 하면 충분히 교섭 재료로 써먹을 수 있으니까.

그렇게 말하듯이 자이코프의 입가가 일그러져 있었다.

선언한 대로, 대거는 왼쪽 어깻죽지를 똑바로 내려쳐 가를 궤도로 날아들고 있었다.

몸이 반응하지 않는다.

그럼에도 시선만은 피하지 않고자 자이코프를, 흉악한 칼날을 노려보았다.

그래서, 놓치지 않았다.

"——호오, 마음이 잘 맞는군. 나도 그렇게 하려던 참인데."

대거가 카티아의 팔을 베어내기 직전, 그러한 말과 함께 측면에서 뻗어 나온 손이 대거를 쥔 자이코프의 손을 잡았다. 검디검은 대거의 칼끝이 카티아의 어깻죽지에 닿기는 했지만, 그 앞으로는 한치도 들어가지 못했다.

굵직한 손은 자이코프의 힘과 속도가 실린 내려베기를, 한 손으로 멈추더니 꿈쩍도 안 했다.

뿐만 아니라 반대 방향으로 되돌아가기 시작했다.

"어? ……으끄아아아아아아아아아아악!!!!"

팔은 치켜들었을 때의 위치까지 되돌아가서도 멈추지 않고, 그대로 관절의 가동 영역을 무시하고 한 바퀴를 돌았다.

당연히 팔은 그런 각도까지 구부러지도록 되어 있지 않다. 뼈가 부러지는 것도 무시하고 회전시킨 팔은 우두우둑 파멸적인 소리를 냈고, 곧이어 살과 근섬유가 찢어지는 드득드득 소리가 섞이기 시작했다.

한 박자 늦게 자이코프의 심상치 않은 비명소리가 울려 퍼졌다.

너무도 처절한 절규에 주변 사람들의 시선이 일시적으로 집중되었고, 그들 모두가 놀란 나머지 움직임을 멈췄다.

도망친 줄 알았던 자이코프가 있다는 사실에?

아니.

자신들의 중요 인물이 습격당했다는 사실에?

그것도 아니다.

"아아아아악! 팔, 팔이이이이이익?!"

지그는 한 바퀴 돌린 자이코프의 팔을 강제로 잡아 뜯었다.

쥐어짠 걸레처럼 뒤틀린 어깻죽지에서 기다란 섬유 같은 것이 뭉텅이로 딸려 나왔다.

비틀려 끊어지며 혈관이 꼬였는지, 의외로 피의 양은 그렇게까지 많지 않았다.

그럼에도 구멍 난 양동이처럼 피가 퓨욱~ 하고 튀어 지그의 뺨을 적셨다.

꼭 어린애가 벌레의 다리를 잡아 뜯는 모습 같다.

조금 전 이사나가 절기(絕技)를 선보였을 때와는 완전히 다른 이유로 그들은 움직임을 멈추고 말았다.

고요해진 장중에 자이코프의 절규가 계속해서 울려 퍼졌다.

"시끄럽다."

지근거리에서 들려오는 비명에 얼굴을 찌푸린 지그가 막 뜯어낸 자이코프의 오른팔을 휘둘렀다.

말끔한 동작으로 휘두른 팔은 피로 된 궤적을 그리며, 상처를 부여잡고 비명을 지르던 자이코프의 머리에 직격.

의식을 잃은 그는 그대로 피웅덩이에 쓰러졌다.

눈앞에 닥쳤던 위기에서 벗어나고 나자 카티아의 긴장의 실이 끊어졌다.

떨리고 있던 무릎을 꿇고 거친 숨을 내뱉었다.

식은땀이 뺨을 타고 흐르는 걸로 미루어, 상당히 아슬아슬했던 모양이다.

"늦어서 미안하다."

그렇게 말하며 지그가 손을 내밀었다.

카티아는 아직 못 일어날 것 같아, 땅바닥에 주저앉은 채 손을 흔들어 그걸 거절했다.

"됐어. 혼자 먼저 가기로 한 건 나니까. 당신은 맡은 일을 충분히 잘 해줬어."

당초에 지그에게 맡겼던 역할을 생각하면 오히려 계약 범위를 초과했다고 할 수 있으리라.

자기 뜻대로 움직일 수 있는 편리한 호위 정도로 생각하고 고용한 것이지만, 좋은 의미로나 나쁜 의미로나 그가 미친 영향은

켰다.

향후의 일을 포함해서 생각해야 할 것은 많지만, 지그가 있으면 신변의 안전은 보장된 거나 다름이 없다고 봐도 될 거다.

그렇게 생각할 만큼, 카티아는 지그를 신뢰하고 있었다.

그 사실을 이해하자마자 약삭빠르게도 무릎이 떨리던 것이 멈췄다. 몸은 솔직하구만, 따위의 아저씨들이나 할 법한 생각을 하며 몸을 일으키자 지그가 들고 있는 팔이 눈에 들어왔다.

조금 전까지 자신을 궁지로 몰며 위협을 가하던 팔. 지금은 애수마저 느껴…… 아니, 그냥 징그러울 뿐이었다.

"이봐, 그 팔은 언제까지 들고 있을 거야?"

"……막 뜯어낸 참이다만."

"아니, 뭔 소린지도 모르겠고 무서워. 원래 있던 데 돌려놓고 와."

넌더리가 난다는 얼굴로 카티아가 말하기에 지그는 쓰러진 자이코프를 쳐다보았다.

그는 의식을 잃은 상태였지만 괴로워 보이는 얼굴로 아무것도 없는 오른쪽 어깨 근처를 왼손으로 더듬고 있었다.

지그는 살며시 그 손에 오른팔을 쥐어주었다.

자이코프의 왼손은 사라진 오른손과 마치 연인처럼 손깍지를 끼더니, 절대 놓지 않겠다는 듯이 꽉 움켜쥐었다. 그러자 괴로워 보이던 그의 표정이 다소 편해진 듯했다.

지그는 그 광경을 보고 만족스럽게 고개를 끄덕였다.

카티아와 응급조치를 하던 마피아들은 식겁했다.

"아~…… 그보다 생각보다 빨리 왔네. 그 셋을 어떻게 뿌리친 거야?"

"목적지가 있는 방향을 들킨 탓에 도망치기는 어려워 보여서. 철수를 선택하게 할 만큼의 손해를 입혔다."

그렇게 말하며 지그가 은곤을 내보였다.

자세히 보니 그 자신도 상처투성이라 격전을 펼쳤다는 걸 짐작할 수 있었다.

피가 나는 복부는 응급조치만 해둔 것인지, 바지 윗부분까지 젖어 있다. 또한 지혈은 됐지만 오늘 구입한 방어구를 걸치고 있지 않은 데다 옷도 요란하게 찢어진 상태였다.

"나보다 훨씬 중상이잖아. 누구 손이 비는 녀석………… 아니, 잠깐만."

손이 비어 있는 듯한 부하를 불러 치료시키려던 순간, 흘려들을 수 없는 말을 들은 것 같아 멈칫했다.

잘못 들은 게 아니다. 지그는 뿌리친 게 아니라 손해를 입혔다고 했다.

"설마, 이긴 거야? 그 셋을?"

"증원이 와서 꼬리를 말고 도망친 걸 승리라고 할 수 있다면 말이지. ……모처럼 가슴 갑옷을 사줬는데 벌써 부숴 먹었군."

지그는 다소 거북한 듯이 시선을 피하며 대꾸했다.

"……후후…… 하하핫! 그렇단 말이지?!"

전과를 자랑하기 보다는 경비나 장비에 대한 걱정이 우선인 것이 카티아의 웃음주머니를 건드린 모양이다.

한참동안 웃은 후, 기합을 넣고 일어나 주변을 둘러보았다.

항쟁은 끝을 맞이하고 있었다. 아그리에샤의 구성원들은 대부분 붙잡히거나 살해당했다.

카티아를 발견한 알바노가 다가왔다.

"아가씨, 무사해서 다행입니다."

"수고 많았다, 알바. 상황은?"

"사상자, 중상자가 열 명입니다."

"그래……."

사망자가 나왔다는 이야기에 카티아가 눈을 가늘게 떴다. 마피아 일을 하고 있으니 사망자가 나온 정도로 난리를 피우지는 않는다. 하지만 식구를 지키지 못한 것은 자신의 힘이 부족했기 때문이다.

카티아는 말없이 죽은 이들에게 그렇게 사과했다.

몇 초 동안 묵도한 후, 고개를 들어 지시를 내린다.

"알바, 아그리에샤의 간부를 생포했다. 죽지 않도록 치료해서 반노에게 넘겨."

"알겠습니다. ……엘리오는 어쩔까요."

"그게 누군데? 우리 애들 중 배신자는…… 아니, 그놈은 애초에 아그리에샤 측 인간이었어…… 단지 그뿐이야."

"……네."

알바노는 부하를 불러 지시를 내렸다.

자이코프가 그들에게 끌려간다.

편히 죽기는 글렀다는 말로는 부족할 정도의 일을 당할 그를 지그가 배웅했다.

하지만 그 또한 녀석이 선택한 삶이다.

자신도 잘못된 선택을 하면 녀석과 그리 큰 차이가 없는 최후를 맞게 될 거다.

남은 일은 뒷수습 정도다. 도시를 침략하려던 적대 조직은 물리쳤다.

앞으로 또 아그리에샤가 손을 대려 할지 어떨지는 모르겠지만, 수법을 알아냈으니 그때는 대책도 충분히 세울 수 있을 거다.

이번에는 마피아측의 불찰도 있어서 길드를 의지할 수 없었지만, 다음에는 모험가들을 전면에 내세울 수 있다.

확실히 그 약물은 위험하고 아그리에샤에도 강자가 있다는 사실도 알게 됐다.

그러나 고위 모험가라면 대응할 수 있다.

직접적인 폭력을 길드가 막고, 약의 전파는 마피아가 눈을 번뜩이며 감시하고 있으면 이 도시를 손에 넣기는 어려울 것이다.

(과연. 이게 이 도시의 방어 기구인가.)

마피아는 필요악이라는 헛소리를 할 생각은 없다.

그들은 명실상부한 악당이고 일반 시민들에게는 해악 그 자체다.

그러나 그들이 없으면 무리 짓지 않는 자잘한 악당들이 무수히 많이 솟아날 거다.

종류도 숫자도 풍부한, 자잘한 악당들은 무질서하고 무규칙해서 대처하는 데 많은 노력과 시간이 걸린다.

그렇게 될 바에는 대처의 노하우가 있고, 연대 의식과 체면을 챙길 줄 아는 마피아가 그나마 나은 것이다. 이번 경우처럼 외적을 박멸하는 데에도 도움이 되고 말이다.

지그는 지시를 내리는 카티아의 뒤에 서서 만일의 사태에 대비해 주변을 경계했다.

그러자 마찬가지로 지시를 내리고 있던 반노가 다가왔다.

"이야아, 어찌어찌 정리가 됐군요, 아가씨."

"네가 칸타렐라의 그 너구리 같은 영감을 설득해준 덕이지. 뒤처리는 녀석들에게 맡기면 되는 거지?"

"그 정도는 맡겨드려야 저쪽의 체면이 서지요."

그렇게 말하며 반노는 큭큭 웃었다.

영양가 있는 부분은 취하고 귀찮은 뒤처리를 상대의 체면을 챙겨준다는 핑계로 떠맡기는 그 수완은 믿음직하면서도 무시무시했다.

"그쪽도 수고 많았어, 진수우·야의 달인. 잘 봤어. 실력이 대단하던데."

"고마워."

노고를 치하하는 반노의 말에 백발 여검사, 이사나가 가볍게 대꾸했다.

카티아는 그 시선이 지그에게 향하고 있는 것을 알아챘다.

용병과 진수우·야는 무슨 관계일까 싶어서 어깨 너머로 물어보았다.

"아는 사이야?"

"……모험가들 사이에서는 유명인이니까, 저 여자는. 내 의뢰인이 신세를 진 적도 있고."

"아아, 그러고 보니 평소엔 모험가를 호위하고 있다고 했었지?"

너무 깊이 캐물으면 난감해지겠지만, 이사나의 태도 때문에 모르는 척하기가 어려웠다.

그래서 무난하게 둘러댔다.

두 사람의 대화를 듣고 있던 이사나가 어이없다는 듯이 한숨을 내쉬었다.

"이번에는 마피아를 호위하는 거야? 당신도 정말 줏대가 없네……."

(이봐.)

하지만 이런 부류의 대화에 익숙지 않은 이사나가 경솔한 소리를 하고 말았다.

카티아는 그나마 괜찮지만, 방심할 수 없는 인물이 이 자리에 한 명 있는데도.

"호오! 평소에도 여러 곳에서 의뢰가 오는 모양이군요오……. 좀 전에도 봤지만 상당히 실력이 좋으신 모양입니다?"

반노가 신이 나서 물고 늘어졌다.

자신이 실언을 했다는 걸 알아챈 이사나의 표정이 굳어졌지만, 이미 늦었다.

그는 평소처럼 능글맞은 미소를 띤 채 지그를 샅샅이 관찰했다.

"그나저나 이사나 양한테까지 줏대 없다는 소리를 듣다니, 대체 또 어디서 의뢰를 받으셨기에 그러시는지……."

"그쪽은?"

지그는 애써 평소와 같은 목소리로 되물었다.

심리전에 능한 편은 아니다.

반노처럼 속고 속이는 싸움에 능한 인간에게 통할 것 같지는 않지만, 그럼에도 일단은 시치미를 때보았다.

"이거 실례. 나는 반노라는 사람입니다. 이번 약물 소동에서 바자르타의 지휘를 맡고 있지요."

그렇게 말하며 공손히 고개를 숙여 보였다.

얼핏 보면 저자세인 듯하지만, 이쪽의 모든 동작을 통해 정보를 얻으려 하고 있다는 게 느껴졌다. 매우 성가신 타입이다.

고개를 든 반노가 "그래서"하고 말을 이었다.

"이사나 양과도 면식이 있는 데다 꽤나 발이 넓으신 듯한데……혹, 진수우·야의 의뢰도 받으신 적이?"

반노가 두른 분위기가 바뀌었다.

정보를 캐내려는 낌새가 보다 강해져, 말투는 온화한 데도 마치 심문을 당하고 있는 듯한 착각이 들 정도다.

딱히 화술이 뛰어나지 않았어도 평범한 인간이라면 그것만으로 빌미를 내주고 말 것이다.

"……글쎄. 설령 받았다 해도 의뢰인에 관해서 떠벌리고 다니는 건 주의에 반하는 일이라서."

하지만 지그는 평범한 인간이 아니다.

설전을 벌이는 데 능하지 않을지는 몰라도, 아무리 압박을 받아도 그의 표정은 무너지지 않았다.

"아~ 이거이거 실례했습니다. 확실히 우리 쪽도 이번 일이 바

끝에 알려지면 좋지 않으니까요. 입이 무거운 사람은 대환영입니다."

역시 노련하시구만.

그는 그런 뜻을 담아 의미심장한 눈으로 이쪽을 쳐다보았다.

"……그렇겠지. 이런 류의 일은 대부분 그러니까."

어찌어찌 얼버무렸나.

그렇게 생각한 지그가 속으로 안도의 한숨을 내쉬었다. 하지만 그렇게 긴장이 풀어진 한 순간을 반노는 놓치지 않았다.

"그나저나 놀라지 않으시는 군요오…… 우리와 진수우·야가 손을 잡았는데도."

"윽……."

(당했다.)

이 도시의 인간들에게 진수우·야와 마피아의 사이가 나쁘다는 것은 유명한 이야기다. 과거에 대규모 항쟁을 일으킨 적도 있다. 그런 양측이 손을 잡은 듯한 광경을 보고도 아무런 위화감을 느끼지 않는 것은 이상하다.

목소리에도, 표정에도 동요한 낌새를 내비치지 않았다. 하지만 아주 약간 답변이 늦어졌다.

반노와 같은 남자에게는 그것만으로 충분했을 것이다.

"오호라아…… 여러모로 아귀가 맞는군요오."

"……칫."

히죽히죽 웃는 그 얼굴이 더더욱 능글맞아 보였다.

혀를 차는 지그의 시야 끄트머리에서 이사나가 미안한 듯한 얼굴로 이쪽을 바라보고 있는 게 보였다.

지금까지 지그는 꼬투리 잡힐 만한 일을 거의 하지 않았다.

반노도 지그를 의심하면서도 거기까지 도달하지는 못했건만, 이사나와 아는 사이라는 사실이 점과 점을 연결하는 결과로 이어진 것이다.

(역시 전문가는 못 당하겠군.)

속으로 변명을 하듯 중얼거리며 한숨을 내쉬었다. 반노의 감은 예상보다 날카로웠다.

속고 속이는 게 일상인 세계에서 사는 남자를 너무 얕봤던 것 같다.

이런 상대는 증거가 없어도 추측해서 사실을 짚어내고야 만다는 것을 분명 알고 있었건만.

"듣자하니, 그쪽은 어떤 의뢰든 받는다지요?"

"……나라나 헌병에게 쫓길 만한 일이 아니라면."

한숨을 내쉬며 어깨를 으쓱했다.

상대가 알아챘는데 무표정으로 일관하는 것도 바보 같은 짓이다.

지그는 용병으로서 많은 이들을 죽여 왔지만 범죄 행위로 처벌받을 만한 일을 한 적은 의외로 별로 없었다. 물론 들키지만 않는다면 다소 지저분한 수단을 선택할 때도 있지만, 기본적인 행동 방침 중 악당으로 분류될 만한 것은 없었다.

이는 그의 선성(善性)이나 윤리관에 따른 것이 아니라 용병단의 방침이 그러했던 데다, 전직 군인이었던 스승의 가르침이 좋았기 때문이다.

"호오호오. 요컨대 경우에 따라서는 우리 마피아와 치고받는 것도 불사하겠다…… 그런 뜻입니까?"

반노가 옅은 미소를 띤 채 도발을 했다. 거기에는 당사자인 마피아들을 앞에 두고 어떤 반응을 할지를 확인하려는 의도가 깔려 있다. 여기서 타협할지 침묵할지에 따라 마피아 측의 대응도 달라질 거다.

시험할 의도로 던진 짓궂은 질문이다.

"그래."

즉답이었다.

주변이 마피아 천지인 이 상황에서 망설임 없이 그렇게 말을 내뱉었다. 카티아가 입을 헤벌렸고, 이사나는 어이가 없다는 듯 이마에 손을 얹었다.

주변의 반응에도 개의치 않고 반노는 흥, 하고 콧방귀를 뀌었다.

긍정하리라는 것은 예상했다. 이토록 실력 있는 전사가 프리랜서인 게 더 희한한 일이라 놀랍지도 않았다. 문제는 어느 세력 아래에 있는가 하는 것인데. 반노가 조사를 해도 그것까지는 알아낼 수가 없었다.

"호오, 그것참 대단하구만. 우리를 상대로 그렇게까지 단언할 수 있다니, 형씨의 뒤에는 누가 버티고 있지?"

반노는 몇몇 후보 세력을 떠올리며 가슴 주머니를 뒤져 엽궐련을 입에 물었다.

(칸타렐라, 길드, 아니면 더 성가신 교회인가?)

애용하는 시가 커터를 꺼내 끄트머리가 뭉개지지 않도록 단숨에——.

"없다."

주륵. 말로 표현하자면 그런 소리를 내며 엽궐련의 끄트머리가 찌부러졌다.

비스듬하게 미끄러진 날이 어정쩡하게 엽궐련을 잘라, 잎을 감싸고 있는 래퍼(Wrapper)까지 느슨해지고 말았다. 이렇게 되고 나면 수습이 안 된다. 저렴하지 않은 엽궐련 한 대가 못 쓰게 되고 말았다.

하지만 그런 건 아무래도 좋다.

방금 이 남자가 뭐라고 했지?

"……잘못 들은 걸지도 모르겠지만, 확인 좀 하지. 방금, 없다고 했나?"

"그랬다."

"……그래? 내 귀가 고장나기라도 했나 싶었는데, 안심이군."

이 녀석은 바보인가?

반노는 그렇게 말하고 싶은 마음을 기합으로 억눌렀다.

이 상황에서 입을 다물어봐야 얻을 수 있는 건 거의 없다. 구체적으로 밝히지 않고 넌지시 말하기만 해도 되는 것이다.

뒤를 흘끔 쳐다 보며 눈짓으로 물었지만 백뢰희도 고개를 가로저었다.

……진수우·야, 혹은 그와 비슷한 세력도 아닌 모양이다.

못 쓰게 된 엽궐련을 버리며 머리를 긁적였다. 만약 정말 어디에도 속하지 않았다면 자살 희망자로 볼 수밖에 없다.

진짜 바보를 상대하는 건 골치 아픈 일이다.

반노는 단숨에 어깨가 무거워진 것을 느끼며 탄식했다.

"……하하하, 대단한 형씨구만. 이야, 정말이지 이 상황에서 그렇게까지 말할 수 있는 녀석은 흔치 않거든."

반노는 무미건조한 웃음소리를 냈다. 하지만 그 눈은 웃고 있지 않았다.

주변에 있던 마피아들도 끼어들지는 않았지만, 뒤처리를 하며 귀를 곤두세우고 주의를 기울이고 있었다.

"과연, 확실히 우리 애들로 형씨를 상대하는 건 살짝 무리가 있겠어. 그런데 형씨. 세상은 넓다고. 뛰는 놈 위에는 나는 놈이 널렸고. 우리랑 한바탕 벌인다는 건 진수우·야의 달인들도 나선다는 뜻인데? 그 부분은 똑바로 이해하고서 말하는 건가?"

그렇게 말하며 등 뒤에 있는 이사나를 턱짓으로 가리켰다.

진수우·야에서도 손꼽히는 달인, 백뢰희라는 이명으로 불리는 이사나가 그 말에 답했다.

"아, 나는 빼 줘."

"……네?"

무료하게 칼자루를 쓰다듬고 있던 손을 들며 그렇게 말한 것이다.

너무도 가볍고, 너무나도 이해가 안 되는 행동이다.

반노의 허용 한계를 넘어선 그 한마디는 그의 동작을 일시적으로 정지시켰다.

하지만 그 또한 마피아의 간부. 곧장 마음을 다잡고 관자놀이

에 손을 대고서 두통을 참는 듯한 표정으로 이사나에게 고개를 돌렸다. 입꼬리가 움찔거리는 것으로 미루어 완전히 회복한 것 같지는 않은 듯했지만.

"이봐, 이사나 양. 우리는 동맹 관계야. 우리가 그쪽의 기반을 다져주는 대신, 그쪽이 무력을 빌려주기로 했을 텐데…… 이번처럼 말이야."

"그래, 맞아."

"그런데 지인이라는 이유로 싸우기를 거부해서는, 동맹이 성립되지 않는다고. 이 녀석과 싸우기를 거부한다는 건, **그런 뜻**인 걸로 알아도 되는 거겠지?"

그들에게도 체면이 있다. 규정을 일방적으로 어긴 상대를 봐줄 만큼 바자르타의 체면은 가볍지 않다.

"그야 당연히 가능한 범위에서 협력은 해야지. 너무 터무니없는 요청이 아니라면 말이야."

"이 남자와 싸우는 게, 그런 경우란 말인가?"

거의 협박이라도 하듯 날카로운 시선을 보냈다.

그 시선을 받으면서도 이사나는 새침한 얼굴로 고개를 가로저었다.

"그런 게 아니야. ……죽으라는 말에 순순히 따를 정도의 동맹 관계는 아니라는 뜻일 뿐이지."

반노는 그 말에 눈이 휘둥그레졌다.

진수우·야의 달인이…… 수적으로나, 조직력으로나 압도적으로 우위에 있을 터인 자신들조차도 불가침 방침을 선택할 수밖에 없게 한 요인인 무인이, 지그와 싸우라는 말은 죽으라는 소리와 같다고 한 것이다.

"……그건 무슨 농담 같은 건가?"

"농담으로 이런 소리를 할 만큼, 내 칼에 자부심이 없지는 않거든?"

(그렇겠지.)

그들이 얼마나 완고한지는 반노가 가장 잘 알았다. 거짓말일 가능성은 낮다.

……선뜻 믿기지는 않지만, 아무래도 이 거한은 이사나조차도 정면으로 붙기가 꺼려질 정도의 고수인 모양이다.

"할 말은 그뿐인가?"

"……그래. 우리 쪽에서 의뢰를 하게 되면, 잘 좀 부탁하지."

"의뢰라면 환영이다."

협박이 통하지 않는 이를 상대로 지금 당장 자신이 할 수 있는 일은 없다.

그렇게 생각하며 떨떠름한 마음을 억눌렀다.

이야기가 끝난 것을 확인한 카티아가 지그에게 가볍게 고개를 숙였다.

아무래도 의뢰는 끝난 모양이다. 기간은 5일로 정했었지만, 위협이 사라졌으니 필요 없을 것이다.

"여러모로 신세 많이 졌어. 골치 아픈 일도 정리됐으니, 호위는 이만 됐어. 물론 돈은 전액 지불하지."

"이쪽도 돈 씀씀이가 좋은 의뢰인이라 일하기 편했다."

앞으로의 뒤처리가 힘들겠지만, 호위가 필요한 사태는 벗어났다는 뜻이리라.

당초 예상했던 마피아 호위 의뢰에 비해 꽤나 요란하게 전투를 치르기는 했지만.

"좀 전에 모험가들과 붙었던 것까지 쳐서 보수에 보너스를 얹어줄 테니 안심해. 나중에 망가진 장비에 대한 비용도 추가로 보낼게."

"고맙다…… 정말로."

사전 계약 내용에 장비 보전비도 포함시켜둬서 정말 다행이다.

힘들게 일해도 매번 새 무기를 사느라 탕진한다면 손해도 그런 손해가 없을 것이다.

카티아는 저만한 실력을 지닌 남자가 장비값 이야기에 안도의 한숨을 내쉬는 모습을 보고 웃음을 터뜨리고 말았다.

"그럼 또 보자고. 부디 지그와는 적대하는 일이 없기를 기도하겠어."

지그는 그 말에 답하지 않고 입꼬리만 움직여 웃어 보인 후, 발걸음을 돌렸다.

그리고 부상을 입었다는 게 전혀 믿기지 않는 힘찬 발걸음으로 마피아들의 한복판을 가로질러, 골목길로 사라졌다.

그냥 보내도 되겠냐고 눈빛으로 묻는 부하들을 반노가 손으로 제지하며 말했다.

"관둬라. 지금은 그보다 해야 할 일이 있잖냐. ……아그리에샤

간부가 의식을 되찾는 대로 족쳐라. 무슨 수를 써도 좋으니 죄다 불게 해. 우리 구역에 손을 댄 썩을 놈들한테 시체도 보내주고. ……착불로 말이야."

†

저녁이 지난 시각, 번화가 가장자리에 위치한 작은 진료소.

엘시아 일행은 규모는 작지만 명의가 있는 곳으로 은근히 유명한 장소로 동료들을 옮겼다. 본래는 진작 닫았을 시간이지만 드레아라는 의사는 싫은 표정 한 번 짓지 않고 진찰해 주었다.

"선생님, 동료들은 괜찮나요?"

대기실에서 안절부절 못하며 어슬렁거리고 있던 엘시아는 수술실에서 나온 드레아에게 바짝 다가서며 물었다.

그는 사람 좋아 보이는 얼굴로 대범하게 고개를 끄덕이더니 마음이 푹 놓이는 미소를 지어 보였다.

이런 세심한 배려도 인기가 있는 원인 중 하나일 것이다.

"응, 괜찮아. 두 사람 모두 생명에는 지장 없어. 커다란 환자는 출혈이 심했지만, 상처가 아주 깔끔해서 치료도 어렵지 않았지. 그 정도면 후유증도 없이 말끔하게 나을 거야."

"다행이다……."

괜찮다는 말을 듣고서야 엘시아는 가슴을 쓸어내렸다. 어지간히도 걱정을 했는지 다리가 풀린 듯 주저앉고 말았다.

드레아는 진료 기록을 들여다본 채 푸짐한 몸으로 깊은 신음을 흘리며 말했다.

“이 상처는, 사람에게 당한 거지? 헌병을 부르는 게 좋을까?”

“아뇨, 조금 사정이 있어서요. 일과 관련된 거라…….”

“그래? 그렇다면 억지로 묻지는 않을게.”

드레아의 배려에 말없이 고개를 숙였다.

이야기가 끝나기를 기다리고 있었는지, 대기실 구석에 있던 앨런 일행이 말을 걸어왔다.

“엘시아 씨, 잠시 시간 좀 내주시겠습니까?”

“앨런 군, 왜 그래?”

타이론 일행을 이곳으로 옮겨온 앨런도 환자의 상태를 확인할 때까지 곁에 있어주었다.

그리고 수술을 하는 동안 앨런은 리스티에게 어떠한 보고를 받고, 그걸 확인하기 위해 기다리고 있었던 모양이다.

“동료 중 한 명이 본 모양인데, 엘시아 씨가 싸웠던 건…… 혹시 이전에 수색을 부탁드렸던 것과 같은 인물입니까?”

“맞아. 분명 지그라고 했던가?”

그러고 보니 이전에 앨런 일행에게 의문의 인물에게 도움을 받았으니 찾아달라는 부탁을 받았던 게 기억났다.

그때는 결국 그게 문제가 아니게 되고 말았지만.

예상했던 답이 돌아오자 앨런은 눈살을 찌푸렸다.

과거의 은인이 마피아와 함께였다는 사실을 받아들이기가 어려운 것이리라.

“역시…… 그는 어째서 마피아와 함께 있었죠?”

"모르겠어. 우리가 조사한 결과, 그 거한이 약물을 사용하고 있을 가능성이 높은 것 같아 접촉한 건데……."

"지그는 그런 녀석이 아닙니다."

이야기 도중에 앨런이 엘시아의 말을 가로막았다. 예의 바른 그 치고는 드문 반응에, 엘시아는 안대 안쪽에서 눈을 깜박거렸다.

(아니, 그런 소릴 한들…… 그것과는 다른 약 같은 건 분명히 썼는데…….)

확실히 지금 문제가 되고 있는 약물과는 많이 다른 듯했지만.

주사기도 사용하지 않은 데다 애초에 약물 같은 걸 사용하지 않은 상태로도 그 남자의 힘은 터무니없었다.

엘시아는 잠시 생각한 후, 말을 골라서 입을 열었다.

"……확실히 조사 중이던 약물은 쓰지 않았지. 그러고 보니 그 마피아 여자애를 보호하고 있는 것처럼 보이기도 했고."

"과연, 호위 임무였군요. 확실히 지그라면 마피아의 호위 의뢰 정도는 아무렇지 않게 받아들일 것 같네요……."

앨런은 혼자서 납득했다.

마피아의 호위 의뢰를 망설임 없이 받아들이는 인간에게도 문제는 있는 것 같은데. 어울릴 사람을 좀 가리는 게 좋지 않을까.

그러고 있던 앨런은 갑자기 고개를 들더니 진지한 표정으로 말을 이었다.

"엘시아 씨는 이번 일을 길드에 어떻게 보고하실 생각입니까?"

"말은 정확하게 해. 그 남자를 어떻게 길드에 보고할지, 그게 궁금한 거잖아?"

"……."

무언의 긍정.

이쪽의 보고 방향에 따라서는 지그를 길드의 요주의인물로 지정하는 것도 가능하다.

아니, 본래는 그렇게 하는 것이 맞다. 의뢰를 받았다고는 해도 모험가와도 정면으로 적대하는 남자를 그냥 방치할 수는 없는 일이다.

실제로 자신의 동료는 그로 인해 치명상을 입지 않았는가.

안대에 가려진 엘시아의 눈에서 시선을 뗀 앨런이 생각을 하듯 침묵했다.

순간, 그의 생각 중 일부가 엘시아의 눈에 보였다.

익숙한 용안의 폭주다. 그래서 앨런이 지금부터 무슨 말을 할지도 어느 정도 예상이 되었다.

"몇 가지 질문을 해도 되겠습니까?"

"어떤 질문?"

생각을 멈추고 그의 말에 귀를 기울인다.

"지그가 먼저 손을 댔습니까?"

"……아니, 이쪽이 먼저였어."

과연, 그런 방향으로 나오는구나. 앨런은 올곧은 인간이지만, 결코 세상 물정을 모르지는 않다. 교섭을 성공적으로 진행하기 위해 슬쩍 허를 찌르기도 했고, 엘시아도 그런 면을 높이 평가했다.

"저쪽에서 먼저 도발을 했나요?"

"아니."

"마지막으로 실례되는 질문을 하자면…… 당신이 살아있는 건 실력 덕분입니까?"

"…………아니."

한숨과 함께 내뱉은 답변에는 여러 가지 감정이 뒤섞여 있어서, 그녀 본인도 정확히 규정할 수가 없었다.

하지만 앨런의 말은 옳았다.

조사를 한다는 명목으로 강압적으로 심문을 한 것은 이쪽이었다. 상대의 해명도 듣지 않고 먼저 손을 댄 것도 이쪽이다. 그리고 진 것도 이쪽이다.

적극적으로 죽일 생각은 없었지만, 죽어도 상관없다 생각하고 싸웠다.

그런데, 살아있다.

그 남자는 언제든 죽일 수 있었을 거다.

용안에 관한 이야기가 시간벌이라는 걸 알면서도 그에 응했다.

마지막 교전에서 이쪽의 무기를 빼앗은 후에도 죽이기는커녕 안대를 찾는 걸 도와주었다.

'상처가 아주 깔끔해서 치료도 어렵지 않았지.'

더불어 좀 전에 드레아의 진료 결과도 그러했다.

역시 타이론을 찔렀을 때는 힘 조절을 했던 것이다. 이쪽의 움직임을 제한하기 위한 것이기는 했지만.

대체 얼마나 많이 봐준 것일까?

방어구는 방어술식조차 새겨져 있지 않은 싸구려. 무기도 튼튼하기만 할뿐 아무런 특수 효과도 없었다.

……뭔가 생각할수록 화가 나네.

(그 남자, 나를 너무 얕본 거 아니야?)

"……그 사람 말로는 머지않아 약물 관련 사건이 정리될 거래. 그 남자가 길드의 적인지 아닌지는 그 조사가 끝나고 나서 판단해도 늦지 않을지도 모르겠어."

정신을 차려보니 그렇게 지껄이고 있었다.

동료를 다치게 한 것에 대한 분노는 당연히 있다. 하지만 그런 감정만으로 모든 것을 단정하기에, 그 남자의 움직임에는 이해가 안 되는 점이 너무 많았다.

성실한 앨런이 이렇게까지 물고 늘어지는 것도 신경 쓰인다. 일단은 그의 얼굴을 봐서 상황을 지켜보는 것도 나쁘지 않을지 모른다.

"감사합니다."

그는 고개 숙여 감사 인사를 했다.

"……뭔가 엿들은 것 같아 미안하지만, 지그 군이란 게 혹시 그 희한한 무기를 가진 사람을 말하는 건가?"

떠날 타이밍을 놓쳐서 우연히 이야기를 듣고 만 드레아가 겸연쩍은 얼굴로 머리를 벅벅 긁으며 내뱉은 말에 두 사람이 돌아보았다.

"어, 드레아 선생님도 지그를 아세요?"

"환자로서 아는 거지만. 와다츠미의 모험가를 감싸다 큰 부상을 입고 실려 왔지. 그때도 일이 어쩌니저쩌니 하기에, 정말 열심히도 일하는구나 싶었는데."

"그 녀석, 여기저기 얽힌 곳도 많네……."

"……대체 뭐지, 그 녀석은?"

앨런이 반쯤 어이가 없다는 투로 흘린 말을 듣고 나자, 엘시아는 더더욱 지그의 인물상을 파악하기가 어려워져서 골치가 아파왔다.

†

지그가 애용하는 대장간, 에르네스타 공방.

사람이 많아 붐비는 저녁 무렵의 시간대에는 점원과 장인이 모두 분주했다. 일을 마치고 돌아가는 길에 정비와 수리를 맡겼던 장비를 가지러 오는 모험가들이 빈번하게 들락거려서, 점원들도 그들에게 대응하느라 여념이 없다.

"……."

평소 같았으면 피했을 시간대를 일부러 선택한 지그는 그 혼잡스러운 분위기에 숨어들듯 움직였다. 발소리를 최소한으로 줄이고, 되도록 기척을 죽인 채 스르륵 물 흐르듯 자연스럽게 가게 안으로 들어간다.

커다란 덩치와 달리 그 움직임은 매끄럽고 재빨랐다.

중심을 교묘하게 움직여 인파 사이를 누비듯이 움직여 안쪽으로 들어가, 마침 손이 비어 있던 점원에게 말을 붙였다.

안면을 튼 셰스카가 아니라 처음 대화하는 점원이다……. 아닌 게 아니라 일부러 고른 것이었지만.

“지금 괜찮나?”

“어서 오십시오, 손님. 오늘은 어떤 용건으로 오셨나요?”

점원은 지그의 덩치를 보고 잠깐 놀랐지만, 금방 영업용 미소를 지은 채 대응했다.

“방어구를 보여줬으면 하는데.”

“네. ……저기, 혹시 지그 님이신가요?”

“……이전에 만났던가?”

갑자기 이름을 말하기에 기억을 뒤져보았지만 그녀의 얼굴은 떠오르지 않았다.

그녀는 입가에 손을 대고 키득키득 웃었다.

“아뇨, 셰스카에게 들었거든요. 그렇군요, 당신이 그…….”

‘그’라는 게 무슨 뜻일까.

아무래도 소문이 난 모양이지만 자세히 묻지는 않는 게 좋겠다.

“셰스카를 불러올까요?”

“……아니, 그럴 필요는 없어. 바빠 보이는데, 번거롭게 할 수는 없지.”

“——혹시, 장비를 망가뜨리셨나요?”

점원의 지적에 지그의 움직임이 한순간 멈췄다. 대충 찍어서 말해본 것뿐이었던 점원이 그 반응에 어머나, 하고 웃었다.

난감하게 됐다며 어깨를 으쓱한 후, 지그는 단념하고 항복 포즈를 취해 보였다.

"정말로 듣던 그대로의 분이신 것 같네요. 참고로 언제 구입한 건지 물어도 될까요?"

"……오늘. 부서져서 오늘 샀고, 오늘 다시 부숴 먹었지. 그렇다 보니 겸연쩍군."

"그것참……."

너무도 파격적인 속도에 점원은 살짝 식겁했다. '여러 의미에서 좋은 손님'이라는 셰스카의 말이 너무도 잘 이해됐다.

그녀는 이 손님이 마음에 든 모양이었는데, 이번에는 자신이 대응해보는 것도 재미있을 것 같다. 그렇게 생각한 점원…… 마이아가 안쪽에서 바쁘게 일하고 있는 셰스카에게 속으로 사과를 했다.

그런 그녀의 속마음도 모른 채, 마음을 다잡은 지그가 용건을 꺼냈다.

"……뭐, 방어구는 둘째 치고. 무기도 부러져서 부탁하고 싶은데, 쌍인검…… 양검은 있나?"

"재고를 확인해볼 테니 잠시 기다려주십시오."

(양검이라…… 희한한 무기를 찾으시네.)

재고 일람표를 확인해 봤지만 해당 무기는 보이지 않았다.

언뜻 기억나는 바가 있어서 지난달 재고표를 확인해 보니, 딱 두 개 있던 재고가 둘 다 팔려버린 뒤였다.

그럼 제조 예정은 어떨까 하고 봤더니, 생산 일정은커녕 다른 점포에서의 주문 리스트를 봐도 전혀 찾을 수가 없었다.

"죄송합니다. 확인해 보니 양검은 재고, 생산, 납입 예정 모두 없습니다.”

“그런가…… 난감하게 됐군.”

“만약 괜찮으시다면 본점의 장인과 교섭해 보시겠어요? 주문 제작이라 다소 가격은 비싸지겠지만, 우선적으로 제작해드릴 수도 있습니다. 추가 요금에 따른 신속 제작 코스도 있어요.”

그렇게 말하며 종업원 리스트와 재고표를 꺼내 양검 제작자를 찾았다.

“본점에도 분명 양검 제작 경험자가 있었을 겁니다. 으~음…….”

“간트 말인가?”

“간트간트…… 아아, 네, 맞아요. 아는 사이셨나요?”

종업원 일람에서 간트를 찾아서 불렀다.

실력은 좋지만 수요가 있기는 한지 의문인 무구를 종종 만들어 좋은 쪽으로도 나쁜 쪽으로도 유명한 남자다.

무구뿐 아니라 마구며 마장구도 제작할 수 있는 귀중한 인재지만 그 이상의 문제아이기도 했다.

실력을 보고 교섭하러 오는 손님도 많지만, 독자적인 미학과 괴팍한 성격 때문에 가게의 매상에는 별 도움이 되지 않았다.

최근에는 구매자가 생겨서 그나마 나아졌지만, 얼마 전까지는 계약을 재검토하자는 이야기도 나왔을 정도다.

“독특한 사람이지만 실력은 확실합니다. 교섭해 볼까요?”

“녀석 말고는 없나?”

“유감스럽게도.”

양검은 그만큼 사용자도 제작자도 적은 무기인 것이다.
점원이 고개를 가로젓자 지그는 한숨을 내쉬었다.

"으하하하하하!! 지그 군 또 부숴 먹었어?! 이야, 정말 제대로 호구구만, 자네! 나보다 훨씬 가게 매출에 도움이 되고 있어!"

"……."

예상했던 반응에 지그는 벌레 씹은 듯한 표정을 지었다.

셰스카와는 다른 이유로 사실을 알리고 싶지 않았던 남자는 배를 끌어안고 웃으며 굴러다니고 있었다.

접객이 장인의 본업이 아니라고는 해도 너무 무례한 태도에 점원이 퍼런 핏대를 세운 채 노려보는 가운데, 간트는 그것도 모른 채 지그가 가져온 방어구의 잔해를 살펴보았다.

"이야, 산산조각이 났네. 이 지경이 됐는데 멀쩡하게 돌아다니는 게 용해! 방어구를 착용하기보다는 그냥 몸을 단련하는 게 낫지 않겠어?"

"……."

지그는 말은 안 했지만 속이 부글부글 끓었다.

길드의 모험가와 마피아들이 아무리 얕잡아보고 무시해도 전혀 신경이 안 쓰였건만, 이 남자의 말은 어째서 이렇게나 신경을 건드리는 걸까.

실력 좋은 장인만 아니면 한 대 패주고 싶을 지경이다.

지그의 인내심이 한계에 달하기 전에 점원이 말없이 움직였다.

"어차피 또 무기를 부숴 먹을 거라면, 그냥 통나무나 쇳덩이 같

은 걸 쓰지 그래? 그러는 게 훨씬…….”

말을 가로막듯이 굉음이 울렸다.

근처에 떨어져 있던, 녹여서 재활용할 예정인 한 아름 정도 되는 철 부스러기가 허공을 날아 간드의 옆을 지나쳤다.

그걸 걷어찬 점원이 간드를 향해 미소 짓고 있었다.

“간드 씨~ 일해야죠?”

“……아, 네.”

간드가 웃음을 뚝 그치고 지그를 바라보았다.

이제야 거래 이야기를 할 수 있을 것 같다.

점원에게 눈짓으로 감사 인사를 하고서 간드에게 무기를 부탁했다.

“이전에 쓰던 게 부러져서 양검을 주문하고 싶은데.”

“괜찮기는 한데. 이전보다 좋은 걸 만들려면 돈이 꽤 들 텐데, 예산은 괜찮은 거야?”

수염을 쓰다듬으며 지그의 주머니 사정을 묻는 간트에게 당당하게 그 걱정은 안 해도 된다고 대꾸했다.

“이번에는 제법 낼 수 있다. 의뢰비가 들어오기도 했지만, 그보다 이걸 먼저 봐 줘.”

그 까다로운 간트가 두 말 없이 승낙했다는 데에 놀란 마이카는 이어서 지그가 꺼낸 물건을 보고 충격을 받아 무심결에 신음 소리를 흘리고 말았다.

감싸고 있던 천을 걷어내자 곧 한 자루가 모습을 드러냈다.

백은색으로 빛나는 그 무기는 뭐라 형용할 수 없을 정도의 매력을 띠고 있어, 한눈에 보통 물건이 아니란 걸 알 수 있었다.

"잠깐…… 지그군그건어디서났어?!"

"임시 수입."

"아니, 나 이거 쓰는 사람 아는데."

유명한 모험가인 동시에 특수한 무기를 사용하는 인물은 그럭저럭 화제에 오르기 마련이다. 은의 폭곤(爆棍)이라 불리는 이 무기의 사용자에 관한 이야기는 간트의 귀에도 전해졌던 것이다.

"아아, 그 녀석이 무기와 방어구를 부숴 먹었거든. 변상 비용으로 뜯어왔지."

"……저기, 나 이거랑 얽혀도 괜찮은 걸까?"

"걱정 마라, 네 무기는 녀석들한테도 통했으니까."

"정말? 좋았어!"

불안해하던 간트는 자신의 무기가 유효했다는 말을 듣자마자 냉큼 기뻐했고, 지그는 만족스럽게 고개를 끄덕였다. 유일하게 상식이란 게 있는 점원만 이야기를 따라가지 못하고 있었다.

"이 녀석을 팔아치우면 그럭저럭 돈이 될 것 같은데, 어떻지?"

"으~음, 상당한 일품이지만 곤도 사용자가 상당히 적어서 말이지이. 뭐어, 그래도 충분히 돈이 되기는 할 거야."

"사실 전당포에 가져가 봤는데, 이런 물건은 증명서가 없으면 정확한 가격을 매길 수가 없다더군. 써주겠나?"

"그쯤이야 일도 아니지. 비용은 7만, 감정과 증명서 발행에는 시간이 좀 걸리니까 나중에 연락할게."

발행비가 상당하지만 어쩔 수 없는 일이다. 장인의 지식과 경험을 빌리려면 상응하는 대가가 필요한 법이라며 자신을 납득시켰다.

"그렇다면 예산은 상당히 넉넉하게 잡아도 되겠군."

"호오, 그 정도인가?"

"수요 같은 걸 무시하고 그 물건에 값을 매기면, 천 만은 할걸?"

"……농담이지?"

"마구로서의 기능에 경량화와 경도, 상반되는 두 가지 요소를 양립시키려면 그 정도는 돈이 들어. 실제로 이렇게 가벼운데 자네의 참격을 맞고도 안 부러졌잖아?"

간트의 설명에 지그는 일리가 있다는 생각이 들어 침묵했다.

이토록 얇고 가벼운 봉이 쌍인검의 참격을 버텨낸 것만으로도 놀라운 일이다.

"그 부분은 넘어가기로 하고, 무기 얘기나 할까."

"그러지."

그 후 한동안 지그와 간트는 예산을 고려해가며 무기의 소재와 기능에 관해 논의했다.

†

이상한 손님이다.

대장간의 점원, 마이아는 그렇게 생각하며 지그를 관찰했다.

그 셰스카가 어쩐 일로 한 손님에 관해 자주 이야기하기에 이전부터 신경은 쓰였다.

벌써 몇 번이나 장비를 파손했다는 그 남자의 이야기를 들었을 때는 싸움에 재능이 없나보다 생각한 적도 있었다.

하지만 오늘 보고서 그 인식은 완전히 틀렸다는 걸 깨달았다……기보다는 한눈에 알 수 있었다.

마력에 의한 신체 강화가 있는 요즘 시대에 단련에 단련을 거듭한 육체. 군더더기 없는 보법에 흔들림 없는 무게 중심.

역전의 전사라는 것을 금방 알 수 있었다. 그런 것치고는 장비가 빈약해서 균형이 안 맞는 것 같았지만.

모험가는 아닐 거다.

기사는 논외고. 마피아 같은 이들과도 좀 다른 것 같다.

척 봐도 거친 일에 익숙해 보이지만, 폭력적인 분위기를 자아내고 있지도 않다.

말투는 덤덤하지만 장인인 간트나 평범한 점원인 자신에게도 경의를 표하고 있다는 게 느껴진다.

지금까지 본 적이 없는 타입의 인간이다.

괴팍하기 그지없는 간트와 그럭저럭 잘 지내고 있다는 점도 놀라웠다. 그가 주문 제작 교섭을 하면서 두 말 없이 승낙하는 모습은 본 적이 없었기 때문이다.

아마도 최근 간트의 작품을 구입해 가는 특이한 인물은 바로 그일 것이다. 태도도 돈 씀씀이도 나쁘지 않은 듯하고, 무엇보다도 가게에서 안 팔리는 재고 전문 장인이 되어 있던 간트를 매상에 공헌하게 만들어준 귀중한 인물…… 소중히 대해야겠다.

그렇게 결론을 내린 마이아는 대화가 일단락된 듯한 두 사람에게 말을 걸었다.

†

장비 상담을 마친 지그는 혼자 술집에 있었다.

숙소에 얼굴을 비치기는 했지만 시어셔는 아직 돌아오지 않아서, 내친 김에 메모를 남겨두고 반주를 하기로 했다. 업무적인 교류 때문에 린디아 일행과 저녁 식사를 하고 있을 가능성도 있다.

전당포에 가져간 엘시아의 은곤은 상당한 값에 팔렸다. 그 고생을 한 보람이 있었다.

일을 마치고 난 후에 마시는 술은 각별하다.

지그는 홀로 묵묵히 잔을 기울이면서도 너무 취하지 않을 정도로 술을 즐기고 있었다.

떠들썩한 소리를 등진 채 술집 구석에서 홀로 술을 들이키는 것을, 지그는 좋아했다.

딱히 고독한 척을 하려는 것은 아니다. 난리법석을 떠는 것은 적성에 안 맞지만, 그렇다고 남들이 떠들어대는 장소에 있는 게 싫지는 않은 것뿐이다.

용병단 선배에게 연회용 재주랍시고 배운 투척술을 선보이면 분위기도 그럭저럭 달아오르고, 밥도 얻어먹을 수 있었다. 그것이 술을 마시지 못할 때부터 지그가 술자리를 즐긴 방법이었다.

"지금쯤 다들 어떻게 지내고 있을까."

빠져나올 때는 언제고 이제 와서. 지그 본인도 몇 번이나 했던 생각을 입 밖에 냈다. 그럼에도 그곳은 자신이 이 길을 선택한 순간부터 보내온 장소요, 지금의 자신을 형성하는 모든 것을 얻은 곳이었다.

†

어느 도시 외곽.

그곳에는 여러 개의 천막이 옹기종기 밀집되어 있었다.

진을 치고 있는 그 천막에는 일반인들과는 동떨어진 분위기를 띤 이들이 수없이 들락거렸다.

도시 외곽으로 쫓겨난 이들처럼 지내고 있는 이유는 그들의 겉모습과 무관하지 않을 것이다.

그 정도로 그자들은 정상적이지 않았고, 한 명의 예외도 없이 피비린내가 날 듯한 분위기를 풍기고 있었다.

그 진에서도 끄트머리에 자리한, 작은 천막이 늘어선 장소. 위치로 보나, 겉모습으로 보나 말단들의 침소 같은 천막 밖에 그 소년이 있었다.

나이는 열두세 살 즈음.

잿빛 머리카락을 짧게 깎은 머리. 아직 성장 도중이지만 같은 또래에 비해 커다란 몸.

무엇보다도 특징적인 것은 그 눈이다.

나이에 걸맞은 앳된 빛은 전혀 찾아볼 수 없는, 무미건조하기 그지없는 눈동자.

시시해하거나 의욕이 넘쳐나는 기색도 없이, 그저 필요하기에 그 일을 하고 있을 뿐.

그런 눈빛을 띤 소년이 묵묵히 검을 휘두르고 있다.

어른이나 사용할 법한 장검을 치켜들고, 내려친다.

장검은 소년이 휘두르기에는 커서 어울리지 않았지만, 그 동작에는 거침이 없었다.

대체 얼마나 휘두른 것인지, 발치의 땅바닥은 내디딘 장소를 따라 움푹 패여 있다. 손에 난 물집은 이미 터져서 피가 멈춘 상태라, 검을 휘두를 때마다 굳은 피가 후둑후둑 떨어져 나갔다.

온몸에서 폭포수처럼 땀이 흘러서, 쥐어짜지도 않았는데 바지에서 물방울이 뚝뚝 흘렀다.

그토록 가혹한 훈련을 하면서도 내버려 두면 끝까지 그러고 있을 듯한 그에게 누군가가 가볍게 말을 걸어왔다.

"이봐아, 지그! 언제까지 하려고 그래. 슬슬 밥 먹을 시간이야."

금발에 어쩐지 느끼한 분위기를 띤 20대 중반으로 보이는 남자가 들통을 끼고 다가왔다.

"……라이엘."

지그라 불린 소년은 시선만 옮겨 흘끔 쳐다보고는, 검을 휘두르는 걸 멈추지 않고 남자의 이름을 불렀다.

라이엘이라 불린 금발머리 남자는 그 모습에 쓴웃음을 지은 채 어깨를 으쓱하며 다가왔다.

"여전히 무식하게 훈련만 하는구나, 너. 자, 빨리 안 가면 밥도 못 먹어. 안 그래도 무식하게 많이 먹는데, 정리하는 거라도 돕지 않으면 양식반이 쳐 죽이려 들 걸."

"그렇게 죽을 순, 없지."

소년은 마지막 보너스라는 듯이 기합을 넣은 일격으로 마무리를 지었다.

수없이 휘둘렀건만 검은 절도 있게 멈췄다. 발생된 소리와 검풍은 그가 소년이라는 사실을 잊을 만큼 힘차서, 라이엘이 무심결에 휘파람을 불 정도였다.

"나 참, 정말 실력이 쭉쭉 느는구나, 너란 놈은."

감탄과 약간의 선망이 섞인 목소리로 말하며 물이 담긴 들통을 내밀었다.

"자, 땀이라도 씻어내고 얼른 가자."

그렇게 말을 해도 지그는 검을 늘어뜨린 채 가만히 손을 쳐다보고 있었다.

"손이 안 움직여……."

"검을 너무 오래 쥐어서 그래…… 손 보여줘 봐. 아니, 야! 피투성이잖아! 안 아팠냐……."

"검을 휘두르다 보니 신경이 안 쓰여서."

"하다못해 피라도 닦고 하지…… 아아~ 다 들러붙었잖아."

라이엘은 손수건을 물에 적셔서 짜더니 지그의 피를 닦아내며 손가락을 하나씩 떼기 시작했다.

손이 쩍쩍 소리를 내며 떨어지는 모습은 보기만 해도 아플 듯했다.

굳은 피를 벗겨내 움직이게 된 손가락을 쥐었다 폈다 하며 지그가 눈살을 찌푸렸다.

"……아프기 시작하네."

"당연하지, 멍청아. 나중에 약 받아와 줄 테니까 일단 손 씻고 땀이나 씻어내…… 야, 들통에 든 물 마시지 말고! 마시는 물은 이거야!"

"음?"

지그는 의아하다는 듯이 쳐다본 후, 들통에 든 물을 다 비우고서 라이엘이 내민 물통을 받아들더니 머리에 물을 들이부었다.

그 모습을 라이엘은 벌써 몇 번째인지 모를 쓴웃음을 지은 채 쳐다보았다.

그들이 소속된 용병단에는 신병이 견습을 돌봐주는 관습이 있었다.

재해로 마을을 잃은 라이엘이 용병단의 문을 두드리고 훈련을 받고서 겨우 실전에 투입될 수준이 되었을 즈음에 배정된 게 바로 이 눈초리가 사나운 소년이었다.

처음에는 이렇게 무뚝뚝한 놈이랑 잘 지낼 수 있을지 걱정이었지만, 그와 지내다 보니 괜한 걱정이었다는 걸 알 수 있었다.

분명 붙임성은 절망적으로 없고 아이다운 구석이라고는 하나도 없었다. 게다가 자기보다 나이가 많은 자신을 이름으로 막 부른다. 하지만 불평 하나 하지 않고 잡일을 하고, 한결같이 훈련에 몰두하는 모습은 라이엘뿐 아니라 용병단의 고참들에게도 호감을 샀다.

의외로 맹한 구석은 그의 몇 안 되는 귀여운 점이라 할 수 있었다.

다른 또래 아이들처럼 연장자를 우습게 여기지 않기에, 이전에 '왜 그렇게 연장자를 공경하냐?'라고 물어본 적이 있다.

그때 돌아온 답변에는 그보다 나이가 많은 라이엘조차 납득할 수밖에 없었다.

"이 엿 같은 세상에서 저렇게 나이를 먹을 때까지 살아온 녀석들이잖아. 존경할 만하지."

그런 사고방식도 있구나, 싶어서 무릎을 탁 쳤을 정도다.

대체 어떤 환경에서 자란 걸까 싶었는데, 흔해빠진 전쟁고아였다기에 오히려 놀랐다.

아무튼, 경박하지만 남을 잘 챙기는 라이엘과 성실하지만 맹한 구석이 있는 지그는 의외로 궁합이 좋은 콤비였다.

땀을 씻어내고 옷을 입은 지그와 라이엘이 나란히 가설 식사장으로 향했다.

많은 인원을 먹이기 위해 거대한 솥이 수없이 늘어서 있고, 그 솥보다 더 덩치가 큰 여성이 꽥꽥 소리를 지르고 있다.

"줄 서라고 했지, 이 머저리들! 버릇없는 놈한테 줄 밥은 없어!!"

"아줌마는 오늘도 평소랑 같네……."

오늘도 새치기를 하려 한 단원이, 혼쭐이 나고 줄 뒤쪽으로 쫓겨나고 있었다.

그녀에게는 식당이 용병들의 전장에 해당되는 곳이리라. 저 여걸 앞에서는 아무리 고참 단원이라 해도 굶주린 애들에 불과했다.

"잘 들어, 지그. 밥 주는 인간한테는 대들지 마. 삐쩍 마른 빵으로 배 채우기 싫으면."

"알았어."

경험 섞인 충고를 순순히 받아들이는 지그와 함께 줄을 섰다.

아슬아슬하다고 할 만한 시간은 아니지만, 그들 뒤로는 그 이후로 누군가가 줄을 설 낌새가 없었다.

다행히도 저 여걸은 손이 빨라서 줄도 차근차근 줄어들었다. 그래서 지그와 라이엘의 차례가 될 때까지는 그리 오랜 시간이 걸리지 않았다.

"어이쿠, 꼬마 지그 아니야! 키가 더 큰 것 같다?"

"몰라. 하지만 먹는 양은 늘었어."

무뚝뚝한 대답이었지만 그녀는 언짢아 하지 않고 호쾌하게 웃었다.

"그거 잘됐네! 많이 먹고, 많이 움직이고, 많이 자면 누구든 강해질 수 있어!"

단순한 일이라고 단언하는 여걸의 말에 지그는 '아하' 하고 지당한 말이라는 듯이 고개를 끄덕였다.

"그럼 곱빼기로."

"특곱빼기다!!"

여걸은 주문을 무시하고 미리 퍼담아뒀던 식사를 떠밀었다. 거부는 용납되지 않는다.

텅, 묵직한 소리와 함께 그녀가 내민 쟁반에는 들통처럼 커다란 그릇에 가득 담긴 스튜, 거대한 검은 빵이 통째로 하나, 어른 주먹 만한 매시드 포테이토가 담겨 있었다.

"너, 그거 다 먹을 수 있냐?"

용병은 격렬한 육체노동을 하는 직업이다. 당연히 먹는 양도 일반인에 비하면 상당히 많다.

하지만 그런 용병이 봐도 이 양은 식겁할 만큼 많았다.

"……많기는 하지만, 먹을 수 있어. 배도 고팠으니까."

장검보다 더 무거울 듯한 식사를 받아, 자리를 찾으려다가 문득 생각이 난 듯이 뒤를 돌아보았다.

"왜 그러냐?"

의아해 하는 그녀에게 쟁반을 든 손에 주의를 기울이며 고개를 숙였다.

"늘 고마워."

"……하! 다 먹고 나면 냄비 씻는 거나 도와!!"

"알았어."

지그는 힘껏 고개를 끄덕이고서 그 자리를 떴다.

화물 운반용 나무상자를 적당히 찾아다 의자와 테이블을 만들어둔 라이엘에게 다가가 함께 식사를 했다.

우둑우둑 소리를 내며 딱딱하고 검은 빵을 씹어서 뜯어내고, 나무 스푼으로 스튜를 욱여넣는다.

건더기는 감자나 뿌리채소처럼 오래 보관할 수 있고 생산성이 높은 것들뿐이지만, 잔뜩 들어있어서 고마울 따름이다. 싸고 딱딱하지만 고기도 듬뿍 들었다.

"여긴 정말, 식사가 든든해서 좋다니까."

"그언가?"

나무 수저가 아니라 빵을 뜯어서 스튜를 퍼먹으며 지그가 되물었다.

"용병단은 일할 때가 아니면 밥은 알아서 먹으라는 곳이 대부분이거든. 우리만큼 잘 챙겨주는 곳은 드물어……. 그만큼 급여에서 빠져나가지만 말야. 그래도 꽤 벌이가 좋아서 불만은 없지만."

라이엘이 경험한 바에 따르면 단원의 식사까지 챙겨주는 용병단은 거의 없거나, 있어도 규모가 작은 곳뿐이다.

"게다가 작전 중에 배급되는 음식도 형편없다고. 딱딱하고 짜기만 한 육포랑 이 검은 빵이 말랑말랑하게 느껴질 만큼 돌덩이 같은 빵만 준다더라."

"……으읍, 음. 그것참 괴롭겠군."

매시드 포테이토를 욱여넣었다가 목이 막혔던 지그가 겨우겨우 삼키고서 맞장구를 쳤다.

어이없어 하며 라이엘이 내민 물을 받아, 마저 다 삼켰다.

"배가 고파서는, 살아갈 수가 없으니까."

지그는 담담하게 말하며 식사를 계속했다.

말로 하면 매우 간단한 이치지만, 전쟁고아가 되어 내일 일도 모르는 처지로 지냈던 그의 입에서 나온 말은 무엇보다도 무겁게 느껴졌다.

"오늘도 배불리 먹을 수 있다는 사실에 감사해야지……."

"잘 먹었습니다."

"빨리도 먹네!"

지그는 가득 찬 배를 문지르며 만족스러운 미소를 지었다.

"말이 너무 많아, 라이엘. 좀 더 식사에 집중하는 게 좋을 걸."

그렇게 말하고서 먹어치운 식기가 담긴 쟁반을 들고 일어섰다.

"설거지 도우러 다녀올게. 끝나면 검술 연습을 도와줘."

"더 하겠다고……? 어쩔 수 없지."

젊은이…… 아니, 어린애가 의욕을 보이는데 연장자가 계속 미적거리고 있을 수는 없는 일이다.

돌봐주기 시작했던 당초에 비해 훨씬 그럴싸해진 지그와의 훈련은 라이엘에게도 얻을 것이 있는 수준이 되었다.

(이거 추월당하는 것도 시간문제이려나…….)

뭐, 그건 상관없다.

언젠가 이 소년에게 검술로 질 날이 오리라는 것은 꽤 오래 전부터 알고 있었다.

그렇다면 선배인 자신이 할 수 있는 일은 검술 이외의 것들이 여러모로 부족한 소년의 뒤치다꺼리를 해주는 것이리라. 다행히도 이 요령 없는 소년에게는 가르칠 게 많을 것 같다.

라이엘은 곰솥을 닦으려고 몸을 내밀었다가 발이 미끄러져 그 안에 머리를 처박는 지그의 모습을 보며 빵을 씹었다.

†

"……."

과거의 일을 떠올리고 있던 지그가 자조 섞인 미소를 띤 채 잔을 내려놓았다.

도저히 잊을 수가 없었다. ――옛 동료를 이 손으로 죽여 놓고서도.

나아갈 길이 갈렸다는, 단지 그런 이유로 자신은 라이엘을 베었다.

그를 베었던 일은 후회하지 않는다. 할 수 있을 리가 없다.

후회한다면 지금까지 자신이 베어온 무수한 인간들의 죽음을 부정하는 꼴이 된다.

아주 오래 전에 결심한 일이다. 그날, 그 남자들에게 거두어진 순간부터.

다른 이를 죽이고, 그 시체를 밟고 살아가리라고. 옛 동료가 그 대상이 된 정도로 바뀌도 될 삶의 방식이 아니었다.

"그래도, 또 같이 한잔하고 싶었다…… 라이엘."

일을 마치고 술판을 벌일 때, 이렇게 지그가 혼자서 술을 마시고 있으면 그가 언제나 찾아오고는 했더랬다.

"――여기, 자리 비었습니까?"

그런 생각을 하고 있었던 탓은 아니겠지만, 과거의 일을 떠올리고 있던 지그는 그에게서 옛 동료의 모습을 보고 말았다.

"……비어 있는 자리라면 얼마든지 있을 텐데."

자신이 당황한 사실을 얼버무리듯이 지그는 쌀쌀맞게 말하며 상대 남자를 쳐다보았다.

금발에 하얀 피부, 나이는 30대 후반 정도. 얼굴 생김새는 다르지만 착각을 한 것은 라이엘과 비슷한 특징을 지니고 있었기 때문이리라. 그는 부드러운 투로 말하더니 허락도 없이 자리에 앉았다.

법의를 걸치고 있으니 순례자 같은 것일까.

그럭저럭 취한 지그는 멍한 머리로 그런 생각을 하며 잔을 기울였다.

"당신의 옆은 이 자리밖에 비어있지 않았으니까요."

"……호오."

상대의 말을 듣고 다시 시선을 돌려보니, 그는 물끄러미 지그를 쳐다보고 있었다.

감상에 젖어 꽤나 긴장이 풀려 있었나 보다. 성직자인 듯한 남자의 눈을 본 지그는 속으로 자신에게 욕지거리를 했다.

이런 위험하기 그지없는 상대가 코앞에 올 때까지 못 알아채다니.

"무슨 볼일로 날 찾아왔지?"

"오늘은, 경고를 하러 왔습니다."

법의를 걸친 남자는 이름도 밝히지 않고 말하기 시작했다. 남자의 눈에는 이쪽을 해칠 낌새는커녕, 길 잃은 어린양을 인도하고자 하는 자애심만이 담겨 있었다.

——한때 전장에서 자주 보았던, 광신자의 눈과 아주 비슷하다.

그들은 진심으로 자신의 정의를 믿고, 백성들을 선도하고, 전쟁을 일으킨다. 대의를 위해 많은 이를 죽이고, 거기에 아무런 의문도 품지 않는 부류의 인종이다.

경멸할 생각은 없다. 돈을 위해 사람을 죽이는 용병과 큰 차이가 없기 때문이다.

하지만 이러한 인물은 경험상 거의 대부분 지그에게 위해를 가했었다. 적과 아군을 불문하고 광신자와 얽히면 좋은 꼴을 못 본다.

"……무슨 경고?"

하지만 지그는 짚이는 바가 없었다. 그가 무슨 신을 섬기는지도, 어째서 일개 용병 따위에게 직접 경고를 하러 왔는지도 모른다.

남자는 허탈하게 고개를 가로저었다. 이런 간단한 것도 모른다는 사실에 진심으로 실망한 듯한 낌새다.

"이 이상 부정한 존재를 가까이 해서는 안 됩니다. 이대로 가면 당신은…… 그들에 관해 너무 많은 것을 알게 될 겁니다."

"뭔 소린지 모르겠군. 부정한 존재란 게 뭔데?"

"그야 당연히 아인(亞人)이지요."

마치 전 세계가 공유하고 있는 인식이라는 듯이 남자는 말했다. 진심으로 혐오하고 있는지, 입에 담는 것조차 꺼림칙하다는 투였다. 아인을 혐오하는 종교인인 것이다.

일전에 우르바스 일행과 대화를 할 때 자신들을 노려보던 모험가들이 떠올랐다.

"그들은 대죄인입니다. 그러나 그들도 그 사실을 자각하고, 그 죄를 씻으려 하고 있지요. 부디 그 일을…… 방해하지 말아주십시오."

남자의 설교에 지그는 코웃음을 쳤다.

"미안하지만 다른 사람에게 죄를 물을 만큼 청렴결백하지는 않아서 말이야."

"……그런 것 같군요. 당신 자신도 수많은 업보를 짊어지고 계시니."

남자는 설득을 포기한 듯 고개를 가로젓더니 소리도 없이 일어났다.

"당신이 몰라도 되는 것을 알게 되지 않기를, 진심으로 기도하겠습니다."

"……."

법의를 나부끼며 남자는 떠나갔다. 그 뒷모습을 보는 지그의 눈빛은 전에 없이 험악했다.

상대에게 살기도 없었고 취한 상태였다고는 해도, 바로 옆에 올 때까지 접근한 것을 알아채지 못했다. 명백하게 정상적인 인간이 아니다.

"……돌아갈까."

순식간에 간이 철렁해지고 술도 깨는 바람에 다시 마실 생각도 들지 않아서 자리를 떴다.

계산을 마치고 밖으로 나와 별생각 없이 주변을 둘러보았지만, 그 남자의 모습은 어디에도 없었다.

달아오른 몸을 식혀주듯 밤바람이 불어 닥친 순간, 사람과는 다른 이질적인 기운이 느껴져 시선을 옮겼다.

"——아, 지그 씨."

그녀도 덩치가 커서 눈에 띄는 지그를 발견한 모양인지. 검은 머리를 찰랑거리며 달려왔다.

뭐 좋은 일이라도 있었는지, 다소 땀이 배어난 얼굴로 즐거운 듯한 분위기를 띠고 있었다.

"일은 다 끝나셨어요?"

"그래, 끝났다. 생각보다 애를 먹었지만."

은발 머리와 이상한 눈을 지닌 고위 모험가의 모습이 뇌리를 스쳤다. 문득 생각이 난 듯 욱신거리는 가슴을 움켜쥐자, 시어셔가 키득키득 웃으며 말했다.

"나 참, 또 다치신 거예요? 그런 몸 상태로 술을 마시면 어떡해요."

"……뭐라 할 말이 없군. 나중에 치료를 부탁해도 되겠나?"

옆에 나란히 선 시어셔가 자연스럽게 팔짱을 끼더니 숙소를 향해 걸어 나갔다.

거스르지 않고 보조를 맞춰 천천히 걷던 중, 그녀가 이쪽을 올려다보며 말을 이었다.

"눈만 떼면 다쳐서 오네요…… 어쩔 수 없죠. 이것도 고용주의 의무니까요."

미묘하게 틀린 말을 그럴싸하게 입밖에 낸 그녀는 뭐가 그렇게 즐거운지, 콧노래까지 흥얼거리고 있었다. 누군가가 자신을 의지하는 게 기쁘다는 감정을 감출 생각이 없다……기보다는 자신의 감정을 알기나 할지 모르겠다.

"사실은 오늘, 저도 지그 씨를 본받아 의뢰를 수행하고 있었거든요. 수상한 움직임을 보이는 상회를 조사하는 일이었는데, 이게 또 의외로 어렵더라고요……."

환한 미소를 띤 채 시어셔는 오늘 있었던 일을 즐겁게 이야기했다.

문득, 법의를 걸친 남자가 했던 말이 떠올랐다.

아인을 대죄인이라고 한 녀석의 설교가 옳은지 어떤지에는 관심이 없다. 무엇이 악이고 무엇이 선인지 다 정해놓고 논리를 짜맞추는 놈들과 토론하는 건 시간 낭비다.

하지만 궁금하기는 했다.

아인이 대죄인이라면 마녀인 시어셔는 무엇일까.

겉모습은 완전히 인간 그 자체지만 그 안에 든 것이 너무도 다른 미지의 존재.

가치관이 다른 정도가 아니다. 식성으로 보건데 신체 구조도 그리 큰 차이가 없다.

그렇건만, 명백하게 다르다.

아인이 대죄인이라면, 마녀는 대체 뭐지?

그 남자에게 물어보면 어떤 답이 돌아올까.

"……그 순간 제 추리력이 으르렁거리더라고요! 저 악덕 상인을 쥐어짜면 뭔가 나오지 않을까 하고."

하릴없는 생각을 하는 동안 시어셔의 이야기는 클라이맥스에 도달해 있었다.

그녀는 꽤나 직접적인 추리력을 역설하더니, 손으로 와인의 코르크라도 뽑는 듯한 시늉을 해보였다. 그나저나 추리력이란 게

으르렁거리기도 하는 거였나?

"그랬나. 잘했군."

"네! 알찬 하루였어요."

만면에 미소를 띤 채 그렇게 말하는 그녀를 보고 있자니, 그런 사소한 의문은 아무래도 좋아졌다.

그녀가 어떠한 존재건, 자신이 할 일은 변함이 없으니.

커다란 그림자와 작은 그림자.

겉모습도 속에 든 것도 일그러진 두 사람을 달빛이 비추어, 이 대륙의 대지에 기다란 그림자를 새겨 넣었다.

마녀와 용병 4

2026년 1월 15일 1판 1쇄 발행

저 자 초호키테키 카에루
일 러 스 트 카나세 벤치
옮 긴 이 정대식
발 행 인 유재옥
이 사 조병권
편 집 정영길 조찬희 박치우 이소의 정지원 최유정 김혜주
디자인랩팀 김보라 전세연
디지털사업팀 김지연 윤희진 장혜원
라이츠사업팀 김정미 이지현 유아현
영업마케팅팀 최원석
물 류 팀 백철기 이새롬
경영지원팀 최정연
인쇄제작처 ㈜코리아피엔피
발 행 처 ㈜소미미디어
등 록 제2015-000008호
주 소 서울시 마포구 토정로222, 502호 (신수동, 한국출판콘텐츠센터)
판매 및 마케팅 (070) 8822-2301

ISBN 979-11-384-8906-5 (04830)
ISBN 979-11-384-3216-0 (세트)